Brigittes Landleben

Brigittes Landleben

Ländliche Schmunzelgeschichten

B. Koischwitz

2. Auflage
Verlag B. Koischwitz
Am Hanig 15
35075 Gladenbach-Römershausen
Tel./Fax: 06462/2123

Illustrationen: Brigitte Koischwitz
Druck: Clausen & Bosse, Leck
ISBN 3-925602-09-7

Inhalt

WINTER

Frühling

Landleben

Oft werde ich gefragt: »Wie sind ausgerechnet Sie aufs Land geraten?«

Dann winke ich ab.

»Das ist eine längere Geschichte!«

Mein Vater ist an allem schuld!

Nach einem wohlbehüteten Bankbeamtenleben in äußerst gut betreuten Dienstwohnungen mit Hausmeister und Zentralheizung, wo für jede kleine Verstopfung oder einen tropfenden Wasserhahn gleich jede Menge Handwerker auf der Matte standen, wollte er sich wenigstens im Alter ein kleines Abenteuer gönnen, und das glaubte er, im »Landleben« zu finden.

Ein Häuschen mit Garten, die Blumen begießen, versprach bereits allerhand Ungewißheit für ihn. Vater mit seinen zarten, stets sorgfältig manikürten Händen hatte bisher zwar gute Büroarbeit geleistet, aber noch nie und nimmer einen Nagel in die Wand gebracht, geschweige denn einen Baum gepflanzt. Alle Freunde, Bekannten, Verwandten und Kollegen warnten inständig ob seiner Schwächen vor diesem Unternehmen.

»Nein und dann auch noch ein Haus kaufen«, schlug mancher die Hände über dem Kopf zusammen. Das bedeutete, es gab kein »Zurück«.

Doch Vater trotzte allen Anfechtungen und behielt sein Ziel im Auge. Er war fest entschlossen, den jahrelang ertragenen Blätterwald verstaubter Akten mit dem frischen Laub der

Bäume zu vertauschen. Wobei sich ein Haus natürlich nicht einfach kauft, wie ein paar Ringelsocken oder ein lila Hemd mit gelben Knöpfen. Nach erfolglosen Ausflügen kreuz und quer durch »deutsche Lande« geriet dieser Traum bös' ins Stocken und beinahe aufs Abstellgleis.

Keines der besichtigten Anwesen entsprach nämlich den traumverschlungenen Vorstellungen unseres Abenteurers. Und da Mutter auch ein Wörtchen, wenn auch nur ein klitzekleines, mitzureden hatte, blieben alle Möglichkeiten offen.

»Das klingt gut, das klingt gut«, rief Vater eines Tages begeistert, nachdem er wieder mal alle Anzeigen in der Zeitung über Immobilien auswendig gelernt hatte:

»Haus, Hanglage, hessisches Hinterland, 100 Quadratmeter Wohnfläche, Grundstück eintausendzweihundert Quadratmeter, Preis Verhandlungsbasis!«

»Prima, von mir aus können wir gleich losfahren!« schlug ich vor.

»Ach nee«, nörgelte Vater rum, »dazu hab' ich im Moment keine Lust. Fahr' du hin, du bist noch jung und unverbraucht. Kannst für deinen alten Vater auch mal was tun!«

Dabei handelte es sich bei ihm weiß Gott um keinen alten Mann. Mit seinen fünfundsechzig Lenzen war er fit, fit wie ein Turnschuh. Besonders, wenn es ans Feiern ging, holte er geschwind, fröhlich singend den besten Wein aus dem Keller. Bei entsprechender Musik wandelte er sich zum wendigen Tanzbären und legte mit Mutter eine dermaßen kesse Sohle aufs Parkett, daß sich manch junger Hüpfer dahinter verstekken konnte.

Beim Wandern durch die Wälder beispielsweise tat Vater es, zum Kummer der Familie, nie unter dreißig Kilometern. Das sah dann folgendermaßen aus: Der Chef stapfte in gleichmäßigem Tempo vorn an der Spitze, dann kam eine Weile nichts und in respektvollem Abstand ich. Nach wieder einer Weile und völlig erschöpft Mutter, dann, nur noch auf dem Zahnfleisch robbend, der Hund. Das arme Tier hatte anfangs vor Freude, »es geht endlich los«, jeden Weg dreimal im Kreis, links, rechts absolviert, ohne zu ahnen, wohin die Reise ging.

Besonders erfreut reagierte die familiäre Wandertruppe, wenn Vater nach siebenundzwanzig Kilometern verkündete, daß er sich auf der Wanderkarte verguckt hatte und wir ein Stück querfeldein laufen müßten, um wieder auf den richtigen Pfad zurückzukommen.

Wie oft wir uns bei unseren Buschwanderungen noch tiefer verirrten, möchte ich hier verschweigen. Auf jeden Fall erschien uns jede noch so einfache Dorfkneipe, die wir bei untergehender Sonne dann erreichten, als das Paradies persönlich.

Und nun wollte dieser »alte Herr« nicht, machte auf müden Mummelgreis. Gut, fuhr ich eben allein. Das heißt, mein damaliger Gatte begleitete mich.

Außer, daß ich in grauer Vorzeit mal auf dem Frankfurter Bahnhof umgestiegen war, hatte ich bis dato noch nie hessischen Boden betreten.

Also nahm ich jungfräulichen Blickes diese Landschaft in mich auf:

Die sanften Hügel und Täler, die schon von der Bewegung her den Blick in Ruhe führten und zum Verweilen einluden, konnten mich immer wieder begeistern. Bei meiner Schwärmerei drängt sich bestimmt der Eindruck auf, es hätte herrlichster Sonnenschein geherrscht. Aber nichts herrschte. Es handelte sich um einen kühlen, grauen, novemberähnlich verregneten deutschen Sommertag. Mit anderen Worten, der Himmel schleifte laut plätschernd über dem Boden. Ein Tag, an dem man wirklich besser ein Haus in Florida ins Auge fassen sollte.

Als eingefleischte Stadtpflanze hatte ich mich dazu auch noch bildschön gemacht: Einen schwarzen engen Rock hatte ich angezogen, dazu einen Blazer mit goldenen Knöpfen, im Haar ein strahlend rosa Band und zu dem Band passend rosa hochhackige Schuhe. Bei der extremen Enge des Rockes und der schwindelnden Höhe der Absätze mußte ich mich geishaähnlich mit kleinen, vornehmen Trippelschritten vorwärtsbewegen.

Auch mein mir Angetrauter war nicht minder schick. Wir hätten bequem beim Empfang des Bundeskanzlers erscheinen können. Vielleicht wollten wir auf den Hausbesitzer einen besonders guten Eindruck machen, sonst kann ich mir diesen Anputz heute, wo ich Turnschuhe, Gummistiefel und Sandalen in Kombination mit Anoraks und dicken Wolljacken bevorzuge, kaum noch erklären.

Am Haus angekommen, erwartete uns weder der Bundeskanzler noch der Hauseigentümer. Alle Rolläden waren bis über die Ohren herabgezogen, die Türen fest verriegelt. Unser Brief mit der Terminbestätigung war scheinbar in den dichten Tannen- und Mischwäldern ringsumher versackt. Irgendwie konnte uns diese Tatsache aber kaum erschüttern, denn das, was wir schon in Augenschein nehmen konnten, war bereits eine Reise wert.

Es handelte sich um die berühmte Gegend, in der sich Fuchs und Hase »gute Nacht« sagen. Dazu herrschte eine solch himmlische Ruhe, daß man diesen freundlichen Gruß bestimmt beim Zubettgehen deutlich bis in die Kissen hören konnte.

Das Haus lag am Hang mit einem winzigen Dorf zu Füßen, welches gleich viele Einwohner hatte wie das Jahr Tage, nämlich 365.

Dank meiner rosafarbenen Stelzen war es mir allerdings nicht möglich, den weitläufigen Garten zu besichtigen, der in seiner naturbelassenen Wildform stark an das Versteck von Dornröschen erinnerte. Trotz wettermäßiger Unbilden und meiner Bewegungseinschränkung fand ich dieses Plätzchen absolut einmalig. Allein der Blick weit über das Tal fing mich ein: »Wird gekauft!« verkündete ich nach kaum einer viertel Stunde. Gleichzeitig kroch aber eine unermeßliche Angst in mir hoch, das »Nichterscheinen« des Besitzers könnte damit zusammenhängen, daß das Haus längst verkauft sei.

Bei diesem Gedanken krampfte sich mein Herz zur Größe einer Backpflaume zusammen, und ganz still in einer Ecke dieses schrumpeligen Herzens betete ich inniglich, es möge nicht so sein. Geduldig beschlossen wir, noch eine Weile zu warten, vielleicht handelte es sich ja nur um eine simple Verspätung.

Der Regen hatte aufgehört, und wir gingen ein Stück spazieren. Ich konnte mich gar nicht satt sehen an dieser Aussicht. Andauernd drehte ich mich um, um ja die ganze Herrlichkeit ringsum in mich aufzunehmen. Kaum am Waldrand angekommen, wurde ich von einem unermeßlichen »Pilzfieber« gepackt, denn es roch plötzlich ganz deutlich würzig danach ...

»Deine Schuhe«, warnte mein liebevoller, umsichtiger Mann, als er mich auf die matschigen Wege zusteuern sah. Gehorsam zog ich die Dinger aus und schritt barfuß, aber in der Haltung einer Königin, in den dunklen Wald. Es piekste zwar ordentlich unter den Sohlen und war auch sehr frisch, aber ich war nicht mehr aufzuhalten. Mein Mann schüttelte nur den Kopf. Was sollte er auch anderes tun? Und siehe da, mein barfüßiger Einsatz wurde vom Schicksal belohnt, denn nach wenigen Schritten stand ich vor reichlich gelber Pracht. Eine ganze Gruppe weithin leuchtender, handtellergroßer Pfifferlinge breitete sich traumhaft vor mir aus.

»Und nun?« fragte mein Mann, »soll ich sie vielleicht in die Hosentasche stecken?« Ausnahmsweise hatte er mal recht, denn da gingen die wirklich nicht rein. Aber ich, felsenfest davon überzeugt, »diesen teuren Fund tragen wir heim«, zog kurzentschlossen meine Kostümjacke mit den goldenen Knöpfen aus und funktionierte sie eins, zwei, drei fix zum Pilzbeutel um. Als Jacke fand ich dieses Ding inzwischen sowieso entsetzlich, denn sie paßte absolut nicht zur Landschaft. Kurz darauf zeigte sich, ich hatte goldrichtig gehandelt, denn wir fanden Mengen über Mengen. Fast wie gesät standen die schönsten Exemplare im Wald herum. Das Fassungsvermögen der Jacke war sehr bald erschöpft. Um ein Haar hätte mein Mann doch seine Hosentaschen opfern müssen.

Er opferte aber nicht, dafür nahm ich mein Haarband und tüterte es geschickt zurecht, so daß sich die Jacke in einen schlichten Sack verwandelte.

Mein Mann schüttelte wiederum den Kopf. Ehrlich gesagt, ihm fiel nichts anderes mehr ein. Ich konnte ihn auch glatt verstehen, denn in der kurzen Zeit hatte ich mich sonderbar verwandelt. Barfuß, mit nun lang auf die Schultern wallenden Haaren, einer leicht verschmuddelten und zerrissenen Bluse, denn ich war für einen Augenblick in einer Brombeerhecke verheddert, den Sack in der Rechten und die Schuhe in der Linken, sah ich eher aus wie eine russische Gräfin auf der Flucht.

Welch ein Glück , der Besitzer war inzwischen eingetrudelt. Mit welchen Blicken er mich musterte, muß ich nicht schildern, es waren nicht die vertrauensvollsten. Aber vielleicht hielt er mich nun gerade geeignet für das »Landleben«. Ich beschwor ihn, niemandem das Haus zu verkaufen:

»Wir nehmen es, hundertprozentig!« betonte ich immer wieder, besonders, nachdem ich es auch noch von innen gesehen hatte.

»Du mußt erst mal mit deinem Vater reden«, räumte mein Mann vorsichtig im Beisein des Besitzers ein.

Der Ärmste hatte anschließend ganz blaue Beine, solch ein Trommelfeuer hatte ich unter dem Tisch mit meinen Füßen gegen sein Schienbein losgelassen.

Zähneknirschend setzte ich mich durch:

»Mein Vater stimmt zu, wir nehmen das Haus!« Der Besitzer war sich in diesem Augenblick bestimmt nicht sicher, ob er dieser Waldhexe wirklich Glauben schenken konnte.

Egal wie und weshalb, er hat das Haus für uns festgehalten. Wie vorauszusehen war, konnte Vater meiner Schwärmerei nicht widerstehen. Sehr bald machte sich die gesamte Familie mit Sack und Pack auf den Weg. Meine Stöckelschuhe und sonstigen eleganten Firlefanz ließ ich gleich daheim und mauserte mich fix zur Landpomeranze. Die Eltern sahen das Haus und kauften es vom Fleck weg. Direkt am selben Tag wurde alles fest und aktenkundig gemacht. Ich atmete auf. Doch zu Hause angekommen, setzte erneut das Gezeter der Umgebung ein – die Welle des Entsetzens nahm kein Ende:

»Wie kann man nur in ein solches Nest am Arsch der Welt ziehen?«

Aber da konnte einer reden, was er wollte, mein Vater lachte nur. Als der Tag des Umzugs kam, ließ er Mutter und mich packen, denn, wie gesagt: Praktische Arbeit lag ihm nicht. Er beschränkte sich darauf, zwischen Umzugskisten, Umzugsleuten und abgerückten und auseinandermontierten Möbeln eilfertig hin und her zu laufen, als wäre er der Regisseur. Während wir kräftig schufteten, gaben wir ihm das Gefühl, als sei er unentbehrlich.

Ähnlich vollzog sich auch der Einzug in das neue Haus. Doch wenn es immer heißt, ein Mensch ändert sich nicht, war Vater eine löbliche Ausnahme, denn er entwickelte sich zum größten Erdbeer- und Bohnengärtner aller Zeiten.

Er klatschte irgendwann in seine zarten Beamtenhände, grub unter großem Stöhnen und munterem Schweißperlenregen ein Stück vom Garten um und bewunderte sich selbst. Noch nie in seinem langen Leben hatte er Land umgegraben. Dann, als wäre es ein heiliger Akt, setzte er Pflanzen und Samen in die Erde. Anfangs konnte er die Tatsache nicht ganz fassen, daß es nur galt zu warten, bis alles sprießt und blüht.

Er entwickelte sich zum Frühaufsteher, um keinen Augenblick in seinem Garten zu verpassen. Und dann geschah das Wunder: Er, der ein Leben lang nur zwischen toten Akten gewühlt hatte, servierte Früchte und Gemüse, frisch, knackig und in riesigen Mengen.

Das hieß, die ganze Familie hatte an diesem Wunder ohne

Murren teilzunehmen.

Wieso »Murren«, fragt sich jeder. Bei solchen vitaminreichen Aussichten hätte die Familie doch schlichtweg jubeln und tanzen müssen.

Nun, jeden Tag zum Mittag Bohnen in sämtlichen Variationen – in Butter, ohne Butter, als Eintopf, Zweitopf und Bohnensalat und vieles mehr. Dazu als Nachtisch Erdbeeren mit Sahne, ohne Sahne, gezuckert, ohne Zucker, als Kompott, als Eis, Kaltschale oder sonstwie ... Und das jeden Tag, die ganze lange Dauer der Erdbeer- und Bohnenzeit?

Von der Erdbeermarmelade dieser Tage zehre ich heute noch. Selbst eingeweckte Bohnen gingen jahrelang nicht aus. Und als hätte er eine grüne Ausstrahlung auf Pflanzen, trug der Kirschbaum wie wild. Salat, Radieschen, Petersilie, Dill, Zwiebeln, Mohrrüben, alles wuchs förmlich direkt bis in die Küche. Selbst die Sträucher, ob rote oder schwarze Johannisbeeren, hingen voll, was ihn veranlaßte, den herrlichsten Likör und Aufgesetzten herzustellen ...

Somit wandelte sich die gemütlich geplante Pensionierung: »... ein Häuschen mit Garten, die Blumen begießen ...« sehr bald zu einem Obst- und Gemüse-Streß, der ihn mit den Gießkannen, Schippchen und Eimern hin und her flitzen ließ. Mutter, die anfangs den Trubel und die Einkaufsmöglichkeiten der Großstadt vermißte, kam schon sehr bald nicht mehr dazu, darüber nachzudenken. Genaugenommen hatten sie sich zu hervorragenden »Selbstversorgern« gemausert und brauchten nur noch wenig aus der Stadt.

In Ermangelung eines Führerscheins kaufte Vater kein Auto, sondern einen sogenannten »Hühnerschreck«. Ein Ding, was entsetzlichen Lärm machte, rot, mit zwei Rädern. Darauf zu fahren, übte er heimlich in einem stillen Eckchen des Waldes, entwickelte sich aber sehr schnell zu einem ausgezeichneten Einkaufsfahrer.

Mutter brauchte nur mit den Fingern zu schnippen, und schon schwang sich Vater auf sein kleines, wildes Moped und sauste in die Stadt. Anfangs brachten sich die Nachbarn bei seinem Start immer ein bißchen in Sicherheit, aber im Laufe der Jahre wurde er zum schnittigen Fahrer, den jeder achtete, je älter er wurde.

Somit hat eine kleine Zeitungsanzeige all dieses bewirkt: Das Haus mit seinem ganzen Drum und Dran gestaltete sich für Vater, Mutter und auch für mich zum wahren Paradies.

Mein Bach

Ganz abgesehen von den vielen »Welt-Nachrichten«, die uns tagtäglich, dank Fernseher, ein Wechselbad nach dem anderen verpassen, sind auch die Wetterberichte der letzten Tage nicht zu verachten. Eben noch duckte sich alles unter dem unerbittlichen Zepter von Väterchen Frost, da haut uns auch schon gleich ein Sturmtief mit 10–12 Grad plus um die Ohren. Dicker Regen prasselt auf die tauende Landschaft nieder, und prompt verwandelt sich das stille Land in ein wassersprudelndes Schwimmbecken. Als ich vor ein paar Tagen nach Marburg fuhr, dachte ich im ersten Moment, ich sei versehentlich am Gardasee gelandet, so weit war die sonst friedliche Lahn über die Ufer getreten. Jeden Tag komme ich auf meinem Spaziergang an einem Bach vorbei, der sich noch in natürlichen Krümmungen und kleinen Absätzen durch den Wald schlängelt. Gerne trete ich an seine Ufer und lausche seinem fröhlichen Geplätscher.

Im Frühjahr blühen große Stauden Sumpfdotterblumen an seinem Rand, hier und da sind sogar Forellen in ihm zu finden, echten Pfefferminz habe ich dort auch schon gepflückt, und im Sommer säumen große Büsche von Vergißmeinnicht die Ufer.

Ein Ort der Ruhe und Beschaulichkeit, vielleicht das letzte Fleckchen Erde, auf dem die Welt noch erholsam in Ordnung scheint.

Doch als ich jetzt in seine Nähe kam, kündigte er sich schon von weitem mit ungewöhnlich lautem Getöse an. Neugierig bog ich um die Ecke: Oh, wie hatte sich mein Freund verändert!

Vorsichtig trat ich an seine weit ausladenden Ufer, denn sein sonst eher klares dahinplätscherndes Wässerchen hatte sich in einen gewaltig kraftvollen, alles mitreißenden Strom verwandelt. Der schmale Bachlauf, über den man normalerweise mit einem Schritt hinüberhüpfen konnte, hatte sich so gewaltig ausgebreitet, daß kaum eine zwei Meter breite Bohle ausgereicht hätte, hinüberzukommen. Kochend, weiß schäumend und wild sprudelnd rauschten und klatschten die Wassermassen herab und verwandelten die sonst kleinen Absätze in mittlere Wasserfälle.

Welch eine Energieverschwendung, dachte ich. Wenn es gelänge, diese Kraft in Strom umzuwandeln, könnte man sicher eine ganze Weile damit unser Dorf beleuchten. Ein dickes Stück Holz war gerade mitten in den reißenden Strudel geraten und polterte in rasanter Fahrt den Bach herunter. Und genau in der kleinen Krümmung, in der ich mich befand, wurde es kraftvoll herausgeschleudert, mir direkt naßglänzend vor die Füße.

Erschrocken sprang ich zur Seite, da hatte mein großer Zeh aber noch einmal Glück gehabt.

Ich dachte immer, nur im Frühjahr wäre es draußen gefährlich, weil da angeblich die Bäume »ausschlagen« und der Salat »schießt«. Daß ein Bach mitten im Winter mit harten Gegenständen schmeißt, war mir neu. Deshalb blieb ich in respektvoller Entfernung und schaute fasziniert in die brodelnden, scheinbar nie enden wollenden Fluten. In diesem

Augenblick wurde mir klar, welch eine Gewalt und Kraft die Natur von einem Augenblick zum anderen entwickeln kann und wie klein und wehrlos wir Menschen dagegen sind, wenn sie eines Tages mal zurückschlägt.

Tante Minchens Treckertour

Gestern war ich beim Bauer nebenan zum Geburtstag eingeladen. Eine große Gesellschaft aus Tanten, Verwandten, Freunden und Nachbarn hatte sich zusammengefunden. Obwohl sich alle vom vielen Kuchen des Nachmittags noch papsatt in den Stühlen lümmelten, wurde zum Abendbrot schon wieder nach guter alter Väter Sitte reichlich aufgetischt.

Üppige Platten mit Schnitzeln, Schenkeln, zarten Hähnchen und würzigem Braten wurden dampfend aufgetragen. Dazu gab es leckere Salate, an denen man nicht vorübergehen konnte. Alle haben es sich schmecken lassen; ich mir auch.

Anschließend war ich dermaßen satt, daß ich mich kaum noch rühren konnte, so, als hätte ich ein Lineal verschluckt. Deshalb haben wir auch hinterher ein Verdauungsschnäpschen getrunken, einen Kümmel!

»Prost!« hat das Geburtstagskind gesagt, »so jung kommen wir nie wieder zusammen und prost darauf, daß wir uns in genauso fröhlicher Runde im nächsten Jahr treffen.«

»Tja ja«, wiegten einige der Gäste bedenklich die Köpfe, »was wird werden? Die Zeiten sehen nicht rosig aus. Eine Menge Arbeitslose, in vielen Ländern Krieg und Not, immer mehr Menschen drängen in unser Land. Ein Bauernhof nach dem anderen wird stillgelegt!«

Plötzlich wurde man ganz ernst.

Wie sollte das in Zukunft aussehen, wenn niemand mehr die Felder bearbeitet? Ist denn Landwirtschaft nicht auch gleichzeitig ein Stück Pflege der Natur?

Tja, was wird, wenn alle Trecker schweigen?

»Ach«, meinte Bauer Karl, »ich hatte erst gestern noch einen Großeinsatz mit meinem Trecker.«

»Au ja«, krähte Tante Minchen laut lachend, sie war von weither extra zum Geburtstag angereist. »Der Karl hat mich mit seinem Trecker vom Bahnhof abgeholt. Jetzt lache ich darüber, aber vorher im Zug war mir gar nicht wohl bei dem Gedanken, in der Eiseskälte auf dem Trecker zu kutschieren. Schließlich bin ich nicht mehr die Jüngste. Kälte ist für einen alten Menschen das Schlimmste. Deshalb wurde es mir bei der Aussicht, mit dem Trecker abgeholt zu werden, ganz anders. Aber was soll ich euch sagen, da stand doch mein Karlchen und hatte erstens einen dicken alten Lodenmantel mitgebracht, den er mir fürsorglich um die Schultern legte. Damit es mir von unten her nicht kalt würde, hatte er eine prallgefüllte heiße Wärmflasche vorbereitet, auf die ich mich setzen mußte.

Also, besser konnte mich kaum ein Taxi transportieren. Wenn ich ehrlich bin, ich habe die Fahrt vom Bahnhof direkt genossen. Irgendwie fühlte ich mich wie in alten Zeiten.«

»Na ja«, meinte Karlchen verlegen, »man muß sich eben zu helfen wissen. Ich wollte ja nur, daß sie nicht friert!« Aber wenn auch alle kicherten und lachten, weil Tante Minchen auf einer gluckernden Wärmflasche durch die Landschaft getuckert ist, hat doch jeder Karlchens Tat freundlich honoriert.

Und weil man bekanntlich auf einem Bein nicht stehen kann, wurden die Gläser erneut mit einem Kümmel gefüllt.

»Prost, auf daß wir uns immer zu helfen wissen und auf

daß immer noch jeder ein bißchen um das Wohl des anderen bemüht ist – und wenn es nur eine gutgemeinte Wärmflasche auf einem kalten Trecker ist ...«

Faule Wintertage

Ich weiß nicht, was zur Zeit mit der Zeit los ist. Ich habe das Gefühl, die Tage gleiten mir wie glitschige Aale durch die Hände. Kaum ist es Morgen und ich habe mich gerade mit etlichen Tassen Kaffe in Schwung gebracht, da geht die Sonne bereits in prächtigem Orange unter. Und während sich der Abend in gemütlicher Länge vor mir ausbreitet, muß ich voller Entsetzen feststellen, daß ich nichts geschafft habe.

Weil mich diese Feststellung schrecklich mitnimmt, beschließe ich, den Abend zu genießen und alles auf den nächsten Tag zu schieben, den ich dann von Anfang an gleich besser in den Griff kriegen will. Aber mit dieser Schieberei geht das nun schon eine Reihe von Tagen, und dabei ist mir ganz unmerklich der Januar durch die Lappen gegangen. Kaum zu glauben, das neue Jahr hat kaum angefangen und der erste Monat ist schon rum? Also, da kann ich nur sagen: Eins, zwei, drei, im Sauseschritt saust die Zeit, wir sausen mit. Kaum sind die letzten Weihnachtsmänner zum halben Preis verkauft, lächeln schon wieder Osterhasen im Regal und kullern uns bunte Eier vor die Füße. Apropos Ostern, als ich vor ein paar Tagen durch meinen Garten spazierte, da lugten bereits hier und da ein paar grüne Spitzen der Osterglocken aus dem Boden und kündigten den Frühling an. Dabei hat der Winter ja noch gar nicht richtig stattgefunden. Selbst ein paar Krokusse winkten vorwitzig mit ihren zarten Blättchen in der kräftigen Mittagssonne. Am liebsten hätte ich mir den Spaten aus der Ecke geholt und mit der Gartenarbeit begonnen. Aber bei sieben Grad minus wäre ich sicher an der Harke festgefroren.

Weil mir die Arbeit zur Zeit sowieso nicht schmecken will, habe ich von solchen Experimenten abgesehen und mich zu einem Spaziergang überredet. Dermaßen dick eingemummelt mit Mütze, Schal, Jacke und Mantel, hätte ich bequem in einem Kühlfach übernachten können.

Deshalb war ich nach einer kurzen Strecke trotz rotgefrorenem Näschen im wahrsten Sinne des Wortes in Schweiß gebadet. Wären die Bäume nicht kahl gewesen, hätte ich bei dem azurblauen Himmel glatt geglaubt, März, April, Mai habe ich ebenfalls vertuddelt und wir hätten schon Sommer. Aber so schnell saust die Zeit nun auch wieder nicht. Trotzdem habe ich mich auf diesem zauberhaften Spaziergang zur Ordnung gerufen und mich noch mal an die guten Vorsätze zu Beginn des Jahres erinnert, denn ein Jahr ist schnell vorbei.

Wie heißt es so schön: »Der Geist ist willig, aber das Fleisch ist schwach.« Geschwächt von dem langen Spaziergang durch die wundervolle hessische Landschaft, fand ich ich mich abends prompt gemütlich zusammengekuschelt mit »Plüschpuschen« auf dem Sofa beim Fernsehen wieder. Ich kann nur hoffen, daß mein Geist diese vor sich hin faulenzenden Wintertage sehr bald besiegt.

Der Mann auf der Bank

Wenn ich sonst durch den Wald strolche, dann finde ich meist Blumen und Tiere am Wegesrand. Diesmal fand ich auf meiner Bank mitten im Wald, wo ich immer eine Pause einlege, einen alten Mann. Seit einigen Monaten war er mir mehrfach in unserem Dorf begegnet. Er hatte beide Hände auf seinen Spazierstock gestützt und genoß die Frühjahrssonne.

»Guten Tag«, grüßten wir einander.

»Na, wo geht's hin«, fragte er mich, als wollte er mich begleiten. Schon waren wir mitten im Gespräch, ich setzte mich zu ihm auf die Bank. »Ach, ist das hier herrlich in der Sonne, nur die Luft ist zu kalt für diese Jahreszeit!«, und gleich knöpfte ich meinen Mantel von oben bis unten zu.

»Das bißchen Kälte ist rein gar nichts, bei uns liegt jetzt noch tiefer Schnee!« lachte mein Banknachbar.

»Ach was«, meinte ich verwundert, »wo kommen Sie denn her?«

»Aus Sibirien«, antwortete er stolz. Schon dachte ich, »Herr Winter« persönlich säße neben mir, denn erst in diesem Augenblick registrierte ich das kantige Gesicht, die stahlblauen Augen und die markige Gestalt, die manchem Schneesturm getrotzt haben mußte.

»Aus Omsk kommen wir. Die Frau und die Töchter sind auch hier. Ein schönes Häuschen hatten wir, wollen Sie mal ein Foto sehen?«

»Ja gern«, nickte ich. Etwas umständlich zog er daraufhin

eine zerdrückte Brieftasche aus seiner Jacke und kramte mit von lebenslang harter Arbeit gekennzeichneten Händen ein kleines Bild hervor.

»Da!« deutete er auf ein ziemlich großes Haus, liebevoll hellgrün gestrichen, umgeben von einem strahlend weißen Lattenzaun, direkt am Wald gelegen.

Ich war baff: »Ja warum sind Sie denn von einem so schönen Haus weggegangen?«

»Es gab kaum etwas zu kaufen! Mit Müh und Not ein paar Lebensmittel für den täglichen Bedarf. Das war kein Leben mehr! Dabei habe ich viele Jahre auf einer großen Kolchose gearbeitet. Felder bis zu 1000 Hektar groß. Alles wurde angebaut, Weizen, Gerste, Kartoffeln, ein umheimlich fruchtbarer Boden ...«

»Ja, dann hatten Sie doch alles«, meinte ich erstaunt.

»Ach bewahre, davon bekamen wir nicht ein Körnchen. Alles, was wir geerntet haben, wurde in die ganze Welt, vielleicht manches auch nach Deutschland, geschafft. Für harte Dollars oder was weiß ich, was die da im Kreml sich ausdenken und tun. Wir hatten auf jeden Fall nix!«

»Ja, und konnten Sie sich nicht selbst versorgen?«

»Das war schlecht möglich, wir hatten kaum Land, und der Sommer dauert bei uns gerade mal vier Monate!«

Immer noch hielt er das Foto mit dem grünen Haus im tiefen Sibirien in der Hand. Wehmütig lächelnd schaute er mich an: »Wir wären gerne dort geblieben. Ich bin da geboren, mein Vater war 1914 von Schweden aus gekommen. Er war Schwede, mein Vater, die Mutter war deutsch!«

»Sie sprechen ja auch einwandfrei Deutsch!«

»Nun, wir sind in dieser Gegend ganz viele deutsche Dörfer, deutsche Schulen, Kirchen alles...! Nur insgesamt war es kein Leben mehr..., deshalb sind wir gegangen!«

Vielleicht war es auch nur die kalte Luft, die in seinen Augen zwackte, denn plötzlich rollte eine Träne die vom Wetter gegerbte Wange hinab. Betroffen, wortlos saßen wir beide da, mitten in der Sonne, mitten im Wald. Dabei wurde mir klar, wir haben eigentlich kein Aussiedlerproblem, kein Asylanten- und schon gar kein Ausländerproblem. Das einzige Problem ist die gesamte, zur Zeit haarsträubende, weltpolitische Lage. Denn wenn in den einzelnen Ländern lebenswerte Verhältnisse herrschten, dann würde jeder in seiner sogenannten »Heimat« bleiben.

Nur müßte sich sehr bald etwas ändern, denn unser Land ist sehr klein, gemessen an der Weite Rußlands. Und ein Rettungsboot, was für einhundert Leute gedacht ist, geht mit tausend, die hineinspringen, unweigerlich unter.

O Valentin

Ich könnte ja jetzt meckern: »Kaum haben die weihnachtlichen Kassen ausgeklingelt, da steht schon wieder ein Tag der Liebe und Aufmerksamkeiten vor der Türe.«

Aber ich tue es nicht.

Im Gegenteil mir ist dieser Tag herzlich willkommen. Denn wem wollte ich zu Weihnachten nicht alles zumindest einen lieben Gruß mit ganz besonders guten Wünschen zukommen lassen? Nichts ist daraus geworden! Irgendwie ist mir diese Schreiberei vor lauter Weihnachtsglimmer förmlich unter den Gabentisch, die vielen Lebkuchen oder in den Weihnachtspunsch gerutscht.

Obwohl ich zwischen den Jahren wahnsinnig viel Zeit für solche Sachen gehabt hätte, blieb ich auf der unerledigten Post förmlich sitzen. Erstens, weil ich wohl lieber spazierengegangen bin oder zweitens sonstwas für unsinnige oder wichtige Dinge getan habe.

»Morgen wird die Post erledigt!« habe ich mir geschworen. Doch der Morgen kam, und am Abend war immer noch nichts erledigt. Denn an einem Tag war es mir zu kalt, am anderen zu grau, dann fand ich, sei das Wetter wieder zu schön, und ich bin lieber im Wald rumgestrolcht. Schließlich mußte ich ja auch mal in die Stadt etwas einkaufen, dann hatte ich ein furchtbar wichtiges Kaffeetrinken bei einer Nachbarin.

Ganz plötzlich entwickelte ich einen nie gekannten Ordnungssinn, putzte Silber, räumte Schränke und Schubladen auf, so daß jetzt selbst Büroklammern und Radiergummis bei mir nach Größen geordnet auf Anhieb zu finden sind. Kurzum, ich habe mich um diese Schreiberei gewunden wie ein Aal. Wer kennt das nicht, wenn viele unerledigte Dinge auf schmalen Schultern lasten?

Die Palette meiner Entschuldigungen, die mich pausenlos wie eine Katze um den heißen Brei schleichen ließen, war weit gefächert, und mehr und mehr wurde mir diese bevorstehende Aufgabe zur Qual...

»Im neuen Jahr schreibe ich ganz bestimmt!« habe ich mich über meine Unterlassungssünden hinweggetröstet. Aber wie das Leben nun mal spielt, ist mir die erste Januarwoche blitzschnell durch die Finger geflutscht. Wenn ich ganz ehrlich sein soll, die zweite und dritte, vierte Woche auch. Schließlich wurde, ehe ich mich versah, bereits der Februar eingeläutet. Beschämenderweise hatten mich eine ganze Menge Leute mit besonders lieben Wünschen für dieses Jahr bedacht. Bei jeder Karte, die ich erhielt, drückte mich mein Schuldbewußtsein tief und tiefer.

Eigentlich wollte ich schon sämtliche Flügel hängen lassen und alle Grüße in den Wind schreiben, da blinkte dieser wundervolle Valentinstag am Horizont. Ganz fix habe ich mich deshalb auf meine Hinterbacken gesetzt und ordentlich losgelegt.

Und siehe da, habe ich doch bald einen riesigen Berg Grußkarten und Briefe zur Post geschleppt. Sichtlich erleichtert kehrte ich an meinen blitzblanken Schreibtisch zurück. Doch bevor ich noch die Feststellung treffen konnte, daß dieser Valentinstag eine tolle Einrichtung für so Bummelanten wie mich sei, fielen mir mindestens noch sieben, acht unbeantwortete Briefe in die Hand. Sie hatten sich hinter der rechten untersten Schublade verklemmt.

Meine Verzweiflung war grenzenlos, denn nachträglich zum Valentinstag, Weihnachten und Neujahr zu schreiben, stufte sogar ich für meine Verhältnisse als reichlich peinlich ein – die müssen nun bis Ostern warten.

Geranienträume

Über das Wetter zu reden, ist ja stets ein weitgefächertes Thema; aber auch die Jahreszeiten bieten eine schier unerschöpfliche Bandbreite. Wobei der Frühling mit Sicherheit die Jahreszeit ist, die von ermüdeten, frierenden Winterseelen am sehnlichsten herbeigewünscht wird.

Wenn wir daran denken, wie ungeduldig wir noch vor wenigen Wochen jedes kleine Graszipfelchen, Blättchen und Blütchen herbeigeguckt haben, hat uns doch die mit aller Gewalt erwachende Natur mit ihrer ganzen Blütenpracht bereits voll im Griff.

Wie zäh und schleppend sich auch die grauen Wintertage mit Pelzmänteln, Schnupfen und Schnäpsen überwinden ließen, so schnell und hurtig saust jetzt ein schöner Tag nach dem anderen an uns vorbei. Kaum daß wir die Frühjahrbepflanzung hinter uns gebracht haben und alle Kübel und Körbe vor den Haustüren glänzen, macht sich so mancher Blumengärtner bereits Gedanken über die Sommerpracht.

Auch ich. Und weil Blumen mitunter ziemlich teuer sein können, war ich ein kluges Mädchen und habe im letzten Herbst, kurz vor dem Frost, meine Geranien in den Keller gezogen. Fein säuberlich wie Rosen habe ich sie abgeschnitten und versucht, sie zu überwintern. Wie gesagt: Ich habe es versucht.

Aber wie das Schicksal meist spielt, bekamen meine Schützlinge nur hin und wieder eine Portion Wasser. Denn der Keller liegt eine Treppe tiefer, und man muß ja nicht jeden Tag hinunter.

»Das ist gar nicht schlimm!« hat mich mal ein Meister aller Geranien beraten:

»Du kannst die Pflanzen auch ganz aus der Erde nehmen, in Zeitungspapier einwickeln und in irgendeine Ecke legen!«

Ich habe diesen Rat befolgt, und was ist passiert? Als ich im darauffolgenden Frühjahr die kleinen Pakete auspackte, bröselten mir nur noch ein paar total vergammelte Blumenreste entgegen. Deshalb hatte ich mich zu der »Blumenkastenverbleibmethode« entschlossen. Aber als ich jetzt einen ersten Kontrollgang wagte und meine teuren Blumenkinder nach Leben abklopfte, mußte ich feststellen, daß ich wiederum versagt hatte. Nur bei wenigen konnte ich einen geringen Blattansatz verzeichnen. Also ließ ich die Ohren hängen und beschloß, alles auf den Kompost zu werfen. Das war vergangene Woche Donnerstag. Aus einem mir unerfindlichen Grund hatte ich aber die trockenen Stengel noch mal, völlig gedankenverloren, mit einem Schöppchen Wasser übergossen und die Sache mit dem Kompost für eine paar Tage total vergessen.

Als ich gestern nun in früher Morgenstunde mit hochgekrempelten Ärmeln meine Wegwerfaktion beginnen wollte, traute ich meinen Augen kaum. Wie von Zauberhand waren plötzlich die totgeglaubten Pflänzchen mit zarten grünen Blättern übersät.

Ich hätte vor Freude heulen können.

Mit Kraft und Ausdauer habe ich die gesamte kostbare Last in den Wintergarten geschleppt und träume nun von der üppigen Blütenpracht, die bald mein ganzes Haus umschwirren wird.

Frühlingsanfang

Eine Schwalbe macht noch keinen Sommer. Deshalb reichte es auch nicht, daß sich seit Tagen weit über meinem Kopf in hohen Lüften eine kleine Lerche abstrampelte und tirilierte, was das Zeug hielt. Krokusse, Schneeglöckchen, Märzenbecher und tausend leuchtende Blüten hatten schon seit einiger Zeit um meine Füße herum geblüht. Kraniche, Schneegänse und viele Zugvögel konnte ich beobachten. Selbst ein herrlich gelb leuchtender Zitronenfalter flatterte mir bereits am 3. März um die Nase.

An all diesen farbenfrohen Boten der schönsten Jahreszeit, die da auf uns zukommt, habe ich mich reichlich erfreut und ließ langsam in mir eine Ahnung aufkommen, daß der Frühling sicher nicht mehr weit ist. Aber trotzdem blieb ich in meinem Denken und Hoffen eher zögernd und zaghaft. Ganz besonders, als uns in der vergangenen Woche noch einmal richtig dicker Schnee aufs Dach und auf die bereits schießenden und sprießenden Blümchen fiel.

Aber damit ist jetzt Schluß! Jetzt steht es ganz groß und deutlich im Kalender geschrieben: »Frühlingsanfang«.

Das kann sogar ich ohne Brille lesen. Und schon kribbelt und krabbelt es in meiner ungeduldigen Gärtnerbrust. Alle Spaten, Harken und Schippchen sind bereits startbereit und blitzblank geputzt. Mein Schuppen liegt bis zur Decke voll mit Beuteln feinster Gartenerde. Dazu habe ich einen Großeinkauf an Stauden und Knollen geplant. Mancher Gärtner in der näheren Umgebung kann ein Lied davon singen, denn habe ich erst einmal einen Fuß im Gewächshaus, gerate ich in einen absoluten Pflanzen-Kaufrausch. Ich wage zu behaupten, daß im »Buckingham-Palast« – im Verhältnis gesehen – kaum so viel Material verarbeitet worden ist, wie in meinem Minigärtchen.

Aber das alles ist egal, ich bin nur froh, daß ich jetzt wieder im Garten buddeln, scharren, kratzen und pflanzen kann. Denn es gibt nichts Schöneres, als jede kleine Pflanze zu beobachten und liebevoll in ihrem Wachstum zu begleiten.

Wenn wir ganz ehrlich sind, so können wir es uns doch kaum verkneifen, den Zollstock herauszuholen, um zu messen, wieviel die »Tränenden Herzen« in der letzten Nacht gewachsen sind und wieviel Zentimeter die Tulpen jeden Tag zulegen ...

Gartenmöbel werden aus ihren Winterquartieren herausgeholt, auf die Terrasse geschleppt, von Spinnweben befreit, abgeschrubbt und vielleicht sogar mit neuen Kissen bestückt.

Jetzt beginnen auch wieder die Gespräche über den Gartenzaun. Vor ein paar Tagen habe ich mit Oma Hanni von nebenan eine Probe dieser Art gestartet. Wir haben über ihre mißglückte Kartoffelernte vom letzten Herbst gesprochen und gemeinsam gehofft, daß in diesem Jahr mehr Kirschen am Baum zu sehen sind. Als wir bei Politik und Bratkartoffeln angekommen waren, hatte ich allerdings so kalte Füße gekriegt, daß mich nur noch ein heißer Tee retten konnte.

Ab heute wird alles anders! Von nun an geht's bergauf, denn wir haben es schriftlich: Es ist Frühlingsanfang, und wir können wieder fröhlich durch die Gärten springen.

Eiersalat und lila Schmunzelhasen

»Frohe Ostern, frohes Fest, schöne Feiertage, vor allem geruhsame Tage ...« schallte es aus allen Ecken schon seit Tagen. Tausend Leute haben mir bereits seit Anfang der Woche dieses »Frohe Fest« gewünscht: »... falls man sich nicht mehr sehen sollte!«

Siebenhundert von ihnen habe ich mindestens noch dreimal, spätestens bei der Prügelei um einen Parkplatz, wiedergesehen. Dermaßen vorösterlich wie in diesem Jahr war auch mir schon lange nicht mehr zumute. Entweder lag es an den liebevoll geschmückten Weidenbäumchen, die mit frühlingslockenden Bändern und Schleifen besteckt vor allen Ladentüren freundlich grüßten, oder an den buntbemalten Hühnereiern, die man überall in die Hand gedrückt bekam.

Drei Stück hatte ich nach und nach bei meinem Gang durch die Geschäfte in die rechte Jackentasche gesteckt. Prima, dachte ich, kaufte mir zwei taufrische Brötchen dazu und machte mich eiligst auf den Heimweg, denn ich hatte noch nicht gefrühstückt. Doch dann fiel mir ein, ich brauchte auch Salz, Mehl und Zucker.

Schnell stürzte ich mich in einen der Supermärkte, vorbei an den Pyramiden der Marzipanträume und Schokoeier, und schwups fiel mir hier und da noch einiges in meinen Korb hinein. Total vom Kaufrausch gepackt, gerieten die Eier in meiner Tasche natürlich sehr bald in Vergessenheit.

Gerade, als ich mich Richtung Heimat durch den österlichen Stau wurschtelte und der Wetterbericht im Radio hinsichtlich des Festes sehr feucht ausfiel, wurde es auch mir merkwürdig kühl an einer bestimmten Stelle.

Siedendheiß fielen mir die Eier ein. Kurzum, ich saß auf ihnen. Im ersten Augenblick ärgerte ich mich fürchterlich über meine Dusseligkeit. Auch wagte ich kaum, in die unselige Tasche zu sehen. Zu Hause angekommen, rettete ich, was zu retten war und pulte die bunten Schalen feinsäuberlich von den Gott sei Dank hartgekochten, platten Exemplaren. Wie von selbst zerbröselten sie in kleine Stückchen. Deshalb machte ich aus der Not eine Tugend, gab einen Blubb Majonäse hinzu, überkrümelte das Ganze mit ein paar Kapern, und schon war der Eiersalat fertig. Mit dieser Feinschmeckerkreation schmiß ich mich vor das verspätete Frühstücksfernsehen und genoß. Sauwohl fühlte ich mich, und die Berieselungsfilme der Reklamebeiträge ließen mich tatsächlich für kurze Zeit auf einer zarten Wolke liegen, als würde ich ganz sanft durchs Land der lila Schmunzelhasen schweben. Aber dann hämmerten die Nachrichten über den Bildschirm, und prompt blieb mir ein delikater Bissen im Halse stecken.

Frohe Ostern!

Krims und Krams

Eigentlich ist der Mensch ein anspruchsloses Wesen. Er braucht nur eine Kleinigkeit zum Essen, vielleicht noch einen Stuhl, einen Tisch, einen Schrank, ein Hemd und eine Hose.

Spätestens bei einem Umzug stellt man fest, daß die Wirklichkeit ganz anders aussieht. Denn in dem Augenblick, wo Schränke, Kästen und Regale ausgeräumt werden müssen und die gesamte Bescherung in Kartons verpackt wird, kommt die Wahrheit auf den Tisch.

Mit allerlei Krims und Krams, den man jahrelang nicht mehr beachtet, geschweige denn berührt hatte, feiert man ein fröhlich beschwerliches Wiedersehen. Denn just in diesem Moment wird man vor die Wahl gestellt, sich entweder noch weiterhin damit zu belasten oder die Augen zu schließen und weg damit – ab in den Müll.

Es gehört schon allerhand Mut dazu, den alten Topf wegzuwerfen, aus dem Mutter in unserer Kindheit stets leckeren Vanillepudding gezaubert hat. Mit diesem Topf verbinden wir schöne Stunden, deshalb steht er sicherlich da, damit wir ein Stück davon festhalten, noch greifen können.

Ja, und dann sind noch die vielen Briefe von lieben Freunden und Verwandten eine Vase von Tante Erna, die zwar nicht unserem Geschmack entspricht, wir aber wissen, daß Tante Erna sie von ihrer kleinen Rente gekauft und von Herzen geschenkt hat

Also bleibt die Vase im Regal.

Oder nehmen wir die alte Uhr mit dem zu lauten Gong von Onkel Paul oder den Wandteller mit den bunten Blumen, der nicht zur Tapete paßt, und trotzdem wird er wieder aufgehängt.

Ganz zu schweigen von alten, heißgeliebten Kleidungsstücken, die, kaum getragen, die Schränke füllen, nur weil wir meinen, daß sich irgendwann eine Gelegenheit findet, damit zu glänzen. Nur, wenn die Gelegenheit gekommen ist, ist der Glanz hin, das Kleid zu eng und die Farbe nicht mehr nach unserem Geschmack. Trotzdem wird es noch nicht weggeschmissen, denn der Stoff ist von so hoher Qualität, daß wir uns entschließen, daraus ein paar lustige Stuhlkissen zu nähen, wenn wir irgendwann mal Zeit haben.

Also bleibt uns das gute Stück weiterhin erhalten und wird ordnungsgemäß in den Schrank eingeordnet.

Wie gesagt, Wegwerfen ist eine hohe Kunst, und es gibt nur wenige, die sie beherrschen. Deshalb steht man bei Umzügen meist fassungslos vor den unüberwindlichen Bergen der eigenen Inkonsequenz. Dieser Gedanke, dies und das vielleicht noch einmal zu gebrauchen, ist in unser Hirn so fest eingebrannt, daß wir uns nur unter größtem Kraftaufwand von gewissen Dingen trennen können. Ganz besonders schlimm äußert sich solch ein Verhalten beim Sammeln von Schrauben, Nägeln, Haken, alten Klinken, leeren Marmeladengläsern und zerschlissenen Unterhosen.

»Irgendwann«, heißt das Zauberwort, und die Regale quellen über.

Und wenn dann eine Schraube gebraucht wird, sind alle Größen parat, nur nicht die, und deshalb läuft man fix in den nächsten Laden, die passende zu kaufen.

Mit anderen Worten: Bei einem Umzug wird einem wieder mal voll bewußt, wieviel man hat, was man eigentlich gar nicht braucht.

Rosa Träume

»Was fällt ihnen in Anbetracht des Muttertages zu dem Wort Mutter ein«, wurde ich vor ein paar Tagen gefragt.

Nun, da ich zur Zeit von früh bis spät in meinem Garten herumkrabbele, konnte ich nur antworten:

»Mutterboden! Oder Muttererde oder Mutter Erde!«

Im ersten Moment schaute mich mein Fragesteller ziemlich irritiert an, als hätte ich mich nun wirklich in einen Gartenzwerg verwandelt und könnte an nichts anderes mehr denken.

Dabei hat dieser Begriff einen tiefen Bezug, denn ist es nicht der Mutterboden, der den Pflanzen erst die Möglichkeit bietet zu wachsen und zu gedeihen? Ähnlich wie die Kinder im Schoß und am Schürzenzipfel der Mutter.

Ist es nicht ein Wunder, was diese Erde vollbringt?

Wir legen ein paar unscheinbare Samenkörner in den Boden, decken sie mit Muttererde zu, und Mutter Erde macht dann was daraus.

Das Schöne ist, wir vertrauen vollkommen auf dieses Wunder – und da sind wir auch schon beim Muttertag.

Denn ist nicht eine Mutter für uns der absolute Begriff des Vertrauens?

Genau dieses Vertrauen ist es doch, was für das Wachstum eines Menschen, wie für ein kleines Pflänzchen nötig ist.

So wird im umgekehrten Sinne eine Mutter Nährboden für das Heranwachsen und Gedeihen eines neuen Menschen.

Also war doch meine Verbindung mit dem Garten gar nicht abwegig.

Wenn dieser Muttertag auch dermaßen von der Werbung ausgeschlachtet wird, weil man eine Mutter ausgerechnet an einem einzigen Tag im Jahr mit Blumen, Seife und Pralinen zuschütten soll, finde ich es trotzdem gut, daß dieser Tag der Mutter gehört und wir uns vielleicht einmal mehr bewußt werden, wie schön es ist, Mutter zu sein und Vertrauen zu geben, wo es um uns herum so viel nach Haß und Streit aussieht.

Ich genieße es, als Mutter auch mal einen Tag lang darauf zu bestehen, verwöhnt zu werden. So mit Frühstück ans Bett, mittags Spaghetti mit Tomatensoße und zum Nachtisch Wackelpudding.

Mein schönster Muttertag war ein rosa Muttertag. Meine Tochter, ungefähr zwölf Jahre alt, schwelgte zu der Zeit gerade in ihrer rosa Phase. Sie kleidete sich vornehmlich rosa, und von der Zahnbürste bis zum Bleistift hielt sie alles in diesem pastellenen Ton. Deshalb wurde auch jener Muttertag in ihre Lieblingsfarbe getaucht. Also deckte sie nachmittags im Garten unter einem rosa blühenden Busch einen Kaffeetisch mit einer rosa Tischdecke, rosa Servietten, Geschirr mit rosa Blümchen, einem üppigem Strauß rosa Rosen. Selbst ich mußte in ein rosa-weiß gestreiftes Kleid schlüpfen. Ich glaube, sogar der Hund hatte eine rosafarbene Schleife umgebunden.

Den Höhepunkt der ganzen Veranstaltung bildete ein riesiger Napfkuchen, den sie selbst gebacken und mit rosa Lebensmittelfarbe vom Zuckerguß bis zu den Rosinen eingefärbt hatte.

Allein der Kaffee hatte sein sattes Braun behalten.

Als ich den ersten Bissen von dem quietschrosa Kuchen in den Mund steckte, sträubten sich zwar erst ein bißchen meine Nackenhaare, aber dann, weiß ich noch genau, hat er herrlich geschmeckt, dieser Muttertagskuchen – so gut, daß ich ihn bis heute nicht vergessen habe. Ich kann mich auch noch erinnern, wie glücklich ich an diesem Tag war und wie glücklich ich auch heute bin, eine Mutter zu sein.

Das Wunder der Natur

Alles fing ganz harmlos damit an, daß ich bei Umwälzarbeiten in meinem Miniteich, plötzlich, als ich eine handvoll Modder aus dem Wasser hob, zwei merkwürdige Gebilde entdeckte. Wie kleine hochbeinige Frösche sahen diese Tierchen aus, und eine Freundin, die mir dabei half, vermutete irgendwelche Larven oder so was ... Nichts Genaues wußte man nicht.

Wenn ich ganz ehrlich bin, hatten sie in meinen Augen etwas Außerirdisches und irgendwie Gruseliges. Schaurig sahen sie aus, und ich schüttelte mich davor, freiwillig wollte ich nicht noch einmal in den Teich fassen. Dabei konnten diese merkwürdigen Krabbeltierchen mir bequem in den großen Zeh beißen, denn ich stand ja knietief im trüben Wasser meines Biotops.

Präzise am Sonntagmorgen, als ich verträumt durch meinen Garten bummelte und die Blütenpracht der Akelei, Margeriten und die prallen Knospen des Klatschmohns betrachtete, fiel mein Blick auf den Teich. Neugierig schaute ich ins Wasser, vielleicht glaubte ich, eines dieser komischen Dinger entdecken zu können.

Und genau in diesem Moment krabbelte eines von den kleinen, düsteren Wesen am Halm einer Binse. Na, das traf sich ja gut. Ich setzte mich an den Rand des Gewässers und nahm die Angelegenheit gründlich in Augenschein.

Aber beinahe wäre ich vor Staunen ins Wasser gefallen, denn binnen kurzer Zeit pumpte sich der schlanke Körper dieser Amphibie dermaßen auf, daß sich gleich hinter dem Kopf des Tieres ein ziemlicher Buckel bildete. Ich spürte augenblicklich, daß sich hier etwas ganz Außergewöhnliches ereignen würde.

Deshalb flitzte ich flink wie eine Biene ins Haus und holte den Fotoapparat. Und gerade als ich mich wieder am Teich plazierte, platzte der kleine Buckel, und ein zartgrüner, fix und fertiger Kopf mit riesigen Facettenaugen schnellte hervor. Bald krabbelten dazu ein paar Vorderbeine aus dem kleinen Leib, und mehr und mehr glitt ein mindestens dreimal so großer, neuer farbschöner Körper aus der häßlich braunen, glitschigen Hülle.

Ich fotografierte, was die Linse hielt. Keine unbequeme Haltung war mir dabei zuviel, obwohl dieses angespannte Sitzen auf den harten Steinen abwechselnd mein linkes oder rechtes Bein einschlafen ließ.

Geschlagene zwei Stunden dauerte es, bis »Sibylle«, so hatte ich inzwischen dieses Insektenkind getauft, langsam, sehr langsam auf die Welt kam. Nach einer Stunde und sieben Minuten hatten sich bereits aus anfänglichen dicken Pickeln auf ihrem Rücken winzig-kleine hauchzarte Flügelchen entwickelt, die noch einmal ungefähr eine Stunde brauchten, um zu etwa vier Zentimeter langen, durchsichtigen, in der Sonne glänzenden weiten Schwingen zu reifen: Eine Libelle!

Ich fühlte mich wie ein Mitglied der Gruppe »Jugend forscht«. Mit Geduld und Spucke war es mir tatsächlich gelungen, die Geburt einer Libelle auf die Platte zu bannen. Jeder, der an diesem Tag zu mir kam, mußte sich meine begeisterte Libellengeschichte anhören und wurde zum Teich geführt.

Denn Sibylle war die erste, nach ihr schlüpften sie wie am

Fließband aus. Also konnte ich auch jedem Besucher die stattlichsten Modelle vorführen, die ihrem unterschiedlichen Trocknungsgrad entsprechend und danach, wie lange sie gerade auf der Welt waren, vom zartesten Hellgrün bis zum tiefen Orange in der Sonne schillerten. Und was für ein Geflimmer und Geflatter herrschte, wenn einige gerade vollkommen ausgereift und gut getrocknet ihren ersten Flug wagten! Für mich ein Wunder der Natur, über das ich mich kaum beruhigen konnte.

Taufrisches Grün

Ich habe erst seit kürzerem einen Gemüsegarten, denn es geht ja nichts über frisch geerntetes Gemüse. Beispielsweise Salat:

Man geht nur drei Schritte aus der Küchentüre, und schon liegt einem taufrisches Grün zu Füßen.

Allein beim Anblick der knackigen Köpfe beginne ich, von seidenweichen Blättchen, die auf der Zunge zergehen, zu träumen.

Wenn ich schon geschmacklich in Verzückung gerate, so ist doch ganz wichtig, daß man beim eigenen Gemüse weiß, woran man ist, wenn man es ißt.

Alles schadstofffrei, ohne Gift und Aufputschmittel. Nur mit feinsten biologisch dynamischen Düngern gepflegt. Diese Überlegungen haben mich dazu verleitet, ein Stück Erde dafür vozubereiten.

Doch von Salat zu träumen und ihn zu »ergärtnern«, sind

wohl zwei Paar Schuh'. Denn ehe ich meine Produktion in Gang brachte, fingen meine Nachbarinnen bereits damit an, die wunderschönsten Exemplare zu ernten.

Neiderfüllt lugte ich über den Gartenzaun.

Jeden Tag wanderte Kopf für Kopf auf den nachbarlichen Mittagstisch, während ich, nach Grün lechzend, über dem Zaun hing.

»Hallo, Oma Hanni!« verwickelte ich scheinheilig meine erfolgreiche Nachbarin ins Gespräch.

»Ach, was hast du für wundervollen Salat! Ich weiß nicht, meiner will gar nicht so recht kommen.«

Tatsächlich machten meine Pflänzchen einen sehr kärglichen Eindruck und lümmelten sich müde und schlaff in ihren Beeten herum.

»Vielleicht solltest du mal meinen Dünger nehmen, ich kann dir gerne ein bißchen davon abgeben. Warte mal, ich habe einen kleinen Becher.«

Liebevoll reichte sie mir eine Probe davon über den Zaun.

Das war eine reizende Geste von ihr.

Wenn ich ehrlich sein wollte:

Mir wäre einer von ihren Salatköpfen lieber gewesen.

Ich düngte artig meine Pflänzchen und ermahnte mich zur Geduld.

Da konnte ich mich aber noch auf eine Weile gefaßt machen.

Beinahe unterlag ich, wie Rapunzels Mutter, der Versuchung, einfach mal über den Zaun zu steigen.

Allein meine gute Erziehung hielt mich davon zurück.

Aber dann kam das Schicksal auf mich zurück.

Oma Hanni war wieder mit dem Salat ins Haus gestiefelt. Doch diesmal erntete sie keine Ah's und Oh's.

»Mach, daß du mit dem Grünzeug vom Tisch kommst. Ich bin schließlich kein Karnickel. Salat, Salat, jeden Tag Salat. Mir wird es ja schon ganz grün vor den Augen!« schimpfte Opa Jost.

»Ja, aber was soll ich denn machen«, jammerte Oma Hanni, »er muß jetzt gegessen werden, er schießt mir sonst hoch.«

»Dann verschenk ihn an deine Nachbarin, die schielt ja bereits seit Tagen mit gierigen Augen über den Zaun!«

Gott sei dank war ich auch gerade zur Stelle. Oma Hanni tat, wie man ihr riet und trat schniefend zu mir an den Zaun. Voller Dankbarkeit drückte ich die Köstlichkeit an mein Herz.

Auch in anderen Gärten brach wohl das große Schießen aus, denn Tüten über Tüten mit herrlichstem Salat lagen täglich vor meiner Haus-, Hof- und Gartentüre.

Irgendwann war allerdings auch mein Bedarf gedeckt, und ich begann, von einer deftigen Kartoffelsuppe mit ordentlichen Würschteln zu träumen.

Die Sache mit den Eiern

Endlich ist ja nun der ganze Oster- und Eierfutterstreß vorbei, so daß man sich mal wieder über Eier im Normalzustand, also nicht verzuckert, marzipant oder bemalt, unterhalten kann.

Für mich beispielsweise bedeutet so ein ovales Gebilde frisch aus dem Hinterland den Höhepunkt eines Frühstücks überhaupt.

Welch ein Anblick, wenn es prall und rund, leicht braun getönt mit dunklen Sommersprossen, stolz im Eierbecher thront.

Schon bei Wilhelm Busch heißt es:

»Ein jeder weiß, wer es auch sei, gesund und stärkend ist

das Ei ...« Und »Kick« trennt ein elegant gezielter Schlag mit dem Früstücksmesser das sogenannte Hütchen, Häubchen oder die Spitze sauber ab. Eine Methode für flinke Esser, die schnellstens an das Innenleben des Eis gelangen wollen. Denn während der flotte »Kicker« bereits fröhlich seine Mahlzeit genießt, pult der umständliche »Peller« noch mühsam mit den Schalen herum. Eine Prozedur, die sich ermüdend hinziehen kann, besonders, wenn es sich um nestfrische Ware handelt, bei der die Hälfte des Eiweiß an der Schale kleben bleibt.

Fluchen, Schimpfen hilft in solchen Fällen überhaupt nichts, vermiest nur die Stimmng einer gemütlichen Frühstücksrunde.

»Abschrecken« und »Auf die Uhr gucken« sind die wichtigsten Elemente der Eierkochkunst, denn allein die Kochdauer, auf ganz individuelle Wünsche einzelner Esser abgestimmt, garantiert zufriedene Gesichter. Dazu gibt es ganz komplizierte, hochwichtige Beschaffenheitsmerkmale:

Mancher liebt beispielsweise das Ei insgesamt weich, wabbelig, das Eiweiß glasig, flüssig erkennbar (drei Minuten). Wieder andere wünschen ein festes Eiweiß mit einem in der Mitte noch leicht flüssigen Gelb (fünf Minuten).

Wogegen besonders die Leute, die viel wandern, sogenannte »Ausflugseier« bevorzugen, die vielleicht beim Essen krümeln, aber nicht im Rucksack zermatschen (sieben Minuten).

Wer diese hohe Schule der Härte- oder Weichegrade nicht beherrscht, sollte lieber die Finger vom Eiertopf lassen, denn bekanntlich sind es die Kleinigkeiten, die größere Auseinandersetzungen auslösen.

Mit Sicherheit hat manche Zweisamkeit einen Knacks fürs Leben zurückbehalten, als plötzlich das steinharte angebliche »Fünf-Minuten-Ei« mit den Worten: »Du lernst es nie, Eier zu kochen«, in hohem Bogen durch die Küche sauste und unmißverständlich an den Absender zurückgeschmissen wurde.

Auch Liebhaber der schnittfesten »Ausflugseier« reagieren ausgesprochen sauer, wenn beim Ansetzen des Eierlöffels die gesamte orangefarbene Soße blitzschnell am Becher herunterlabbert und ringsum alles verklebt und verkleckert.

Schon wird solch ein Ei, obwohl weich, zum Stein des Anstoßes. Wurfgeschosse dieser Konsistenz können nämlich leicht zu hartnäckigen Flecken an Wänden und Tapeten führen und somit zu bleibenden Verstimmungen, denn wenn man die Scheidungsraten in den alten und neuen Bundesländern und weltweit betrachtet, drängt sich beharrlich die Frage auf, ob diese Drei- bis Sieben-Minuten-Differenzen nicht schon ein Grund dafür sein könnten

Deshalb rate ich morgens unbedingt zu Spiegeleiern, denn die gelingen bei mir immer!

Autobahnidylle

Das Leben ist im allgemeinen und im besonderen ganz schön beschwerlich. Und wenn hier und da der Spruch laut wird, Arbeit mache das Leben süß, genießen wir doch gern die Bequemlichkeit. Denn wenn das nicht so wäre, würde auf manchem Feld noch, wie in alten Zeiten, unter großen Mühen mit Ochs und Pferd gepflügt.

Für Träumer und Naturschwärmer mit Sicherheit ein idyllisches Bild. Aber das ist lange her, und deshalb rattern heutzutage zwar weniger beschaulich, dafür arbeitsmäßig um einiges bequemer, feldauf, feldab Traktoren durch die Furchen und spucken Heumaschinen fertige Pakete auf die abgemähten Wiesen. Aber nicht nur in der Landwirtschaft hat sich die Idylle zum Wohle unserer fortschrittlichen Bequemlichkeit verabschiedet.

Wer heutzutage reist, sich fortbewegt, der steigt in seinen flotten Flitzer und saust über die Autobahn dem begehrten Ziel entgegen, solange er sausen kann. Wie ich, als ich vor ein paar Tagen nach Frankfurt wollte und gerade über das Gambacher Kreuz sauste. Ich schaute auf die Uhr, war gut in der Zeit. Noch zwanzig Minuten und ich war am Ziel, dachte ich.

Aber bekanntlich verhält es sich so:

Der Mensch denkt ..., und deshalb kam alles ganz anders.

Ein wildes Aufblinken vieler Rücklichter signalisierte mir schon aus weiter Ferne: Stau!!!

Egal, wieviel PS, Zylinder oder Hub da unter einer chromblitzenden Motorhaube puckern, standen plötzlich alle Räder still. Selbst der schwarze schnittige Sportwagen einer weltweit bekannten Automarke mit aufgeplusterten Kotflügeln und den gut haftenden Breitreifen mußte sich artig und bescheiden einordnen und gedulden. Dabei hatte er mich erst Sekunden vorher mit energischem Geblinke von der linken auf die rechte Fahrbahn gedrückt und war mit einem »Affenzahn« laut brummend an mir vorbeigeflogen. Ich gebe zu, ich konnte mir ein hämisches Grinsen nicht ganz verkneifen, als ich mit meiner kleinen Rostlaube genau neben ihm zum Stehen kam.

Und als der Fahrer dann begann, beinahe hilflos und leicht gelangweilt winzige Stäubchen von seinem mahaghonibeholzten Armaturenbrett zu wischen, tat er mir fast leid.

Als ich im Radio die frohe Botschaft vernahm, daß diese Autobahn wegen Aufräumarbeiten für einige Zeit in den seltenen Genuß einer Vollsperrung geriet, beschloß ich, mir erst einmal die Beine zu vertreten. Das Ehepaar aus Essen, die jungen Leute aus dem roten Manta und viele andere folgten meinem Frischluftbeispiel. Man kam ins Gespräch über das Wetter, die Landschaft und das Vogelgezwitscher, das plötzlich, da die Motoren schwiegen, gut zu hören war. Hier und da wurden Butterbrote, Äpfel und Bananen hervorgekramt und Kaffee verteilt. Wieder andere huschten schnell mal in die Büsche.

Kurz gesagt, es war ein interessanter Vormittag, der ein bißchen was von unvorhergesehenem Familienausflug in sich trug. Alle hatten plötzlich Zeit, und man lernte eine Menge nette Leute kennen. Als am Horizont der Stau ganz langsam in Bewegung kam, war es Zeit, Abschied zu nehmen und das Bedauern groß über die schnelle Trennung. Bei solch positiver menschlicher Begegnung könnte man sich fast, trotz aller Bequemlichkeit, die gemütlichen Zeiten mit der Postkutsche zurückwünschen.

Aber Sie können ein eben solch schönes Erlebnis haben wie ich, Sie brauchen nur das Radio einzuschalten, da werden massenweis Staus gemeldet, fahren Sie hin und machen Sie sich ein paar gemütliche Stunden.

Ein freundlicher Gruß

Wer kennt das nicht, man flitzt durch die Innenstadt und sieht hier von weitem ein bekanntes Gesicht, dort einen netten Menschen, den man lange nicht gesehen hat und grüßt im Vorübergehen fröhlich: »Hallo!« Vielleicht reicht es noch zu einem flüchtig eiligen:

»Wie geht's?«

Mit der auf der ganzen Welt üblichen Antwort »gut« saust man aneinander vorbei und hat den Vorfall schon beinahe wieder vergessen.

Das ist normal – »gang und gäbe«, denn wir haben ja alle den Kopf voll und, wenn wir in der Stadt sind, eine Menge zu erledigen. Nur hin und wieder bleiben uns Menschen nach so einer Stadtbegegnung länger im Sinn. Wie neulich, als eine nette junge Frau mitten im Einkaufsgewimmel freudestrahlend auf mich zukam, mich fest in ihre Arme schloß, mir inniglich einen guten Tag wünschte und sich voller Interesse nach meinem Befinden erkundigte, als sei sie für mich verantwortlich.

»Gut«, antwortete ich. Da sie mich mit vollem Namen angesprochen hatte und mir ihr Gesicht auch fürchterlich bekannt vorkam, überlegte ich fieberhaft, wie denn der Name dieser freundlichen Person war. Sosehr ich mich auch während der Unterhaltung bemühte, etwas in meiner Erinnerung darüber zu finden: nichts!

Ja, es war dermaßen schlimm, daß ich nicht einmal sagen konnte, woher ich diese Dame kannte. Ich wußte sie im Augenblick überhaupt nicht in meinen Erinnerungsschatz einzuordnen. Geschickt lenkte ich unser Gespräch rund ums Wetter und um andere allgemeine Befindlichkeiten, denn in dem Augenblick, wo ich sie ansprechen mußte, öffnete sich mein Mund nur hilflos stumm, wie bei einem Fisch auf dem Trockenen. Nachdem wir Wind, Regen und Sonne ausreichend miteinander bekakelt hatten, stellten wir gemeinsam fest, daß wir es schrecklich eilig hatten, wünschten uns noch weiterhin einen guten Tag, und jeder ging seiner Wege. Mir fiel ein Stein vom Herzen. Obwohl vollkommen irritiert, setzte ich meinen Weg fort, und selbst, als ich friedlich in der Gemüseabteilung im Knoblauch, den Zwiebeln und Karotten wühlte, konnte ich an nichts anderes denken, als daran, wer das denn nun gewesen war.

Fast schlafwandlerisch holte ich alles aus den Regalen, was ich brauchte, so sehr nagte die Frage darüber in meinem Hirn. Aber dann, gerade in dem Augenblick, als ich die Tomaten aufs Band an der Kasse legte, kam mir die

Erleuchtung. Jetzt wußte ich, wo ich diese Frau hinstecken sollte. Froh drüber, daß ich noch nicht völlig vertrottelt war, schaute ich mich wieder mit wachem Blick um und grüßte freundlich links und rechts.

Nicht mein Tag

Es gibt Tage, da weiß man es schon morgens und kann abends nur bestätigen: Das war nicht mein Tag!

Denn kaum hat man einen Fuß aus dem friedlich warmen Bett gesetzt, stellt einem das Schicksal schon ein Beinchen. Beziehungsweise tastet der rechte Fuß vergeblich auf dem Boden herum. Kein Wunder, denn es fehlt gnadenlos einer von unseren heißgeliebten Hausschuhen, in die man sonst nur flink hineinschlüpft. Irgendein Geistwesen oder vielleicht man selbst hat diesen Latsch weit unter das Bett geschleudert. Deshalb muß man sich schon frühmorgens auf die Knie begeben, um das Schuhwerk unter der Liegestatt hervorzukramen. Völlig ermattet von so viel sportlichem Einsatz bleibt man erst ein paar Minuten auf der Bettkante sitzen, um darüber nachzudenken, ob es nicht besser wäre, wieder ins kuschelige Bett zurückzukullern.

Nachdem ich neulich morgens Gedanken solcher Art mutig zur Seite geschoben hatte, nahm mich der Tag gründlich in die Mangel.

Alles ging schief: Während ich die Zeitung aus dem Briefkasten holte, drang plötzlich fröhliches Plätschern an mein Ohr. Wie sollte es anders sein, die Kaffeemaschine lief über und verbreitete mit feinkörnigem Prütt den gesamten Kaffeesegen in der Küche. Die Zahnpasta war natürlich leer. Die Dusche wurde nicht warm.

Hoffnungslos trostlos verlief auch der Rest des Tages. Das Benzin ging kurz vor der Tankstelle aus, die Sparkasse schloß direkt vor meiner Nase, so daß ich mittellos und unverrichteterdinge wieder nach Hause fahren mußte. Dort entschloß ich mich, etwas im Garten zu tun – selbstverständlich fing es an zu regnen. Da Berge von Wäsche um meine Füße wuselten, zog ich es vor, wieder einmal zu waschen, vergeblich! Denn, wie sollte es an solch einem Tag anders sein: Die Waschmaschine gab prompt ihren Geist auf.

Verzweifelt über so viel Mißgeschick hab' ich gleich den Mechaniker gerufen. Der machte ein sehr bedenkliches Gesicht und kündigte das Ende dieser »antiken Mühle« an, denn »mit Sicherheit gibt es für so eine alte Maschine keine Ersatzteile mehr, und bei den hohen Reparaturkosten ist ein neues Gerät weitaus günstiger«, meinte er.

Doch als ich ihn inständig bat, diesem betagten Vehikel noch eine letzte Chance zu geben, schraubte er die Rückwand ab, um sich das Innenleben näher anzusehen. Welch ein Glück, es waren weder Ersatzteile, noch komplizierte Arbeiten nötig. Eine Maus hatte sich im Gewirr der Drähte verirrt und somit das gesamte Schaltsystem blockiert. Er zog das bereits mumifizierte kleine Ding mit gespreizten Fingern am Schwanz heraus, und schon war die Maschine wieder betriebsbereit.

Trotz dieses für die Maus traurigen und mich glücklichen Ausgangs hatte ich die Nase voll von diesem Tag. Deshalb legte ich mich ganz bescheiden vor die Flimmerkiste, um als einzigen Lichtblick einen Film mit Robert Redford anzusehen.

Aber das Schicksal blieb weiterhin kichernd hinter mir sitzen. Aus irgendwelchen aktuellen Gründen hatte man das Programm geändert. Nix, egal, wohin ich schaltete, regten sich irgendwelche schlauen Köpfe über Dinge auf, die am Ende dann doch so gemacht werden, wie sie nun einmal gemacht werden.

An diesem Abend bin ich früh in mein Bett zurückgekehrt in der Hoffnung, daß der neue Tag es besser mit mir meint.

Ölsardinen haben keine Flügel

Den ganzen langen Morgen hatte Kater Schnurr von nebenan vor meiner Rosenhecke verbracht. Insgesamt verhielt er sich recht merkwürdig: Einerseits hockte er wie ein hypnotisiertes Kaninchen herum, ohne auch nur mit einem Barthaar zu wackeln, andererseits hüpfte er wie ein krankes Känguruh vor ein und derselben Stelle immer wieder hin und her, wie um an etwas heranzureichen, doch es reichte scheinbar nicht.

Selbst, als es einen kurzen Gewitterschauer gab und ihm Wasser um die sonst wasserscheuen Ohren tropfte, wich er nicht einen Zentimeter von seinem Beobachtungsplatz. Da ich ahnte, daß dieser Kater nur irgendwelche Dummheiten im Kopf hatte, versuchte ich ihn mehrmals von weitem mit einem Besen wegzuscheuchen, allerdings ohne den kleinsten Erfolg. Er wandte nur gelangweilt und für Bruchteile von Sekunden seinen Kopf zu mir und würdigte mich ansonsten keines Blickes.

Ich konnte herumfuchteln, wie ich wollte, es störte ihn absolut nicht. Selbst, als ein Schmetterling ihn frech umflatterte, schlug er nicht einmal mit der Pfote danach, so gebannt starrte er in die Hecke.

Um zwölf Uhr mittags reichte es mir, ich ging der Sache auf den Grund und schaute mir höchstpersönlich diesen scheinbar sehenswerten Ort an. Als ich zielstrebig auf Kater Schnurr zuging, kratzte er schleunigst die Kurve, ließ sich aber in respektvoller Entfernung gleich wieder nieder.

Erst dachte ich ja noch, es hätte sich vielleicht eine besonders dicke Maus in den wild verwachsenen Rosen verfangen. Aber weit und breit war nichts zu entdecken. Die Hecke war total stachelig dicht verwachsen, daß ein Durchkommen schier unmöglich blieb, geschweige ein Durchblick.

Doch plötzlich kam eine Schwarzdrossel mit dermaßen vollem Schnabel angeflogen, daß ihr dicke Regenwürmer noch zappelnd links und rechts heraushingen. Meine Anwesenheit schien sie genauso wenig zu interesssieren wie die des Katers.

Geschickt schlüpfte sie durch ein Loch in die Hecke, und nun sah ich es, das Geheimnis: Vier knallgelbe weit geöffnete Schnäbelchen leuchteten plötzlich aus dem Dunkel des Gestrüpps, begleitet von lautem Gepiepe.

Nun war mir klar, weshalb mein großer Jäger ein solche Engelsgeduld an den Tag gelegt hatte. Die vier Vogelbabys waren schon ziemlich gut genährt und drängelten sich bereits in dem kleinen Nest eng aneinander. Nicht mehr lange und der erste Ausflug war fällig.

Auf diesen Augenblick hatte Schnurr sehnlichst gewartet. Wie im Schlaraffenland wären ihm die gebratenen Täubchen fein säuberlich in die Fänge geraten.

Da kam mir eine Idee. Während Mutter Drossel aufopfernd ihre Kinder fütterte, lief ich schnell in die Speisekammer, denn da schlummerte noch eine Dose Ölsardinen, an der ich selbst nicht mehr sonderlich interessiert war. Fein säuberlich schüttete ich die silbernen Stückchen auf einen kleinen Teller und hielt sie dem großen Jäger Schnurr direkt vor die Nase. Der Duft davon mußte absolut überzeugend gewesen sein, denn mühelos konnte ich ihn von der fröhlichen Kinderstube weglocken.

Als hätte er länger nichts gehabt, schlang er die ganze

Portion gierig in sich hinein. Kurze Zeit später lümmelte er sich müde, satt und zufrieden zwischen den Hornveilchen im Steingarten. Bloß gut, denn inzwischen war das kleine Nest wohl aus seinen schützenden Nähten geplatzt: Die Vogelbabys hopsten bereits auf der benachbarten Mauer herum, auf die sie sich in noch holprigem, unsicherem Flug gerettet hatten. Aufgeregt wurden sie dort von der laut lockenden Mutter gefüttert.

Ich meinerseits war richtig zufrieden mit mir, daß meine Rettungsaktion ein so gutes Ende genommen hatte.

Schick und unpraktisch

Manche Leute haben einfach Spaß an einem schicken Auto, so wie meine Freundin Uta. Sie liebt es, schnittig, sportlich, mit offenem Verdeck durch die Landschaft zu flitzen, deshalb hat sie sich ein schickes schillerndes Kabriolett zugelegt. Vor ein paar Tagen nun hatten wir einen gemeinsamen Termin. Weil ich aber dringendst ein paar Säcke Gartenerde brauchte, schlug ich vor, lieber mit meinem Auto zu fahren.

Bei dem absolut praktischen Verhältnis, das ich zum Fahrzeug habe, wie: Hauptsache, es fährt und es geht eine Menge an Baumaterialien, Hundefutter und Gartenutensilien hinein, ähnelt mein Auto natürlicherweise mehr einem versandeten Lastkraftwagen.

Und da wir uns schick wie Schneeköniginnen aufgemotzt hatten, wollte Uta in meine Rödelkiste nicht einsteigen.

»Deine Gartenerde können wir auch in meinem Auto transportieren«, meinte sie stolz, »schließlich habe ich auch einen Kofferraum.« Ich konnte sagen, warnen, was und wie ich wollte, Uta bestand darauf, mit ihrem schicken Flitzer zu fahren.

Nun, ich habe es nicht bereut, denn es ist schon ein besonderes Fahrvergnügen, wenn der Wind in den Haaren spielt, die Sonne auf der Haut brennt und der Duft der Wiesen, Felder und Wälder einem würzig um die Nase wedelt. Und wir hatten Glück, denn blitzblauer Himmel überspannte das Geschehen.

Bei unserer letzten Fahrt mit diesem schicken Automobil tropften uns bereits nach einhundertfünfzig Metern Fahrt dicke Tropfen auf den Kopf. Schon war es aus mit der luftigen Reise. in Windeseile fuhren wir rechts ran und klappten das Verdeck wieder zu.

Diesmal hatte sich die Fahrt mit dem offenen Gefährt gelohnt, und ich hätte noch bis ans Ende der Welt dahingleiten können, so frisch und frei und mit flatternden Haaren.

Nun genug der Schwärmerei, denn just in dem Augenblick, wo es darum ging, die Gartenerde zu verladen, fingen unsere Probleme an. Als Uta ihren Kofferraum öffnete, glaubte ich, in einen Fingerhut zu blicken, denn in diese winzige Öffnung gingen nie im Leben zehn Säcke Gartenerde hinein. Sie hatte vielleicht auch mehr an kleine Beutel für Blumentöpfe auf der Fensterbank gedacht, aber selbst damit hätten wir Schwierigkeiten gekriegt. Nach kurzer Überlegung wurde deshalb die teure Last hinten auf den Rücksitz verstaut. Was sich als äußerst schwierig gestaltete, denn während man bei meinem Wagen alles gemütlich hinten hineinwerfen kann, mußten wir stolzen Kabriolettfahrer die schweren Säcke mühsam über die hinteren Fenster hieven, die sich, aus welchem Grund auch immer, nicht runterdrehen ließen.

Außerdem büßten wir mit dieser Ladung erheblich an Schick ein, denn es paßt nun einfach nicht zu der Eleganz eines Kabrioletts, wenn sich auf dem Rücksitz Massen prall gefüllter, bunter Plastiksäcke türmen.

Wie schwierig sich das Ausladen über die schier unüberwindliche Fensterbarriere gestaltete, brauche ich hier wohl nicht mehr zu beschreiben. Ganz zu schweigen davon, wieviel Erde anschließend in dem sonst piekfeinen Ding herumkrümelte. Aber eines stand am Ende dieser Einkaufsaktion fest: Das nächste Mal fahren wir mit meinem Auto.

Telefonstreß

Endlich hat sie voll begonnen, diese segensreiche Zeit, wo der Garten zum Hauptarbeitsplatz, zum Wohnzimmer und, wenn man sich draußen im Liegestuhl müde lümmelt, auch zum Schlafzimmer wird.

Und weil das so ist, und sich sämtliche Freunde und Bekannten bereits beschweren, daß sie sich ständig mit meinem Anrufbeantworter unterhalten müssen, nur weil ich nicht die Nase aus dem Grünzeug kriege, habe ich meinen Telefonapparat an einem langen Kabel mit nach draußen genommen.

Solch ein Kabel hat allerdings nur eine begrenzte Länge, deshalb blieb mein Telefon auch oben auf der Terrasse, während ich mich dank steiler Hanglage im unteren Teil gartenmäßig austobte. Gerade, als ich eine dicke Staude beim Wickel hatte, klingelte das Telefon. Ich ließ alles, was ich in der Hand hielt, fallen und sauste wie ein geölter Blitz ... na ja, bergauf kam ich ganz schön aus der Puste ... zu meinem

Apparat, an dem mich wohl jemand äußerst dringend sprechen wollte. Beim siebten Klingeln hob ich schnaufend wie ein mittleres Walroß den Hörer ab ...

Jedoch zu spät, just in dem Augenblick legte der Teilnehmer den Hörer auf.

Ich glaube, ich hatte, gerade wieder unten angekommen, den Spaten in die Hand genommen, da klingelte dieses Biest schon wieder!

Diesmal wollte ich aber schneller sein und rannte, was ich konnte. Tatsächlich war ich beim Klingeln Nummer fünf schon da, aber durch den Affenzahn, den ich drauf hatte, war es mir kaum noch möglich, ein »Hallo« zu hauchen, so pumpten meine Lungen und puckerte mein Herz.

Egal wie, der Hörer wurde einfach aufgelegt.

Meine Enttäuschung war grenzenlos. Vollkommen ausgelaugt kam ich wieder an meinem halbfertigen Blumenbeet an. Genau, als ich den Arm ausstreckte, um wieder anzufangen, klingelte es abermals.

Mit letzter Kraft hechelte ich den Berg hinauf ... doch als ich ankam, wurde prompt aufgelegt.

Trotz einer totalen Erschöpfung wurde mein müdes Hirn nun etwas stutzig: Das war unheimlich, grenzte förmlich an Hexerei!

Ich hatte ganz deutlich das Gefühl, daß mich hier jemand beobachtete und genau wußte, wann ich mich wo befand.

Um das auszuprobieren, ging ich wieder hinunter. Kaum dort angekommen, ging das Gebimmel wieder los.

Diesmal schlurfte ich langsam wie ein müder Karrengaul hinauf. Und wie vermutet, hörte das Gebimmel erst auf, als ich den Hörer von der Gabel nahm.

Vollkommen fertig ließ ich mich neben dem Telefon auf der Terrasse nieder.

Es klingelte an diesem Nachmittag nicht mehr, dafür quoll aber übermütiges Gekicher aus der nachbarlichen Hecke. Mein Nachbar Robert hatte sich diesen Scherz erlaubt.

Er ist sonst ein netter Kerl, und Spaß muß sein, deshalb habe ich auch tüchtig mitgelacht. Dafür muß er aber demnächst ordentlich einen ausgeben, worauf er sich verlassen kann.

Aber seit ein paar Tagen bin ich nun stolzer Besitzer eines Funktelefons. Egal, wo ich im Garten bin, trage ich es mit mir herum, und Robert muß sich andere Scherze ausdenken.

Dabei hat auch ein Funktelefon seine Tücken. Denn als es wirklich einmal klingelte, mußte ich erst verzweifelt suchen, denn es war mir aus Versehen unter einen dicken Sack Gartenerde geraten.

Schlechtwetterfreuden

Ausgelöst durch das schlechte Wetter, kam ich am letzten Sonntag auf die glorreiche Idee, Tante Frieda und Onkel Willi zu besuchen. Sie hatten die Enkelkinder, fünf an der Zahl, zu Besuch, die sich schrecklich langweilten. Erstens, weil Oma und Opa nicht das rechte Spielzeug hatten und zweitens, weil man wirklich keinen Schritt nach draußen wagen konnte. Deshalb sprangen alle jubelnd vom Hocker, als Tante Frieda vorschlug, ein bißchen Sonnenschein ins Haus zu holen, indem man die Dias vom letzten Sommer anguckte.

Doch so eine technikgeladene Veranstaltung kann sich mitunter sehr abenteuerlich gestalten.

Prompt klemmte die Leinwand, und der Projektor mußte erst von Meiers nebenan geholt werden, wo er schon seit

Wochen als Leihgabe in einer Ecke vor sich hin staubte. Punktum wurden Meiers rausgeklingelt und um Herausgabe des Gerätes gebeten. Mit dem Erfolg, daß Meiers sich spontan dazugesellten. Draußen regnete es, das Wohnzimmer war nun voller Menschen, die Kinder spielten Fangen um den Tisch, die Männer versuchten, die Leinwand mit Gewalt aufzuspannen, wobei sich Herr Meier ganz fürchterlich die Finger klemmte. Die Damen beschäftigten sich damit, viele kleine Dias vom Fußboden einzusammeln, die natürlich planmäßig aus einer Kassette herausgefallen waren.

Als Tante Frieda mit frisch gekochtem Kaffee lockte, hatten sich alle schnell einen Platz gesucht. Und nachdem der Projektor mit gestapelten Kochbüchern und dem Atlas auf die richtige Höhe eingerichtet war, damit die Bilder nicht oben, unten oder an der Seite über den Leinwandrand lappten, konnte die Vorstellung beginnen.

In voller Pracht zeigten sich gelbe, rote und lila Tulpen vom letzten Jahr im Sonnenschein.

Da beim Einsortieren nicht sorgfältig genug gearbeitet worden war, standen manche Bilder auf dem Kopf oder waren deutlich zur Seite geneigt.

Dies war nicht weiter tragisch, denn die Zuschauer paßten ihre Körperhaltung den Bildausschnitten an.

So versprach diese Vorstellung, trotz gymnastischer Übungen ein wirklich erfolgreicher Nachmittag zu werden.

Bis zu dem Augenblick, als mit lautem Knall die Birne im Projektor ihren Geist aufgab. Im ersten Moment saßen alle mucksmäuschenstill und ziemlich verdutzt im Dustern.

Aber Onkel Willi, seines Zeichens perfekter Hausmann, hatte gleich eine wunderschöne heile Reservebirne parat.

Weiter ging's mit Badeszenen am Meer, Kaffeetrinken im Garten, Onkel Wilhelm im Garten bei der Arbeit – alles in der Sonne ... während draußen dicke Rinnsale die Scheiben herunterströmten.

Aber diese Hochstimmung hielt nur ganze siebenundzwanzig

Dias an, da gab es den nächsten Schreck. Denn plötzlich ratterte es wie wild im Diakasten. Ein Rähmchen hatte sich im Gehäuse verklemmt, nichts ging mehr hin, geschweige her ...

Der Stecker wurde eilig herausgezogen, um zu retten, was zu retten war. Kurz darauf hingen sämtliche männlichen Teilnehmer bis zu den Schultern und Ellenbogen in dem Apparat und berieten, was zu tun sei. Die Frauen gingen derweil in die Küche, wuschen das Kaffeegeschirr ab, während die Kinder wieder munter um den Tisch hüpften. So ging auch dieser Regensonntag zu Ende, denn die Diskussion der Männer fand darin ihre Entscheidung, daß der Diaprojektor am Montag in die Reparatur mußte.

Mit Brille wär' das nicht passiert

Es ist ja nun wirklich schon eine Weile her, daß ich als kleiner Knirps die Schulbank drückte.

Trotzdem kann ich mich noch sehr gut daran erinnern, wie neidisch ich auf Gerd Wolfgang, einen Klassenkameraden, war.

Nicht etwa, weil er den schönsten Schulranzen hatte oder sonst irgendwelchen Firlefanz.

Nein, ich war neidisch auf seine Brille, ein kleines armseliges, leicht verbogenes Spekuliereisen aus Nickel. Er war der einzige Brillenträger in der Klasse, und da wir kleinen »I-Männchen« noch ziemlich tolpatschig mit unseren Schulranzen umgingen, hatte unsere Lehrerin ständig Angst, die wertvollen Augengläser könnten zu Bruch gehen.

Ihre übergroße Sorge basierte wohl auf einem schrecklichen Erlebnis. Aber davon profitierte dieser Gerd Wolfgang und stand oft, aus meiner Sicht viel zu oft, im Mittelpunkt.

Einmal in einer stillen Stunde zwischen Abc und Einmaleins habe ich ihm dann mal seine Brille abgeluchst, nur um das Geiheimnis dieses Wunderdings zu lüften. Als ich hindurchschaute, wurde mir fast schlecht, so verschwommen war die Welt, und augenblicklich verblaßte mein Neid. Mein Interesse an Brillen war für alle Zeiten dahin.

Im Laufe einer Fülle verflossener Jahre kam ich aber nun notgedrungen wieder in den Besitz eines solchen Geräts, weil meine Arme sich auf merkwürdige Art und Weise dermaßen verkürzt hatten, daß ich die Ameisen auf meiner Hand nicht mehr von einer Blattlaus unterscheiden konnte.

Also brauchte ich für die Dinge in meiner unmittelbaren Nähe eine Brille. Da ich aber die Tomaten am Strauch und die Äpfel am Baum weiterhin glasklar erkennen konnte, begann für mich, wie für fast alle Menschen in dieser Lebensphase, die Zeit »Brille auf und Brille ab«.

Diese Wechselsituation birgt eine Fülle von Variationsmöglichkeiten, denn solch ein optisches Gerät hat die unlöbliche Angewohnheit, sich ständig zu verstecken.

Bin ich in der Küche und möchte die neuesten Rezepte ausprobieren, liegt die Brille im Büro.

Während sie sich im Garten aus Versehen neben der Gebrauchsanweisung für den biologischen Dünger ausruht, sitze ich am Schreibtisch.

Seit ich sie habe, bin ich dauernd in Bewegung.

Selbst so ein schlichtes goldenes Kettchen daran hat nicht geholfen, weil ich ständig vergesse, sie rechtzeitig anzulegen.

Neulich hatte ich sie endlich artig umgehängt, da nahm mich mein lieber Schwager nach langem Wiedersehen so stürmisch in die Arme, daß anschließend nur noch klitzekleine Scherben zu Boden rieselten.

Wenn alles klappt, ich sie um, an und auf habe und am Schreibtisch sitze, dann wundere ich mich über den starken Nebel, der in meinem Zimmer herrscht.

Da ich Nichtraucher bin, kann es nur an der Brille liegen, also muß ich sie putzen. Dazu muß ich aber wieder in die Küche, weil dort die »Blitzblanktücher« liegen.

Deshalb habe ich mir überlegt: Entweder ich bleibe in Bewegung oder ich schaffe mir demnächst Haftschalen an. Aber die sollen ja auch ihre Tücken haben.

Sommer

Eine Pferdeliebe

Ich erinnere mich genau, es war ein praller, flimmernder Landsommertag. Die Sonne strahlte über allem, und leichter Säuselwind ließ das geblümte Kleid mit den kleinen roten Knöpfen wohltuend um meine Beine flattern. Einfach ein Tag, an dem selbst gierigste Katzen wenig Appetit auf Mäuse haben, sich einfach nur faul in der Sonne räkeln und schließlich platt wie Flundern herumliegen.

Ich wollte Milch und ein paar Eier beim Bauer holen. Gerade, als ich die Straße ins Dorf hinunterschlenderte, kam ein Pferdewagen angepoltert, hoch beladen mit allerhand sperrigem Krimskrams: Alten wurmstichigen Stühlen ohne Lehnen, einer Leiter mit nur noch zwei Sprossen und von Mäusen zerfressenen Matratzen. Hintenauf mit baumelnden Beinen saß Tante Leni von nebenan:

»Hallo, Brigitte, komm schnell, spring auf, fahr mit«, lud sie mich fröhlich ein. »Ich habe meinen Speicher gründlich aufgeräumt. Wir wollen zur Müllkippe fahren!«

Mit »wir« meinte sie sich und den alten Mann, der oben auf dem Kutschbock saß und mit einer kleinen Peitsche einen langsam vor sich hin trottenden Ackergaul mit dickem Bauch und dicken Beinen leise antrieb. In nur müdem Zuckeltrab kam dieses Fuhrwerk voran, so müde, daß ich bequem während der Fahrt aufsteigen konnte.

Na ja, unverhofft kommt oft, deshalb genoß ich die Kutschfahrt quer durch Wiesen und Felder mitsamt der

Milchkanne in der Hand. Irgendwie hatte dieses Unternehmen etwas Besonderes, obwohl es sich wahrlich nicht um eine Fahrt mit elegant dahinschwebenden Arabern vor einer gläsernen Kutsche handelte.

Munter plappernd und mit baumelnden Beinen kamen wir irgendwann am Ziel an. Und während der alte Mann ein Stück nach dem anderen mit kräftigen, knochigen Armen vom Wagen hievte und mit großem Schwung in die Müllgrube hinabwarf, begann ich mich ein bißchen umzuschauen. Da ich Pferde sehr gern mochte und auch ein bißchen reiten konnte, streichelte ich, eh ich mich versah, dieses Pferd. Tapfer, ohne Klage hatte es die riesige Last gezogen.

»Bist ein gutes Pferdchen«, lobte ich. Dankbar erwiderte es meine Streicheleinheiten und rieb ganz zart seinen Kopf an meiner Schulter. Überrascht über so viel Vertrauen schaute ich mir das Tier genauer an. Mit schlanken, eleganten Pferden aus einem edlen Reitstall hatte es absolut nichts gemein. Sein Körper war eher massig, ziemlich stämmig gebaut. Seine Beine verhießen mehr Kraft als Schnellfüßigkeit, und die kräftigen Fesseln wurden auch noch dicht von langen lustig hüpfenden Locken umkränzt. Kurzum, ein richtig dicker »Ackergaul«.

Doch sein schmaler graubrauner Kopf, die zarten Nüstern, seine seidenweichen Lippen und die herrlich dunklen Augen, die mich mehr als fragend anschauten, ließen mich ahnen, daß es sich hier bewahre nicht um einen gefühllosen, stupide vor sich hin dösenden Karrengaul handelte.

»Wie heißt er denn?«, fragte ich den alten Mann, der mich trotz seiner Arbeit jede Sekunde beobachtet hatte.

»Ei, wie er heißt?« wiederholte der Alte meine Frage.

»Ja, welchen Namen er hat, wie ist sein Name?«

»Sein Name«, grübelte der Alte. »Er hat keinen«, stellte er schließlich fest. Vielleicht war ihm das bisher selbst nicht aufgefallen.

»Ein großes Pferd wie dieses, muß doch einen Namen

haben«, stellte ich entrüstet fest.

»Muß es? Einen Namen, einen Namen, na gut, dann nenn' ich ihn Hektor, ei Hektor!« antwortete er, wobei ein spitzbübisches Lächeln aus den Winkeln seiner kleinen blauen Augen blitzte.

Sein sonst faltiges, von kurzen grauen Stoppeln übersätes Gesicht glättete sich zu einem breiten amüsierten Lachen.

»Hektor heißt er!«, wiederholte er noch einmal, damit ich es auch ganz kapierte. Für ihn war ich nämlich eine ahnungslose Stadtpflanze, der Schweine bisher lediglich als Kotelett begegnet waren und Milch nur als Kaffeesahne ein Begriff war. Von Pferden, geschweige denn Landwirtschaft hatte ich seiner Meinung nach nicht den blassesten Schimmer. Überhaupt, wer mit Pferden, also einem Viehzeug, derart herumschmuste, konnte sowieso nicht ganz in Ordnung sein. Außerdem war ich ihm fremd. Auch ich hatte den alten Mann, solange ich ins Dorf zu Besuch kam, noch nie gesehen.

»Hektor, Hektor heißt du?«, wandte ich mich dem Tier wieder zu.

»Kann ich ihn mal reiten?« Diese Frage haute den alten Mann um. »Reiten?« Seine schelmisch blitzenden Augen schauten mich ungläubig an. »Kannst dich ja mal draufsetzen«, meinte er und kicherte belustigt vor sich hin, »der ist aber noch nie geritten worden.«

Es machte ihm sichtlich Spaß, mich ein bißchen an der Nase herzumzuführen, denn er dachte nie im Traum daran, daß ich die Sache ernst meinen könnte.

»Wenn die auf das Pferd steigt, dann steigt sie auf der einen Seite drauf und fällt auf der anderen runter«, dachte er. Ich konnte es in jeder Falte lesen, die sich vor lauter Lachen tief in sein Gesicht kerbte.

»Ja klar, das kannst du doch machen«, mengte sich das Lenchen in unser etwas merkwürdig anmutendes Gespräch ein. »Übrigens, ich habe euch ja noch gar nicht miteinander bekannt gemacht. Das ist der Opa Lang vom Schäfersch Hof, gleich bei mir runter um die Ecke, das große grüne Tor!«

»Ach ja? Ich bin die Brigitte«, stellte ich mich vor, »ich komme in den nächsten Tagen!« kündigte ich mich an.

»Kannst mal kommen«, lachte Opa Lang, und während er sich mit lautem Schneuz die Nase wischte, setzte er gleich hinzu, »kannst auch gleich den Stall ausmisten!«

Er amüsierte sich königlich über mich, diese ahnungslose, verpimpelte Großstädterin und war innerlich total davon überzeugt: Bei solchen Aussichten kommt die nie!

Gegen seine Erwartung erschien ich gleich am nächsten Tag leibhaftig auf seinem Hof. Er saß grad mal für ein winziges Päuschen auf einem kleinen Schemel gleich neben der Tür mit dem berühmten Herzchen, genoß die Mittagssonne und stopfte sich genußvoll eine »Piepe«.

»Kann ich ein Paar Gummistiefel und einen von den grauen Kitteln dort an der Wand haben? Und wo finde ich eine Mistgabel?«, fragte ich ohne große Einleitung. Stumm, wenig Anteilnahme zeigend, deutete er mit dem Kopf in die entsprechende Richtung, wobei er gemütlich mit seiner Pfeife weiter herumkrümelte. Er paffte dicke Rauchwolken, versteckte sich dahinter und schmunzelte ordentlich. Für mein Vorhaben setzte er keinen Pfifferling, deshalb war ihm jedes Wort zu schade. Ihn trug die volle Überzeugung, daß ich nach der dritten Gabel Mist erschöpft zusammenbrechen würde. Mit allem ausgerüstet und bewaffnet, war ich zu allen Schand- und »Misttaten« bereit:

»Wo ist Hektor?«

Wieder deutete er nur mit einer Kopfbewegung zu einer kleinen blaßblauen Stalltür. Dermaßen köstlich empfand er die Situation, daß er sich vor lauter verhaltenem Lachen an seinem Rauch verschluckte und schrecklich husten mußte. Ich öffnete die Tür, Hektor schaute sich um und begrüßte mich mit leisem Schnauben.

Vielleich bildete ich es mir nur ein, aber vom ersten Augenblick an herrschte zwischen uns ein gegenseitiges Vertrauen, als hätten wir bereits eine Ewigkeit aufeinander gewartet.

Ich führte Hektor hinaus, da merkte ich erst, wie groß er war, denn er paßte grad eben durch die kleine Stalltüre. Ortskundig senkte er seinen Kopf, um durchzukommen. Draußen band ich ihn an und klopfte liebevoll auf seinen Hals. Das hätte ich besser lassen sollen, denn eine deftige Staubwolke puffte aus seinem Fell und bröselte mir in Augen und Nase.

»Hatschie!«

Dann langte ich eine Schubkarre und schippte, oder besser gabelte eine Portion saftigen Mist nach der anderen in die Karre hinein. Drei, vier, fünf Fuhren, und der Stall glänzte bis in die äußerste Ecke.

Ab und zu waren Leute aus dem Dorf am offenen Hoftor stehengeblieben und hatten für Augenblicke dem seltsamen Treiben zugeschaut. Besonders, wie der sonst ständig arbeitende Opa Lang seinen städtischen »Entmister« bei der Arbeit beaufsichtigte.

Ohne Voranfrage holte ich mir dann einen Ballen Stroh aus der Scheune und verteilte ihn sachgerecht in Hektors Koje.

Es duftete frisch und sah absolut einladend aus, am liebsten hätte ich mich selbst hineingelegt. Aber für Pausen war das nicht der rechte Augenblick. Mit Striegel, Bürste und sonstigem Gerät bewaffnet machte ich mich an die Pferdepflege.

»Lang der Strich und kurz die Pause«, hatte ich mal in einer Reitschule gelernt. Ich legte mich ordentlich in die Riemen, und Hektor streckte und reckte sich.

Er genoß es wohl als besondere Massage. Ja, anscheinend war er sogar ein bißchen kitzelig, denn wenn ich über bestimmte Stellen an seiner rechten hinteren Flanke strich, zitterte er mit der Haut und hob nervös die Oberlippe, als ob er griente.

Bei all dem Tun sprach ich kein Wort, Opa Lang auch nicht, nicht ein einziges. Vergnügt vor mich hin summend schickte ich nur ab und an einen flüchtigen Blick zu meinem »Chef« hinüber. Dabei konnte ich von Blick zu Blick deutlich feststellen, wie ihm das amüsierte, gönnerhafte Lachen langsam aber sicher aus dem graustoppeligen Gesicht glitt. Vielmehr drängte sich mir der Eindruck auf, daß er unruhig auf seiner Bank hin und her rutschte, als sei er um etwas verlegen.

War es vielleicht die bäuerliche Ehre, die ihn da tief innerlich ganz schrecklich rührte? Als ich im Rahmen der Hufpflege auch noch ohne mit der Wimper zu zucken die Hinterläufe links und rechts anhob, riß es ihn vom Hocker.

»Das gibt es nicht, der spielt sonst doll und verrückt beim Schmied, deshalb ist er hinten nicht beschlagen. Niemand kann ihn halten«, erklärte er in heller Aufregung, und es klang beinahe wie eine Entschuldigung.

Nun, ich konnte keine Klagen vermelden, Hektor stand da, mit hängenden Ohren, brav wie ein hingebungsvolles Lämmchen.

Opachen klopfte energisch seine Pfeife aus, sie wollte ihm so gar nicht mehr schmecken. Überhaupt konnte man den Eindruck gewinnen, als sei sein Weltbild ruckartig etwas durcheinandergeraten.

»Joo«, . . . »joo«, war alles, was er noch herausbrachte, als er prüfend um sein Pferdchen herumging. Er brauchte auch nicht mehr zu sagen, ich hatte längst verstanden, seine wunderschönen tiefblauen Augen strahlten mich nämlich ganz anders an als vorher. Von diesem Moment an hatte er an mir seine Freude, und wir waren Freunde.

Das war genau der Augenblick, ein wunderbarer Augenblick für mich, ich werden ihn nie vergessen, wo ich alles aus ihm herausholen konnte. Deshalb fing ich gleich damit an.

»Habt Ihr einen Sattel für das Pferd?« Ich wählte bewußt diese Redewendung, denn »Sie« war mir zu fremd und »du« traute ich mich noch nicht.

»Einen Sattel, einen Sattel haben wir, aber das ist ein

uralter Militärsattel, jahrelang hat ihn niemand benutzt. Ganz oben auf dem Boden liegt der und ist völlig verdreckt!«

»Das macht nichts, den kriegen wir schon wieder hin«, tröstete ich gleich, und so machten wir uns auf den Weg. Leitern über Leitern kletterten wir bis zum äußersten Bodenzipfel empor. Endlich – in der äußersten Ecke, unter einer dicken grauen Staubschicht versteckt, schlummerte der Sattel wohl verwahrt. Bei näherer Betrachtung stellte sich heraus, daß er absolut gut war, wie neu. Die Gurte zeigten kaum Abrieb und die Schnallen nicht einmal Rost. Mit ein bißchen Lederfett war bald jeglicher Schaden behoben. Selbst etwas verstaubt, kehrten wir auf die Erde zurück.

Katrinchen, seine Tochter, schimpfte mit uns: »Wie kannst du nur die Brigitte mit da oben raufschleppen, ich darf gar nicht darüber nachdenken, wie es da aussieht.«

Wir stellten die Ohren auf Durchzug und freuten uns über unser wertvolles Stück, was wir gerade wieder zum Leben erweckt hatten. Mein Ehrgeiz kannte alsbald keine Grenzen mehr. In aller Hergottsfrühe sauste ich am nächsten Morgen in die Stadt, besorgte das Fett und begann anschließend, wie eine Besessene an dem Sattel herumzuputzen, bis er aus allen Poren glänzte.

Dann kam der große Augenblick, den Sattel auf das Pferd zu legen. Opa Lang trieb es glatt von den Melkmaschinen weg, so gespannt war er.

»Der hat noch nie einen Sattel auf dem Rücken gespürt!«, warnte er mich vorsichtshalber. Scheinbar hatte er Angst, der Gaul würde wie beim Rodeo mit allen Hufen gleichzeitig auskeilen und spucken, zischen, stampfen. Nichts dergleichen geschah. Als wäre es die größte Selbstverständlichkeit, hievte ich meinem natürlich vorher frisch gestriegelten Pferdchen das schwere Ding ins Kreuz.

Ich glaube, Hektor hat nicht mal mit der Wimper gezuckt.

Ebenso reibungslos konnte ich die Gurte schließen. Ich hatte nur Mühe, mit meinen kurzen Armen um den dicken

Bauch zu fassen. Als hätten wir schon einmal Australien durchquert, konnte ich mich seelenruhig in den Sattel schwingen. Lediglich hatte ich das Problem, bei dieser Breite die Schenkel fest anzudrücken, aber dann ging die Chose los.

Mit schwerem Schritt und lautem Tritt ging es vom Hof runter, die Straße durchs Dorf entlang. Opa Lang dagegen traute dem Frieden nicht. Er schaute uns aus respektvoller Entfernung und mit angehaltenem Atem nach. Für den Rest des Dorfes mauserte sich unser seltsames Gespann anscheinend zu einer Art Volksbelustigung, denn reihenweise trieb es das Volk auf die Straße.

Egal, an welchem Haus wir vorbeistampften, alles strömte zu uns hinaus. Scheinbar klapperten bei Hektors Schritt die Tassen in den Schränken. Hektorchen genoß sichtlich diesen Trubel, führte er doch ansonsten einen eher stillen Lebenswandel in seinem Reich zwischen Stall, Hof und Feldern. Aber irgendwann hatten wir das Dorf geschafft, und irgendwann waren wir draußen allein auf dem Feld und im Wald.

»Brav, brav«, lobte ich mein Tierchen und beruhigte es. Vielleicht beruhigte ich mich auch in bißchen selbst. Der Himmel auf jeden Fall hatte sich extra für unseren Ritt sein schönstes Blau angelegt. Die Sonne wärmte unsere Stirn, würziger Blumen- und Kräuterduft stieg ringsum aus den Wiesen direkt in die Nase, und als gleichbleibende Musik zirpten die Grillen wie wild. Es war Anfang Juni, denn von weitem hörte man ganz leise den Kuckuck schlagen. Ich kann meine Glückseligkeit kaum beschreiben, die mich auf diesem Rücken im Schaukeltrab befiel.

Am liebsten wäre ich hinuntergesprungen und hätte mein Pferdchen gedrückt und geknuddelt. Aber ehrlich gesagt, war mir die Geschichte zu hoch, außerdem fehlte mir Opa Lang, der mich nach alter Reitersitte in einer Art Räuberleiter hinaufbefördert hatte.

Deshalb blieb ich oben und tätschelte zärtlich meinem gutmütigen Gaul die strubbelige Mähne. Als wir in das dichte

Grün des Waldes tauchten, mußte ich fast lachen, denn selbst die Vögel starteten einen seltsamen Empfang. Solch ein Zwitschern, Tirilieren und Gelärme hatte ich noch nicht erlebt. Selbst Hektor war das zuviel, denn seine Ohren drehten sich bei dieser Lärmerei im Kreis.

Ich wollte ja von meinem vierbeinigen Schatz nicht gleich zu viel verlangen, aber ein klein wenig schneller wäre nicht schlecht, dachte ich und tupfte deshalb mit meinem Absatz ganz leicht an Hektors Bauch. Und siehe da, er verstand es, dieser angeblich nie gerittene Hengst.

In meinem Übermut tippte ich noch einmal und noch einmal, und schon lief er im schönsten Trab . . . Bis zum gestrecken Galopp brachten wir es bei diesem Ritt. Allerdings zum Schrecken der auf den Feldern arbeitenden Bevölkerung, denn als wir mit einem Affenzahn und unter lautem Getöse aus dem Wald herauspolterten, flüchteten einige Bauern in der Annahme, ein mittleres Erdbeben täte sich da vor ihnen auf.

Mit solchen Abenteuern lebten wir beiden herrlich und in Freuden. Hektor war sehr gelehrig, er übte sich auch in der Dressur, und Kommandos wie »Volte Marsch« gehörten bald zu seinem Vokabular. Drei Schritte vor und drei zurück bewältigte er sehr bald wie ein erfahrenes Zirkuspferd. Als wir dem Opa Lang in aller Präzision alle erlernten Kunststükke vorführten, staunte dieser Bauklötze. Sein Kommentar:

»Ich glaube, die kann hexen!«

Im großen und ganzen entwickelten wir uns zu einem äußerst seltenen Gespann. Manchmal war mir, als verstünde dieses Pferd wirklich jedes Wort.

Am schönsten gestaltete sich unsere Partnerschaft, wenn ich auf den Wiesen Champignons suchte. Dann bekam Hektor einen großen Korb an den Sattel gebunden, und während ich die Wiesen Stück für Stück nach weißen Kostbarkeiten absuchte, trottete er wie ein Hund hinter mir her. Er wußte genau um seine Verantwortung, deshalb bewegte er sich ganz vorsichtig, als trüge er Porzellan auf seinem Rücken, damit die Pilze ja nicht aus dem Korb herauskullerten.

Das ganze Dorf schien uns wohlgesonnen, denn wenn wir durch den Ort spazierten, durfte Hektor, inzwischen zu einem freundlich selbstbewußten Unikum herangereift, auch mal seinen Kopf zu einem Küchenfenster hineinstecken. Mit der Zeit merkte er sich sehr gut die Fenster, wo er einen ganz besonderen Leckerbissen, ein Brötchen, eine Mohrrübe oder sonst etwas bekam.

Eines Tages, an einem etwas düsteren Spätsommertag, der Himmel dämmerte grau und düster vor sich in, gingen uns komischerweise, und ganz besonders mir, alle aus dem Weg.

Opa Lang zum Beispiel verkroch sich, als ich fröhlich trällernd zu meinem Morgenritt antrat, merkwürdig tief in die Futterkammer. Katrinchen bekam ich überhaupt nicht zu Gesicht. Und als wir durchs Dorf ritten, hatte ich den Eindruck, daß die sonst freundlich winkende Bevölkerung genau vor unseren Füßen weghuschte und schnell hinter den schützenden Mauern ihrer Häuser verschwand.

Wie leergefegt lag die Dorfstraße vor uns, beinahe, als hätte die Pest ganz schrecklich zugeschlagen und alle niedergemäht.

Selbst meine Eltern drucksten merkwürdig mit mir herum. Ich wurde und wurde das Gefühl nicht los, daß man mir irgend etwas verschwieg. Je mehr der Tag sich der Mittagsstunde näherte, es war inzwischen schon zwölf Uhr, desto unheimlicher wurde die Stimmung.

»Vater, sag du es ihr«, schubste meine Mutter schließlich ihren Angetrauten nach vorn in die erste Reihe.

»Nein, ich kann das nicht«, wehrte sich dieser energisch, »sag du es!«

»Typisch, immer ich, die unangenehmen Sachen muß immer ich erledigen«, zeterte Mutter.

Ich war gespannt wie ein Flitzebogen, was da auf mich zukam.

Schließlich riß mir mein inzwischen dünner Geduldsfaden: »Also macht es nicht so spannend. Egal was, ich werde es mit Fassung tragen!«

»Ich habe immer gesagt, einmal wird sie es ja doch erfahren, nun, heute ist es soweit. Du hast ja gehört, daß die alte Katel gestorben ist!«

»Na klar, kam ja durch den Lautsprecher.« In grauer Vorzeit ging der alte Klein immer mit einer großen Bimmel durchs Dorf und verteilte alle guten und schlechten Nachrichten. Seit ein paar Jahren hatte sich modernere Technik breitgemacht. Überall im Dorf hingen Lautsprecher, und wenn etwas Wichtiges mitzuteilen war, dann wurde es auf diese Weise angekündigt.

»Die Beerdigung ist heute! Das weiß ich auch! Das ganze Dorf geht hin, das weiß ich auch, und was ist daran nun so schrecklich, daß ihr alle wie Spinnen um mich herumflitzt?«

Mir tat es schon leid um dieses kleine alte Weibchen. Egal, wann man ihr begegnete, sie war immer guter Dinge, obwohl sie wahnsinnige Probleme mit dem Hören hatte. Wenn man mit ihr sprechen wollte, dann gab sie meistens zu verstehen: »Augenblick, Augenblick!«, kramte eilig in ihrer Schürzentasche und fummelte ein kleines Hörgerät hervor. Das stecke sie sich flink ins Ohr, und dann konnte man mit ihr sprechen. Meistens hörte sie allerdings erst einmal aufmerksam zu, und wenn sie antworten wollte, murmelte sie meist: »Moment, Moment!« Dann fummelte sie abermals in ihrer Schürzentasche und holte ihr Gebiß hervor, das sie sich mit geschicktem Schwubs in den Mund steckte.

»Weißt du«, verriet sie mir mal, »ich kann diese künstlichen Dinger nicht in meinem Mund und meinen Ohren haben, deshalb mach' ich die nur rein, wenn es unbedingt nötig ist.« Wenn sie mit ihren zwei Geräten versorgt war, dann setzten wir uns meist auf eine kleine Treppe und plauderten über Gott und die Welt. Sie trug noch die Tracht, hatte graue kleine Kringellocken, die sich übermütig aus ihrem Knöllchen oben auf dem Kopf herauskringelten, blaue Augen, mit denen sie als junges Mädchen sicher manchen Buben betört hatte. Trotz ihres hohen Alters eine rundum freundliche Gestalt.

Nun war sie tot.

Es tat mir leid. Sicher würden mir die kleinen Plauderstunden auf der Treppe fehlen. Aber das konnte kaum der Grund für die allgemeine Verklemmung sein.

»Es geht um deinen Hektor«, schlich Mutter sich langsam an das brisante Thema heran.

»Meinen Hektor?« In diesem Augenblick wurde mir mulmig, und ich muß gestehen, mein Herz begann ziemlich zu klopfen. Möglichkeiten schlimmer Nachrichten wie: er soll verkauft werden, jagten blitzartig durch mein Hirn. Aber das wäre für mich kein Problem gewesen, dann hätte ich ihn gekauft.

Im stillen zählte ich schon meine winzigen Spargroschen zusammen. Für den Kauf eines alten Ackergauls würden sie allemal reichen, auch einen Unterstellplatz könnte ich finden. Mit diesen Möglichkeiten hatte ich mich innerlich schnell wieder beruhigt.

»Also, dein Hektor nimmt an dieser Beerdigung heute teil!«

»Na und?« Mir war zwar die Art seiner »Teilnahme« nicht klar, denn nie hatte ich eine Beziehung zwischen Hektor und Katel beobachtet, aber was sollte daran schlimm sein?

Mutter schaute mich verwundert an, irgendwie hatte sie wohl mit einer anderen Reaktion gerechnet, daß ich vielleicht vom Hocker falle oder so was. Unschuldig lächelnd blickte ich in die Runde. Selbst Vater schaute mich mit seltsamer Tröstermine an.

Dann stellte ich wohl endlich die erlösende Frage, auf die alle gewartet hatten. »Wieso nimmt Hektor an dieser Beerdigung teil?«

»Na, Menschenskind«, meinte Vater nun ungeduldig, scheinbar hielt er mich für absolut dusselig, »er zieht den Leichenwagen! Dein Hektor ist nämlich nicht ganz Opa Langs

Gaul, er gehört zum Teil der Gemeinde und ist dafür abgestellt, bei Beerdigungen den Leichenwagen zu ziehen. Bisher warst du Gott sei Dank nie da, wenn das der Fall war!«

»Ja und«, ich sah darin nichts Schreckliches. Zwar wurde mir in diesem Augenblick klar, daß ich, die ich meinen fröhlichen Ferienspaß am Wochenende auf diesem Leichenwagenpferd austobte, in Wirklichkeit als eine Art Geisterreiter galt.

Aufmerksam beobachteten alle meine Reaktion und fielen dann wohl ihrerseits von dem berühmten Hocker, weil ich ganz schrecklich lachte. »Na und? Ich bin stolz auf meinen Gaul. Nun grade halte ich zu ihm. Ach du lieber Himmel, da habe ich ja alle Hände voll zu tun. Seid mir nicht böse, aber ich muß ganz schnell runter und mein Pferd todschick machen.«

Wie der Wind rannte ich zum Hof und ließ die verdutzte Bevölkerung links liegen. Es war bereits nach zwölf, und um zwei sollte die Beerdigung sein. Hektor stand schon vor seinem Stall, und Opa Lang war dabei, das Geschirr anzulegen.

»Warte, ich helf' dir«, rief ich. Das Zaumzeug mußte noch tüchtig mit schwarzer Schuhcreme eingerieben werden, selbst die Hufe wurden schwarz damit gefärbt. Dermaßen kräftig putzte ich an ihm herum, daß er wirklich glänzte und blitzte wie für eine Hochzeit. Am liebsten hätte ich mich selbst oben auf den Wagen gesetzt und hätte mit Hektor diese letzte Tour für Katel bewältigt.

Nebenbei war es eine wunderschöne Beerdigung. Das gesamte Dorf hatte sich auf dem Friedhof versammelt, und genau in dem Augenblick, als der Sarg ganz vorsichtig in die Erde gelassen wurde, öffnete sich der Himmel und die Sonne schien. Mir erschien es wie das letzte Lächeln der alten Katel. Vielleicht hat sie von oben gesehen, wie Hektor und ich nebeneinander an ihrem Grab standen. Ganz eng stellte ich mich zu ihm, damit jeder es sehen konnte: Wir zwei gehörten zusammen.

Erste Erfrischung

Klagen über das Wetter gibt es ja allemal. Aber wenn es tüchtig warm ist und die Sonne voll vom Himmel strahlt, kann eigentlich kaum irgend jemand meckern. Außer vielleicht, daß es für die Felder zu trocken ist, aber dafür ist ja wieder fantastisches Heuwetter, und schließlich kann man nicht alles haben.

Auf jeden Fall ist zur Zeit ein Maimorgen schöner als der andere. Sonne, alles grünt und blüht um die Wette, ein betörender Duft nach Blumen, Blüten und frischem Heu liegt in der Luft. Alle Vatertagsausflügler und Bratpartiebesucher konnten trockenen Hauptes und mit braungebrannten Nasen in Ruhe ihre Würstchen verputzen. Manches Faß Bier wurde genüßlich schlürfend bis auf den Grund geleert.

Doch was gibt es Schöneres in all dieser Sommerseligkeit, als aufgeheizt von der vielen Sonne den geplagten Körper in kühle erfrischende Fluten zu stürzen, daß es nur so spritzt?

Nun befinden wir uns ja noch am Anfang der Saison, und deshalb stürzte ich mich ganz langsam in das besagte Naß. Wenn ich ehrlich bin, begann ich ganz zart mit den Zehenspitzen.

Erst rechts dann links.

Das Wasser hatte sich scheinbar durch die viele Sonne schon ganz schön angewärmt, deshalb wurde ich gleich mutiger. Jeder, der mich beobachtete, nahm an, daß ich mich in wenigen Sekunden munter strampelnd in den Fluten tummeln würde.

Doch irgendwie traf ein unachtsamer Spritzer meinen Bauch und auch ein klein wenig meinen Rücken, und deshalb stoppte ich unter lautem Gequietsche jäh meinen Gang. Trotz aller Sonnenglut begann ich zu zittern, denn es war einfach scheußlich kalt. Mit hoch erhobenen Armen ließ ich Millimeter für Millimeter das kühle Wasser allmählich an mich ran.

Einige Menschen in meiner Nähe boten mir durch eindeutige Handbewegungen an, mir bei meiner schwierigen Aufgabe zu helfen.

Da ich ihnen für solche gemeinen Freveltaten schwerste Rache androhte, ließen sie sehr schnell von mir ab.

Als mein kühnes In-die-Fluten-Springen sich allerdings zu einer qualvoll zähneklappernden Tortur gemausert hatte, setzte ein besonders liebevoller Mitmensch dem ganzen ein laut klatschendes Ende.

Ohne jede Vorankündigung nahm jener Anlauf vor dem Beckenrand, setzte zu einem großen Sprung an, in dessen Verlauf er die Knie anzog, sie mit den Armen fest umklammerte und eine satte sogenannte Wasserbombe landete.

In Bruchteilen von Sekunden war ich am ganzen Körper naß, und meine Haare hingen mir hilflos tropfend an den Ohren links und rechts herunter.

Das war der Augenblick, wo ich dann völlig untertauchte und endlich meine Runden ziehen konnte. Herrlich warm erschien mir jetzt das Wasser, und nun tummelte und stürzte ich, daß die Fetzen, beziehungsweise die Spritzer nur so flogen. Schließlich war ich gar nicht aus dem Wasser rauszukriegen . »Du wirst zu kalt«, solche Warnungen überhörte ich doch prompt, und erst, als ich wieder tüchtig mit den Zähnen klapperte und meine Lippen bereits in tiefem Lila leuchteten, stieg ich aus den kühlen Fluten. Anschließend rubbelte mich mit einem Handtuch gründlich trocken und atmete voller Übermut und Wohlsein diesen herrlichen Frühsommertag ganz tief ein.

Wenn Blicke töten könnten

Die Medien, wie Radio und Fernsehen, ermöglichen uns, zu jeder Zeit und allerorts Konzerten aller Art beizuwohnen. Manchmal sind es auch wirklich gerade noch die »Vier Jahreszeiten« von Vivaldi, die uns über einen kilometerlangen Stau auf der Autobahn hinwegtrösten.

Nach viel Musik aus der Konserve gelüstet es einen dann schon mal nach etwas Lebendigem. Das verhält sich etwa wie mit aufgebackener Pizza aus der Gefriertruhe oder frisch, heiß und duftend von Giovanni um die Ecke.

Vielleicht deshalb stürzte ich mich vor ein paar Tagen in ein solches »Liveerlebnis«. Ein Konzert für Cello und Klavier war abends um 2o.30 Uhr in kleinem Kreis angesagt. 20.30 Uhr war ja nun wirklich eine Zeit, die man trotz allem Streß, der uns umgibt, in den berühmten Griff kriegen konnte. Nur ich nicht! Deshalb drückte ich natürlich auch erst um 20.35 Uhr die leider laut quietschende Klinke des kleinen Konzertsaales hinunter. Die Veranstaltung lief bereits auf vollen Touren, und da der Cellist gerade in leisestem Pianissimo den Bogen über die Saiten hauchte, hatte ich denkbar schlechte Karten.

Dank der quiekenden Klinke hatten sich alle Blicke auf mich gerichtet, und wenn die hätten töten können, wäre ich glatt umgefallen. Deshalb wünschte ich mir in diesem Augenblick auch das berühmte Loch, um postwendend darin zu verschwinden. Denn zu meinem großen Leid mußte ich ja diese musikalische Tür auch wieder schließen, was sich auf keinen Fall geräuschlos bewältigen ließ. Als hätte ich ein heißes Blech in der Hand, begann ich dieses Unternehmen mit allergrößter Vorsicht. Aber scheinbar hatte irgend jemand irgendwo ein Fenster aufgelassen, denn eine plötzliche Zugluft riß mir die Tür aus der Hand, und »rums« schlug sie mit lautem Knall zu.

Vor Schreck fielen einige Besucher fast vom Schemel. Der Cellist klammerte sich, um Haltung bemüht, an sein Instrument, und die Noten auf dem Klavier drohten sich in kühnem Flug zu verabschieden. Schnellste Reaktion der aufmerksamen Pianistin verhinderte allerdings diesen Verlust.

Mir war vor Peinlichkeit glatt schlecht, und ein älterer Herr aus der dritten Reihe durchbohrte mich gründlich mit strengem Blick. Aber dieses totale Pianissimo zwang alle zu äußerster Konzentration. Jeder einzelne Ton schwebte seidenweich wie Tautropfen durch den Raum, deshalb hatte man mich auch schnell wieder vergessen. Wie angewurzelt war ich an der Türe stehengeblieben, nie im Leben hätte ich es gewagt, auch nur einen Zeh zu bewegen. Mir war klar, daß ich bis zur Pause so zu verharren hatte.

Deshalb versuchte ich, wenn auch völlig aufgewühlt, mich doch wenigstens innerlich zu setzten. Eigentlich war ich ganz froh in meiner Position, denn auf diese Art und Weise konnte ich die Leute viel besser betrachten. Viele hatten die Arme über der Brust verschränkt und ernst und verständnissinnig den Kopf zur linken Seite geneigt, manche auch rechts.

Wieder andere hatten in größter Verzückung lauschend die Augen geschlossen und den Kopf nach hinten gelegt. Wobei ich bei dem farblosen Gedudel der Klavierpassage nicht sicher war, ob da der eine oder andere nicht bereits in süßem Schlummer weilte. Ein kräftiges Schnarchen, das ausgerechnet in die eisige Stille einer Satzpause fiel, bestätigte meine Vermutung. Empörte Nachbarn weckten mit kräftigen Schubsern den Störenfried.

Irgendwann habe ich mich gesetzt, und abgesehen von dem Hustenanfall einer Dame vorne rechts, mehrmalig kräftigem Niesen aus Reihe fünf und dem angestrengten Schnaufen des Cellisten war dieses frische Erlebnis ein unwiederholbarer Ohrenschmaus.

Die flotten Bienen

Gestern morgen wurde ich durch ein seltsames Geräusch geweckt. Mir war, als summte etwas um mein Haus herum.

Ich öffnete die Fensterläden und traute meinen Augen kaum.

Hunderte von wildgewordenen Immen schwirrten vor dem Fenster.

Ein Griff zum Telefon, und ich rief Nachbar Heinrich an. Allein der konnte mir helfen, denn ich wußte, daß dieser Mann etliche Bienenvölker und große Erfahrung als Imker besaß. Seit fast 60 Jahren geht er mit diesen flotten Tierchen um.

Die Imkerei ist sein Hobby, seine Passion, sein Lebensinhalt. Er müsse keine Angst vor dem Alter haben, hat er mir einmal gesagt, denn: »Ich habe meine Bienen!«

Ich hatte Glück, er war zu Hause und kam gleich angeflitzt.

»Nichts Schlimmes«, beruhigte er mich, »kein Schwarm, nur ein paar Bienen auf dem Naschzug, denn beim Nachbarimker ist hinten aus einem Bienenstock alter Honig herausgelaufen, und das hat sich wohl bei den Bienen herumgesprochen.« Heinrich begann mir so begeistert über seine

Bienen zu erzählen, daß seine blauen Augen leuchteten und ich ganz neugierig wurde. Ich wollte mehr wissen, deshalb verabredeten wir uns für den Nachmittag an seinem Bienenhaus.

Vorsichtshalber hatte ich mir ein Kleid mit langen Ärmeln angezogen, denn etwas Angst hatte ich ja doch.

Am Bienenhaus angekommen, schossen mir jede Menge Bienen wie kleine Raketen um die Ohren. Aber ohne mit der Wimper zu zucken, spazierte ich hinter Heinrich direkt in das feindliche Lager, in dem aber nur friedlich gesummt wurde.

Während Imker Heinrich mit bloßen Händen und ohne Schutz und Haube seelenruhig einen Bienenstock öffnete, damit ich das krabbelige Innenleben besser kennenlernen konnte, fragte ich ihm mutig ein Loch in den Bauch. Dabei erfuhr ich, daß sich eine normale Arbeitsbiene innerhalb einundzwanzig Tagen in eine fertige Biene verwandelt.

Drei Tage braucht das kleine Ei, nur als dünner weißer Faden in der Wabe erkennbar, dann mausert es sich zur Made. Sechs Tage kann es dann ein fettes Madendasein genießen, denn das Madenkind wird von den Arbeitsbienen von vorne bis hinten bedient und mit den feinsten Pollen gefüttert. Am neunten Tag ihres Daseins ist Schluß mit der Verwöhnerei, da wird ein Deckel auf die Wabe gepflastert und sie muß sich in völliger Abstinenz bis zum einundzwanzigsten Tag in eine Biene verwandelt haben. Pünktlich ist der Deckel zu öffnen, und gleich als erste Lebensaufgabe hat sie die Kinderstube zu reinigen und absolut sauber zu verlassen. Die ersten zehn Tage ist sie als Stockbiene eingeteilt, das heißt, sie muß als Wächter alles wegstechen, was nicht in den Stock gehört und den Flugbienen am Eingang den Nektar abnehmen, aufbereiten, daß er haltbar wird und in den Waben für den Winter einlagern.

Nach diesen 10 Tagen Stubendienst wird sie Flug- und Sammelbiene. Von nun an darf sie den Stock nicht mehr betreten, ist sie nur noch unterwegs. Allerdings nur vier bis sechs Wochen lang, dann ist ihr Leben vorbei.

Ein Wabe nach der anderen zieht Heinrich aus dem Stock, er will mir unbedingt eine Königin zeigen. Bei 100 000 bis 130 000 Bienen pro Volk muß man schon sehr viel Geduld haben.

Endlich, da ist sie, ich kann sie gleich erkennen, denn sie ist deutlich größer, dazu hat sie einen blauen Punkt mit einer Zahl auf dem Rücken. An dieser Markierung kann man mit einem Blick erkennen, wie alt die Dame ist – im wahrsten Sinne des Wortes, wieviel Jahre sie auf dem Buckel hat. Mehr als vier bis sechs Jahre können es aber nicht sein, denn älter wird eine Königin nicht.

Nach einer Stunde Bienenhaus werde ich direkt übermütig und stecke überall meine Nase rein.

»Wieso hat ein Stock drei Stockwerke?« frage ich, nachdem wir die Königing in der zweiten Etage gefunden haben.

Heinrich zeigt mir einen Rost, der zwischen Stock zwei und drei liegt. Er ist so eng, daß nur die Arbeitsbienen durchpassen, die Königin hat da mit ihrer Leibesfülle Schwierigkeiten. Dadurch bleibt gewährleistet, daß in den beiden unteren Stockwerken die Brutgeschäfte abgewickelt werden, während der Honig im oberen Stockwerk gelagert wird. Gleichzeitig wird garantiert, daß beim Schleudern im Mai bis Juli nur reiner Honig herausgeschleudert wird, 20 bis 30 Pfund pro Volk.

Schließlich entdecke ich einen weißen Eimer mit einem kleinen Sieb im Deckel

»Was ist das?«

»In den Eimer kommt eine Mischung von einem Kilo Zukker und einem Liter Wasser. Diese Flüssigkeit wird den Bienen ersatzweise für ihren Honig als Winterfutter gereicht.«

Wieder wird ein Stock geöffnet, und da sehe ich ganz deutlich, wie die Bienen in einer dichten Traube an dem verfälschten Honig hängen.

Ach, es gäbe noch so viel zu berichten, wie die Bienen es

fertigbringen, bei ständig schwankenden Außentemperaturen den Stock ständig auf 35 Grad zu halten, daß eine Königin am Tag in der Hauptbrutzeit 2000 Eier legt und vieles mehr.

Ich staune über diese wundervolle Einrichtung der Natur und staune über meinen Heinrich, der zwar schon seit zwei Stunden auf der vor sich hin schmurgelnden Zigarre herumkaut, aber noch keinen einzigen Stich abbekommen hat.

Die Bienen scheinen ihn zu kennen, und er geht mit ihnen sehr liebevoll um.

»Na und wenn schon«, meint er, »ich sehe es als Medizin, früher hatte ich Rheuma, jetzt nicht mehr. Wenn mich eine Biene sticht, denke ich, das ist eine Spritze. Beim Arzt muß ich viel Geld dafür bezahlen, hier habe ich es umsonst!«

Mich hat Gott sei Dank auch keine gestochen, ich könnte noch den ganzen Tag bei Heinrich und seinen klugen Bienen bleiben, aber ich mußte nach Hause. Erstens, weil ich mir gleich Honig bei ihm gekauft habe und einen unerhörten Appetit auf eine Honigstulle hatte und zweitens, weil ich jetzt diese Stulle in der linken Hand halte und mit der rechten schreibe.

Schiff ahoi

»Augenblick, ich komme gleich«, rief der Mann aus dem Lottoladen, als ich zur Türe eintrat. Es war Dienstag, der Zeitpunkt, um wieder einmal den Antrag auf die Lottomillion einzureichen. Während ich bereits tapfer meine Zahlen ankreuzte, tauchte er langsam, langsam aus der hintersten

Ecke auf.

»Schauen Sie mal hier«, lud er mich ein, in ein Heftchen zu gucken, das er voller Ehrfurcht in den Händen hielt. Ich sah nur Boote aller Art, weiß und chromblitzend.

»Hier dieses Schiff habe ich mir für eine Woche gemietet.« Dabei zeigte er auf ein elegantes Motorboot, zehn Meter lang mit allem Schnick und Schnack.

»Toll«, lobte ich, »können Sie denn ein so riesiges Ding auch fahren, oder haben Sie einen Bootsführerschein?«

»Hab' ich nicht, ist auch nicht nötig. Außerdem ist es nicht das erste Mal. Vor zwei Jahren haben wir schon einmal, quer durch Holland auf diesen kleinen Flüssen, eine solche Tour gemacht. Da habe ich einfach ein Boot gemietet und auf ging's. Damals hat meine Frau, wie Sie, voller Angst gefragt: Kannst du so ein Boot überhaupt fahren? Kann ich, zerstreute ich damals ihre Bedenken. Ich fahre seit zig und mehr Jahren Auto, was sollte schon für ein Unterschied zwischen einer Asphalt- und einer Wasserstraße sein. Und siehe da, ich hatte recht: Zünden und Gas geben, wir machten Fahrt! Siehste, triumphierte ich gegenüber meiner Frau, wie einfach das ist, also immer geradeaus!

Das wäre auch bis ans Ende der Welt gutgegangen, wäre nicht eine dieser verflixten Schleusen plötzlich vor mir aufgetaucht. Als ich dieses Ding erblickte, brach mir glatt der kalte Schweiß aus. Just in jenem Moment stellte ich nämlich fest, daß ein Schiff nicht wie ein Auto über ein Bremspedal verfügte. Langsam, aber stetig glitt dieser Kahn auf das Schleusentor zu. Am Ufer saß ein Heer von Anglern, die hilfreich durch laute Rufe darauf aufmerksam machten, daß das Tor noch geschlossen sei. Keine Bremse und die Wand fast vor mir! Panik war angesagt!

Mutig und entschlossen riß ich in letzter Sekunde das Ruder herum. Von nun an fuhr ich friedlich im Kreis. Die anfangs hilfreichen Angler konnten sich allerdings für meine Karussellfahrt absolut nicht begeistern. Wie wildgewordene

Kaninchen hüpften sie links und rechts an den Ufern herum, während ihre Ruten samt Rollen katapultartig durch die Lüfte sausten.

Ich war komplett in sämtliche Angelschnüre hineingefahren. Obwohl mancher Holzschuh und sonstige harten Gegenstände unsanft mein Schiff berührten, arbeitete ich fieberhaft daran, die Chose anzuhalten. Vielleicht war es eine höhere Eingebung, oder mein Unterbewußtsein konnte sich plötzlich an die Gebrauchsanweisung erinnern, denn irgendwann legte ich den Rückwärtsgang ein, und der Kahn gehorchte mir voll. Von da an verlief die Fahrt eigentlich ganz gut. Wie gesagt, eigentlich, wenn man davon absieht, daß wir einmal auf Grund liefen und mit Körperkraft das Schiff hinausschieben mußten und ein andermal der Motor keinen Mucks mehr von sich gab. Kompletter Motorschaden, war meine Diagnose. In solch einem Augenblick wird die erst herrliche Landschaft postwendend zur feindlichen Wildnis, besonders dann, wenn man viele Kilometer durch nasse Wiesen waten muß, um das nächste Telefon zu erreichen.

Der Pannendienst rückte von weither, auf größere Komplikationen vorbereitet, mit gutsortiertem Werkstattwagen und einer Horde von Mechanikern an. Allerdings konnte man nur feststellen, daß ich vergessen hatte, auf einen klitzekleinen Knopf zu drücken. Na, Schiff ahoi. Ich könnte ihnen stundenlang von dieser Reise erzählen!«

»Nein Danke!« winkte ich ab, denn ich war bereits erschöpft vom Lachen, »aber ich finde es toll und mutig, wie Sie sich als Landratte langsam die Gewässer der Welt erobern!« »Wissen Sie was«, flüsterte er mir geheimnisvoll zu, »das ist mein kleines Stück Abenteuer im Leben!«

»Na denn gute Reise!« meinte ich, und das wünschte ich von Herzen.

Himmlisches Feuerwerk

Ein paar Nachbarinnen hatten sich am Nachmittag auf meiner Terrasse zu einer Tasse Kaffee eingefunden. Es wurde fröhlich geplaudert, und die vielen kleinen grünen Kirschen am Baum bewundert mit der beruhigenden Bemerkung:

»In diesem Jahr gibt es endlich wieder viele Kirschen.«

Es war heiß, die Luft flimmerte, brütete vor sich hin.

Trotz fröhlicher, gelöster Kaffeenachmittagsstunde umgab uns eine so große Spannung, daß man förmlich darauf wartete, daß es irgendwann tüchtig krachte. Kaum gedacht, tauchten bereits die ersten dicken schwarzen Wolken auf. Einige meiner Kaffeedamen wurden daraufhin verflixt unruhig, denn prompt fielen ihnen ihre Sünden ein:

» Ach, du lieber Schreck, ich habe noch Wäsche im Garten hängen!«

»Na, das kann ja heiter werden, bei mir sind alle Fenster offen!«

»Nun macht euch nicht gleich verrückt, trinkt erst mal in Ruhe euren Kaffee aus, so schnell wird das Gewitter nicht aufziehen!«

Beruhigt nahmen alle wieder ihre Tassen in die Hand und genossen den herrlichen Kuchen. Man geriet ins Plaudern, und niemand hat mehr auf die Wolken geachtet.

Plötzlich tropften dicke Regentropfen in die Kaffeetassen, daß es weit spritzte und platschte.

Die Tropfen fielen immer schneller und größer herab. Da

hieß es, rette sich wer kann und was er kann. Plötzlich flatterten meine Kaffeetanten flink wie die Wiesel mit Tassen, Tiegeln und Torten umher, irgendeine schnappte den Sonnenschirm, die Kissen, die Tischdecke und nichts wie unter Dach und Fach.

Schnaufend und leicht angefeuchtet hatten wir uns schließlich ins Haus gerettet. Da ein Schrei, und alles ging in Deckung. Ein dicker, greller Blitz, der vom Himmel bis zur Erde reichte, züngelte drohend, fast hautnah, dicht vor den Fensterscheiben entlang. Der gleich darauffolgende ohrenbetäubende Donner ließ rundum die Wände erzittern.

Alles, was Beine hatte, kroch in die hinterste Ecke und klammerte sich vor Angst schlotternd und jammernd aneinander.

»Hilfe, ich habe solche Angst bei Gewitter!«

Es blieb nicht viel Zeit, einzelnen Ausführungen zu lauschen, denn da schnellte schon der nächste Blitz herab, gefolgt von krachendem, grollendem Donner. Der laut auf das Dach prasselnde sintflutartige Regen rundete das Chaos ab.

Obwohl alle ihre Angst vor den Naturgewalten bekundet hatten, schauten sie diesem himmlischen Feuerwerk fasziniert zu und bewunderten das grelle Schauspiel. Zudem fühlte man sich so eng zusammengerückt geborgen, in Sicherheit. Gehen konnte niemand, man vergaß die Wäsche auf der Leine, die offenen Fenster zu Hause und begann, sich alte Geschichten von früher zu erzählen. »Meine Großmutter ist nachts, wenn Gewitter war, immer aufgestanden, hat die Kasse mit dem Bargeld auf den Tisch gestellt, damit sie schnell flüchten konnte, falls der Blitz mal einschlug!«

»Bei uns ist mal eine Kuh vom Blitz erschlagen worden ... und die alte Eiche da am Teich hatte mal der Blitz mittendurch geteilt ...!«

Langsam taute die Stimung wieder auf, nur hier und da ging noch mal jemand in Deckung, wenn die Blitze draußen es zu toll trieben.

Zum Schluß, als der Donner weit aus der Ferne zu hören war und nur noch das Plätschern des Regens die Gespräche untermalte, atmeten alle auf. Man war sich einig: »Dieses Gewitter war nötig, vor allem der Regen ist Gold wert, ach wie herrlich ist diese frische Luft.«

Als dann der Regen etwas nachließ, verabschiedete man sich nach und nach, und so hatte dieser Kaffeenachmittag, wenn auch ein feuchtes, doch ein glückliches Ende.

Gute Landluft

Es heißt ja, von Luft und Liebe allein kann der Mensch nicht leben.

Wie es sich mit der Liebe verhält, will ich hier nicht näher erörtern, aber gerade in diesen Tagen zeigt sich, welch wichtiges Lebenselixier Luft für uns sein kann. Dabei ist Luft nicht gleich Luft, denn jedes Lüftchen hat so seine kleinen Besonderheiten. Da wäre beispielsweise die vielgerühmte Landluft zu nennen, wo man sich beim ersten würzigen Schnuppern gegenseitig vorwurfsvoll ansieht und dann aber als Aufklärung am Horizont einen fröhlich streuenden Mistwagen entdeckt.

Mancher rümpft bei solch kräftigen Gerüchen die Nase, aber es soll da regelrechte Genießer geben, die lebensfroh jenen Duft in ihre Lungen ziehen und behaupten, daß das hundertmal besser sei als der Bezingestank auf überfüllten Straßen und Autobahnen.

Ich kann diesen Leuten nur zustimmen. Doch wenn das

lebensspendende Element Luft so heiß und feucht ausfällt wie in den letzten Wochen, da wird es ganz schön knapp mit der Atmung, und jeder schnauft und hechelt nach der gasförmigen Substanz. Fenster und Türen werden wie wild aufgerissen, Schlips und Kragen fliegen in die Ecke, Ventilatoren, Gartenduschen, Planschbecken avancieren in den Geschäften zur Mangelware, und luftige, duftige Kleidung wird zum Renner der Saison.

Trotz aller Sommerfreuden leidet mancher still vor sich hin und versucht, einigermaßen frisch durch den Tag zu kommen.

Aber dann, wenn die Sonne hinter den Dächern versinkt, die Sterne langsam ihre frischgeputzten Lichter anzünden, die Grillen ihr kraftvolles Konzert beginnen und leichter Abendwind die Stirn umfächelt, atmen die Natur und der sommergeplagte Mensch auf. Was gibt es an solchen Abenden Schöneres, als auf der Terrasse zu sitzen oder einen schönen Spaziergang durch die Wiesen zu machen, um die frische Abendluft einzuatmen, die das ganze Geschehen des vergangenen Tages in sich trägt?

Allein der Duft nach allen möglichen Gräsern und Blumen, der aus den abgemähten Wiesen zu uns herübergetragen wird, läßt Bilder eines ausgeprägten Sommers mit vollbeladenen Heuwagen, kornspuckenden Mähdreschern und braungebrannten, schwitzenden Menschen bei der Ernte in uns aufleuchten. Da wird Luft zum absoluten Genuß, und vielleicht ist man für Augenblicke sogar der Meinung daß das allein zum Leben reichen könnte.

Das Wiedersehen

Manche merken es am Wetter, andere daran, daß es unheimlich unter den Füßen juckt: Das Jahr ist rum, es ist Zeit für den Krammarkt! Ich dagegen muß nur einen Blick in meine Besteckschublade werfen, und der Fall ist klar. Denn jedes Jahr zur Krammarktzeit ist mein Küchenmesserkästchen in einem erbarmungswürdigen Zustand. Ein lumpiges »Pittkenmesser« mit abgebrochener Spitze und wackeligem Griff ist alles, was sich mir bietet.

Dabei hatte ich mich im vergangenen Jahr erst mit fünf blitzblanken, »nicht rostfreien« Exemplaren reichlich eingedeckt. »Küchenmesser dürfen nicht rostfrei sein«, hatte meine Mutter mir eingeschärft, »dann kannst du sie selber schleifen, wenn sie stumpf sind, nur so kann man in der Küche ordentlich arbeiten.«

Jedes Jahr war für Mutter der Küchenmessereinkauf das Wichtigste auf dem Krammarkt. Sie hatte seit Ewigkeiten ihren ganz bestimmten Händler, und nur an diesem Stand wurde gekauft. Da konnte es noch so heiß sein, und zum Krammarkt herrscht meist eine Affenhitze, der Stand wurde die Gänge auf und ab gesucht.

Der Messermann kannte sie schon, und ehe Mutter ihre Wünsche vorbringen konnte, kam er ihr entgegen: »Ich weiß, Sie sind die Frau, die nur von der rostenden Ware möchte. Sie wissen Bescheid, die Leute haben eben alle keine Ahnung!« lobte er sie, und Mutter wurde dann ganz verlegen.

Jedes einzelne Messer nahm sie in die Hand, prüfte mit dem Zeigefinger die Schneiden, legte sie wieder hin, bis sie die richtigen gefunden hatte. Und obwohl den Händler im Laufe der Jahre schon total weißes Haar schmückte und sich tiefe Falten als Zeichen gelebten Lebens in sein Gesicht gegraben hatten, sprach sie dann: »Nun, junger Mann, machen Sie mal die Rechnung, ich nehme die hier alle!«

Wenn er sämtlichen Kunden solchen Rabatt einräumte wie Mutter, dann konnte er allerdings keine großen Geschäfte machen.

Dieses Erbe habe ich nun angetreten, deshalb rannte ich gestern bei glühender Hitze den Krammarkt rauf und runter, verzweifelt suchte ich unter den 220 Ständen Mutters – jetzt meinen – Messerstand.

Blusen, Röcke, Leggings, Unterhosen und wollene Socken wedelten mir um die Ohren.

Einhundertsechsundzwanzig Freunde und Bekannte begrüßte ich auf diesem Weg mit den Worten: »Na, auch auf dem Krammarkt?« Dumme Frage, wo denn sonst. Deshalb bekam ich auch einhundersechsundzwanzigmal dieselbe Antwort: »Ei joo!«

Ebensooft wurde gefragt, wie es geht, was auch meist gegenseitig mit: »Ei joo!« beantwortet wurde. Dazu muß ich sagen, alle waren fröhlich und guter Laune und sahen recht glücklich aus.

Bei allen Begegnungen muß ich gestehen, war ich nicht ganz bei der Sache, da ich mich ja immer noch auf der Suche befand. Doch als ich gerade gemeinsam mit einigen Bekannten feststellte, daß es ja unbedingt mal wieder regnen müßte, entdeckte ich ihn und rannte freudestrahlend auf ihn zu. »Mann, was hab' ich Sie gesucht ...«, und während ich ganz nebenbei nach Mutters Art Stück für Stück der Messer prüfte und wählte, plauderten wir über vergangene Zeiten.

»Was, 32 Jahre kommen Sie schon auf den Markt, dann kennen wir uns schon so lange!«, und nachdem er mir Mutters

Rabatt zukommen ließ, schüttelten wir uns zum Abschied herzlich die Hände und verabredeten uns bereits fürs nächste Jahr. Dieses Wiedersehen war uns sicher, denn bei meinem Talent, die Schnibbeldinger mit Kartoffelschalen oder sonstigen Abfällen gleich mit wegzuwerfen, konnte nichts schiefgehen. Nach dieser geschäftlichen Transaktion ging ich nahtlos zum gemütlichen Teil über. Hemmungslos stürzte ich mich auf die Würstchenbuden und war bald kalorienmäßig nicht wiederzuerkennen.

Immer diese ungebetenen Gäste

Frischer Pflaumenkuchen, direkt aus dem Ofen, gleich auf den Tisch ist der schönste Kaffeeschmaus, besonders, wenn der zarte Zuckerschmelz in die noch warmen Früchte zieht und duftende Butterstreusel die ganze Herrlichkeit krönen.

Solche Köstlichkeit verlangt nach einem würdigen Rahmen. Und wozu hat man eine herrliche Terrasse mit blitzweißen Gartenmöbeln und buntgeblümten Kissen, als daß man darauf nicht Kaffee trinken sollte? Also habe ich die strohgelbe Leinendecke aus dem Schrank geholt und das Streublümchenservice von Tante Lotte gedeckt. Bei den Servietten entschied ich mich für Bordeaux-Rot, passend zu den Pflaumen.

Als ich meine Komposition ausgiebig bewundert hatte, rief ich die Familie und Nachbarn zu Tisch.

Bei so viel Mühe lobte man mich über den grünen Klee, bevor man mit großem Appetit über Kaffee und Kuchen herfiel.

Ich glühte vor Glück und freute mich auf den ersten Schluck Kaffee.

»Vorsicht!«, schrie meine Tochter plötzlich so laut, daß mir bald die Tasse aus der Hand gefallen wäre, »in deinen Kaffee ist eben eine Wespe gekrabbelt!«

Schnell setzte ich meine Tasse ab und versuchte, die ungebetene Kaffeetante aus dem teuren Naß zu bergen.

Ich hatte Glück, sie wehrte sich nicht, flog heraus und setzte sich auf den Pflaumenkuchen, auf dem inzwischen schon drei ihrer Geschwister Platz genommen hatten.

»Am besten, man läßt sie völlig in Ruhe, dann tun sie uns ganz gewiß nichts«, empfahl meine Nachbarin Helga.

Gott sei Dank beschränkten sich die Krabbeltiere nur auf eine Hälfte des Kuchens, so konnte ich beruhigt auf der anderen Stückchen abschneiden und verteilen.

Als ich damit fertig war, scheuchte ich sie doch trotz aller Warnung einmal versuchsweise weg.

Das hätte ich nicht tun sollen, denn meine Handlungsweise nahmen sie dermaßen übel, daß sie wie wild ausschwärmten und mit gleich doppelt so vielen Brüdern und Schwestern zurückkehrten.

Ein Stück Pflaumenkuchen ungestört in den Mund zu schieben und einen Schluck Kaffee zu trinken, kam alsbald einer navigatorischen Meisterleistung gleich, denn man mußte die flinken Tierchen ständig im Auge behalten.

Als sich dann hier und da eins auf die Hand oder den Arm setzte und verscheucht wurde, kam schließlich eine solche Bewegung in das vernaschte Wespenvolk, daß meine Gäste nach und nach wild um sich schlagend vom Tisch aufstanden und sich in eine stille Ecke verkrümelten.

Meine schöne Kaffeerunde glich bald einem Schlachtfeld, Stühle waren umgekippt, ein komplettes Streublümchengedeck lag zerschmettert am Boden, und die Servietten flatterten bunten Vögeln gleich im Garten umher.

Deshalb hielt auch mich nichts mehr, und ebenso panikartig

verließ ich den ungastlichen Ort.

Und hier muß es einmal gesagt werden: Schwiegersöhne sind gar nicht so schlecht wie ihr Ruf.

Denn allein mein Schwiegersohn war es, der sich ein Herz faßte und Kaffee und Kuchen ins Haus rettete.

Ganz friedlich saßen wir dann mit neuem Geschirr bei geschlossener Türe und verputzten in Seelenruhe den Kuchen bis auf den allerletzten Krümel.

Schlemmerabend

Jetzt ist es wieder soweit, ist die Zeit gekommen, wo von allen blumenumrankten Terrassen, Gartenlauben und Balkonen kleine Rauchzeichen durch die Abendlüfte kringeln.

Aus einem unerfindlichen Grund schmeckt nämlich den Menschen an sommerlichen Tagen würzig Gebrutzeltes am besten unter freiem Himmel.

Dabei wird eine heimische Grillveranstaltung meist von sehr viel Arbeit, Mühe und Undank begleitet. Hat man erst alles herbeigeschafft, wie Grillkohle, Anzünder, Bier, Wein, Würstchen, Rippchen, Soßen, Tunken und Kartoffelsalat, gilt es erst einmal, den Ofen anzuschmeißen. Holzkohle wird klimpernd aufgeschüttet und mit vielen kleinen trickreichen Pülverchen und Tinkturen fachmännisch angezündet. Obwohl man unter Einsatz seines ganzen Körpers pustet, was die Lunge hält, gibt es auch noch Ärger.

»Mußt du das so nah am Tisch machen, der Rauch zieht über die Salate und uns grad ins Gesicht.«

Zähneknirschend zieht man als verkannter »Griller« seinen heißen Ofen bis an den äußersten Rand der Terrasse. Während die Gäste lustig ein Bierchen nach dem anderen die Kehle runtergluckern lassen, beginnt man sich zu fragen, wie man nur auf diese Schnapsidee kommen konnte, auf dermaßen vorsintflutliche Art das Essen zu bereiten. »Prost, Karl, setz' dich zu uns!« fordert fröhlich die Gesellschaft auf. »Danke, später!« winkt man gelassen ab und vollzieht den großen Augenblick ganz für sich allein, indem man das gut gewürzte Fleisch und die dicken Würstchen zischend auf die weißglühenden Kohlen legt. Nachdem alle noch einmal gründlich durchgehustet haben, denn der Rauch versteht es vorbildlich, alle Gäste stets gleichsam zu umwedeln, gerät man endlich in den absoluten Mittelpunkt. Da von dem Augenblick an, wo erste Bratendüfte die Nasen erreichen, keiner mehr die zu erwartenden Köstlichkeiten aus den Augen läßt. Die Magensäfte sprudeln und quellen dermaßen, daß manchem das Wasser gewaltig im Mund zusammenläuft. Doch hier handelt es sich nicht um die Erprobung eines Schnellkochtopfs oder eine Show der ultrafixen Mikrowelle, hier wird gegrillt, und das dauert. Geduld ist angesagt!

Endlich das erste Probewürstchen. »Hilde, koste mal!« Alle Augen starren neidvoll auf das braungebrannte Häppchen. »Nein, in der Mitte ist es noch nicht durch!«

Also heißt es weiter warten. Hilde verteilt schon mal Kartoffelsalat auf alle Teller. Da ein Schrei, »schnell, ein Bier!«

Denn lichterloh stehen die Kostbarkeiten samt Grill in hellen Flammen!

Mit vereinten Kräften wird die Gefahr gebannt. »Gleich ist es soweit!« lautet die Durchhalteparole. Aber dann hat wohl irgend jemand einen guten Witz erzählt. Alle haben fasziniert zugehört, nur einen Augenblick. Und schon sind die einst prallen Würste zu knurzelig schwarzen Objekten zusammengeschnurrt.

»Ich glaube, alles ist verbrannt!«, stellt man erschrocken

fest. »Ach was, das kann man noch gut essen!« langen alle hastig zu und mampfen bald heißhungrig schwarzbraune Knusperstückchen zu herrlich frischem Kartoffelsalat.

Zu Hause ist es am schönsten

Ich weiß nicht, was manche Leute und Familienmitglieder an sogenannten Wochenendausflügen für einen Narren gefressen haben. Ich halte mich immer ganz gezielt zurück, wenn da liebe Menschen laut tönen: »Dieses Wochenende fahren wir nach Paris, dann das Wochenende nach Dresden oder vielleicht an irgendeinen Baggersee!« Und ich sage prompt: »Nee!«, wenn ich gefragt werde, ob ich nicht vielleicht Lust hätte, mitzukommen. Zumindest für mich, so meine ich, gibt es nichts Schöneres, als bei zauberhaftem Sommerwetter meinen Garten und meine traumhafte Hinterländer Landschaft zu genießen. Fröhlich begleite ich diese unternehmungslustigen Leute an ihr Auto und winke ihnen frohen Herzens nach. Selbst bei sogenannten Fragen im letzten Augenblick: »Willste nich doch mitfahren?« kann ich ohne jeden Kraftaufwand widerstehen.

Wenn alle mit ihren aufbrummenden Motoren in diese weite wunderschöne Welt abgedampft sind, dann beginnt meine Zeit. »Endlich allein«, reibe ich mir in diebischer Freude die Hände, schmeiße mich in meinen Liegestuhl, lausche dem Plätschern meines künstlichen Bächleins und genieße Sommer, Sonne, Sonnenschein. Welch ein Wohlgefühl, dachte ich gerade letzten Sonntag, als ich mir bereits die zweite Portion

Eis in meinen friedlichen Liegestuhl schleppte. Da klingelte das Telefon. Nichtsahnend nahm ich ab:

»Hallo, wir wollten nur hören, ob Du zu Hause bist. Hier sind Vera und Bruno aus Berlin, wir sind auf der Durchreise von München. Wir stehen hier in einem Ort, der heißt Gladenbach oder so ähnlich. Bruno, der Ort heißt doch Gladenbach, oder?«

Vera war ganz aufgeregt, sie schien sich wirklich auf das Wiedersehen zu freuen. »Ja, ja Gladenbach«, dröhnte Bruno gemütlich aus dem Hintergrund. »Neben der Telefonzelle steht ein Brunnen. Wie kommen wir denn nun in euer Dorf? Wie müssen wir von hier aus fahren?«

»Am besten ihr fahrt jetzt ... ach Quatsch, das findet ihr sowieso nicht. Bleibt, wo ihr seid, ich komme und hole euch ab!«

Das war das Ende eines himmlisch ruhigen Sonntags. Mein Eis war mir bei der Telefoniererei auf meinen neuen Badeanzug getropft. Beim Anblick meines Spiegelbildes wurde mir glatt schlecht, denn die Haare hatten vom Sonnenöl eine Menge abbekommen, und auch sonst machte ich nicht gerade einen salonfähigen Eindruck. Aber was blieb mir anderes übrig, als mich mit wenigen Handgriffen wieder in die Zivilisation einzuordnen.

Mein Auto hatte natürlich die Mittagsstunden in der prallen Sonne verbracht, so daß mir beim Öffnen der Türen benzingeschwängerte Dämpfe entgegenquollen. Der Sitz, auf den ich mich setzten mußte, war so heiß, daß ich in den Gesäßmuskeln vorerst kein Rheuma mehr kriegen konnte, und für das Lenkrad hätte ich dringend ein paar Topflappen gebraucht.

Zähneknirschend machte ich mich mit meiner rollenden Sauna auf den Weg.

Das kommt davon, wenn man bei flüchtigen Begegnungen im Urlaub großzügig mit dem Satz herumwirft:

»Ihr könnt uns ja mal besuchen, wenn ihr auf dem Weg

seid!«

Manche kommen wirklich!

Trotzdem war es dann noch ein schöner Sonntag, nur eben ganz anders, als ich ihn geplant hatte.

Hundstage

Sommer, Sonne, blitzblauer Himmel, davon träumen wir den ganzen Herbst und Winter, wenn uns bleigrauer Himmel in düstere Stimmungen treibt und wir mit roten Nasen durch den kalten Winter stiefeln.

Es soll sogar viele Menschen geben, die große Strapazen und noch größere Geldausgaben riskieren, um allein den immerwährenden Sonnenschein zu erleben.

Denn in unseren Breitengraden läßt das Wetter manchmal ganz schön zu wünschen übrig.

»Das ist kein Sommer«, schimpfen die Leute wie die Rohrspatzen, wenn ihnen mitten im Juni, Juli kalter Regen um die Beine klatscht.

Deshalb bleibt dem Wetter gar nichts anderes übrig, als sich zu ändern.

Doch wer nun glaubt, es würden nur noch glückliche, fröhliche Menschen über sonnendurchflutete blühende Wiesen hüpfen und springen.

Der irrt!

Denn kaum hält sich die so langersehnte Zeit mit backofenähnlichen Temperaturen länger als drei Tage, beginnt das große Stöhnen.

Kurz gesagt, alle Welt pfeift sehr bald nur noch auf dem letzten Loch.

»Hach, fühl ich mich schlapp und müde«, meint Frau Meier und japst wie ein Fisch an Land nach Luft.

»Kein Wunder«, tröstet sie schweißtriefend Frau Müller, »da macht der beste Kreislauf nicht mit. Ich hör' den ganzen Tag das Martinshorn! Kein Wunder, da kippt einer nach den andern um!«

Ich kann mir vorstellen, daß der Wettergott bei solchen Äußerungen verzweifelt in die Wetterkarte beißt.

Denn spätestens am vierten Tag sommerlicher Flimmerhitze schreit alle Welt:

»Das sind ja Hundstage!«

Während sich hier und da ein paar Genießer über den Sommer freuen, lassen Blumen, Gräser und Gemüsepflanzen in den Gärten geschlossen die Ohren hängen.

Wo einst englisch grüner Rasen prangte, steht braunes Heu am Stiel.

Einst üppig blühende Stauden liegen platt am Boden, als wollten sie vor der Hitze in Deckung gehen. Radieschen bleiben klein wie Murmeln, und ein Heer von Würmern robbt schmatzend durch die mühsam angepflanzten Karotten.

Schattenplätze werden zur Kostbarkeit!

Deshalb wird die Terrasse, die man extra an der Südseite angelegt hatte, mit diversen Sonnenschirmen beschattet.

Und während ich verzweifelt mit meinem langen unhandlichen Gartenschlauch kämpfe, denke ich für den Bruchteil einer Sekunde darüber nach:

Wie praktisch es wäre, wenn sich dieser Garten von alleine bewässerte.

Denn es ist ganz schön anstrengend, bis in die kleinste Ecke zu sprengen und zu wässern.

Diese träge Gummischlange bleibt dann meist auch noch überall hängen, verwickelt sich, knickt ab ...

Da geht so ein Sommerabend fix vorbei, und ich bin anschließend im wahrsten Sinne des Wortes geschlaucht.

Matt von der Hitze und kaputt von der Sprengbelastung, schmeiße ich mich auf meine Liegestatt und träume von Regentropfen, die an mein Fenster klopfen.

Wenn die weißen Fahnen wehen

Merkwürdig, in den Fernsehreklamen für Waschmittel hüpfen stets nur freundlich lächelnde Hausfrauen und Mütter in riesigen Gärten umher. Auf ihren kilometerlangen Leinen flattert stets strahlend weiße Wäsche bei ewig herrschendem Sonnenschein, der anscheinend gleich mit dem Waschpulver mitgeliefert wird. Ich habe neulich extra genauso ein Paket gekauft, habe das Paket rundherum auf den Kopf gestellt, konnte allerdings kein Pulver für den Sonnenschein finden.

Vielleicht, dachte ich, sind das kluge Frauen, die eben nur bei schönem Wetter waschen. Deshalb habe ich am Abend zuvor den Wetterbericht gehört. Kein Wölkchen war weit und breit auf der Karte zu sehen.

Das war mein Tag!

Gleich früh, kurz nach Sonnenaufgang, warf ich die Waschmaschine an.

Ich freute mich schon auf die kuschelweiche, vom frischen Wind umwedelte, nach Ozon schnuppernde Wäsche. Auch ich wollte einmal meine Handtücher sanft an die Wange legen und mich wohl fühlen.

Endlich war es soweit!

Stück für Stück glättete ich und achtete beim Aufhängen

darauf, daß alle Sockenspitzen nach oben guckten, die Bezüge mit der offenen Seite in den Wind hingen, Handtücher zu Handtüchern, Unterhosen zu ...

Kurz gesagt, mein Wäschegarten sah genauso aus, wie es dieses Waschmittel versprach.

Seelenruhig legte ich mich in den Liegestuhl. Wind und Sonne nahmen mir von nun an alle Arbeit ab. Ein herrliches Gefühl.

Aber kaum hatte ich den Liegestuhl aufgeklappt, da konnte ich bereits ein leichtes Wolkenaufkommen am Himmel verzeichnen. Anfangs ignorierte ich die Veränderung und konzentrierte mich voll auf meine Zeitung.

Als allerdings die ersten dicken Tropfen mein Nachrichtenblatt betupften, gelang es mir nicht mehr, die grauen Tatsachen am Himmel zu vertuschen.

Zähneknirschend zerpflückte ich mein sorgsam aufgereihtes fernseh-verdächtiges Wäschebild. Prompt wurde ich auch noch im letzten Augenblick patschnaß. Zu allem Überfluß peitschte eine kräftige Sturmbö mir auch noch ein Stück von der Wäscheleine um die Ohren. Flugs verschwand ich mit meinem halbtrockenen Korb im sicheren Haus.

Kaum hatte ich drinnen alles verstaut, riß die Bewölkung auf, und strahlender Sonnenschein erfüllte erneut den Garten.

Irgendwie fühlte ich mich veräppelt. Aber ich gab nicht auf!

Auf diese Weise wurde aus dem geruhsamen Liegestuhlnachmittag ein stressiger Hindernislauf. Denn dreimal habe ich die Wäsche aufgehängt und wieder reingetragen. Beim vierten Mal hatte ich die Nase voll.

Entweder kaufe ich mir jetzt einen Trockner oder ein anderes Waschmittel.

Mücken in der Nacht

Wenn ich morgens aufwache, dann weiß ich ganz genau, daß ich mal wieder viel zuwenig Schlaf hatte. Denn meine Augen sind zugeklebt, mein Körper ein Klumpen Blei, und am liebsten würde ich grad wieder ins Bett zurückfallen.

So schwöre ich mir heiß und innig, daß ich am selben Abend mit hundertprozentiger Sicherheit, vorausgesetzt, es gibt keine besonderen Zwischenfälle, ganz früh mit den Hühnern ins Bett gehen werde, wenn ich schon mit ihnen aufstehen muß.

Deshalb bin ich gestern bereits um 20.oo Uhr ins Bett gegangen.

Ach, war das schön. Wohlig habe ich meinen müden Körper ausgestreckt und mich gefragt, warum ich Dussel das nicht jeden Abend tat. Schließlich wird man nicht jünger, und Schlaf soll ja bekanntlich verschönen und Falten ausbügeln.

Gemütlich kuschelte ich mich in mein Bettchen, schloß die Augen und begann, die weißen Schäfchen zu zählen. Na gut, ein paar schwarze waren auch darunter, auf jeden Fall sprangen sie fröhlich über blumenreiche Wiesen. Ich war gerade bei Schaf Nummer neunundzwanzig angekommen, als ich feststellen mußte, daß diese Wiese wohl in einer feuchten Au lag. Es schwirrten nämlich plötzlich ein paar ausgewachsene Mücken umher. Ich konnte sie laut und deutlich hören. Mit unverkennbarem Summen zogen sie ganz dicht an meinem Ohr vorbei. Doch je lauter das Geräusch wurde, um so mehr verblaßte die bunte Schäfchenwiese, und im Nu war ich aus meinen Träumen erwacht.

Aufmerksam lauschte ich in die Dunkelheit. Und richtig! Da flog dieses Pieksevieh einen erneuten Angriff direkt auf mein Ohr. Ich schlug drauf, daß es fürchterlich knallte, mein Ohr glühte, aber die Mücke sauste schrill summend in das Dunkel der Nacht zurück. Erneut kuschelte ich mich in meine Kissen, und gerade, als ich mich wieder auf meine Schafe konzentrieren wollte, da summte es wieder ganz nah bei mir! Von nun an war meine Ruhe dahin, denn ich lauschte und horchte mit gespitzten Ohren. Irgendwann würde ich das kleine Biest schon kriegen.

Deshalb erwog ich bald aufzustehen und zum Angriff überzugehen. Kurzentschlossen rollte ich die Zeitung zusammen und setzte mich auf meiner Bettkante auf die Lauer.

Ich weiß nicht, wie lange ich da gesessen habe. Jedenfalls habe ich sie nicht gekriegt, und dabei ist es schrecklich spät geworden, und ich bin wie immer entsetzlich müde.

Zeigt her eure Füßchen ...

Unsere Füße sind im allgemeinen ganz schön arm dran, denn meistens verbringen sie den lieben langen Tag in dichtmaschigen Strümpfen und engumfassendem Schuhwerk, das mitunter zu modischen Zwecken ganz schön zwackt, drückt und kneift. Dabei sollten wir diese Extremitäten mit besonderer Sorgfalt behandeln, ihnen all unsere Aufmerksamkeit schenken und es ihnen besonders leicht machen.

Schließlich tragen sie doch unseren mehr oder weniger schweren Körper tagein, tagaus flotten, frohen Schrittes behende durch die Landschaft.

»Zeigt her eure Füßchen, zeigt her eure Schuh«, heißt es in einem alten Kinderlied. Bei dem fantastischen Sommer in diesem Jahr wäre beispielsweise reichlich Gelegenheit dazu gewesen, den geplagten Füßen in großzügig geflochtenen Sandalen ein luftig leichtes Dasein zu bieten. Die Herren der Schöpfung haben nach meinen Beobachtungen diese Gelegenheit nicht genutzt: So weit mein Auge reichte, sah ich nur alles dick verpackt in hochgeschlossenen Socken – dazu noch fest verschnürt. Die Damenwelt dagegen war da weitaus mutiger, denn aus manch frechbuntem Riemchenpumps winkten kräftig rot bemalte Großzehen in sommerlichem Look. Wobei diesem luftigen Schuhwerk in seiner Gestaltung keinerlei Grenzen gesetzt sind. Der breite Bogen der Möglichkeiten spannt sich von der breitflanschigen »Müslisandale« bis zum nur von einer glitzernden Perle gezierten einriemigen Söhlchenhalter.

Egal, wie auch immer jemand, hochgeschlossen in Socken oder freizügig luftig, den Sommer verbracht hat, hat er doch etwas verpaßt, wenn er sich nicht dem Genuß des Barfußlaufens hingegeben hat. Ich höre meine Füße in solchen Augenblicken förmlich aufatmen, wenn ich ihnen vollkommen frei von Masche und Leder die Berührung mit der Mutter Erde gönne und sämtliche Zehen völlig losgelassen im Sand strampeln können. Wenn sich dann noch sanft der Morgentau an die Sohlen schmiegt, geben selbst meine Hühneraugen ihr schmerzvolles Getue auf und fühlen sich mit mir wie auf einer rosa Wolke.

Bis ans Ende der Welt könnte ich dann so leichtfüßig durch die Wiesen laufen. Nur wenn sich hier und da ein kleines Steinchen in meine rosazarten Fußsohlen bohrt, kommen mir meine Schuhe in Erinnerung. Doch wie das so ist im Leben, man muß für alles schöne zahlen. Deshalb marschiere ich fröhlich weiter, genieße jeden Grashalm, der meine Sohlen kitzelt und gönne meinen Füßen ihre wohlverdiente Freiheit zu dieser sommerlichen Zeit.

Jedes Böhnchen gibt ein Tönchen

Neulich habe ich mir einige Päckchen Bohnensamen gekauft, denn ich esse für mein Leben gern grüne Bohnen mit Buttersoße, dazu kleine Pellkartoffeln – in Kümmel gekocht und ein zartes, saftiges Kasseler-Kotelett.

Träumend saß ich in meinem Garten, während die Böhnchen verheißungsvoll in der Tüte klapperten, als wollten sie sagen: »Nun fang endlich an!«

»Immer mit der Ruhe!«

Bis zur Ernte war es noch ein weiter Weg.

Als erstes baute ich ein gutdurchdachtes Stangensystem mit Streben und Bändern kreuz und quer, solide, stabil. Das war sehr wichtig, denn ich hatte mich für Stangenbohnen entschieden, und die verlangten danach, kräftig bis in den Himmel hinein rankeln zu können. Liebevoll zog ich kleine Rillen rund um jede Stange in die Erde und legte sorgsam Böhnchen für Böhnchen hinein. Dann häufelte ich wieder Erde darüber und drückte sie sanft an das Saatgut an.

Als ich alles geschafft hatte, wäre ich am liebsten sitzen geblieben, um zuzusehen, wie die ersten Keime aus dem Boden schlugen.

Aber da hätte ich lange sitzen können, denn nichts dergleichen tat sich. Nicht einmal nach zwei, drei Wochen. Kein

Wunder, trotz Wonnemonat Mai blieben die Temperaturen derart weit unten, daß man bequem mit Bommelmütze und Handschuhen im Garten arbeiten konnte. Und da Bohnen bekanntlich keine Mützen besitzen, hatten es meine vorgezogen, sich noch tiefer in die Erde zu verkrümeln.

Eines Tages zeigte sich trotz allem ein kleines Blättchen an der Saatstelle, woraufhin ich wahre Freudentänze vollführte. Als ich allerdings meine Brille aufsetzte, mußte ich feststellen, daß es sich nur um ein besonders kräftiges Exemplar der heimischen Vogelmiere handelte. Wie es sich gehört, zupfte ich das »Unkraut« heraus.

Obwohl ich neulich erst gelesen hatte, daß Vogelmiere siebenmal soviel Vitamin C wie Kopfsalat enthält. Wer hätte das gedacht! In Hamburg auf dem Markt kosten davon hundert Gramm 4,50 DM. Nicht zu glauben, dabei wächst sie uns fast durch die Füße, denn in allen Ritzen auf Wegen, Straßen und Beeten ist sie zum Ärger jedes ordnungsliebenden Gärtners zu finden.

Ungeachtet dieser Tatsache blieb ich auf meine Bohnen konzentriert. Einsam wiegten sich die Bohnenstangen im Wind. Als ich neugierig ein bißchen im Boden buddelte, um nachzusehen, wo die Keime blieben, war das Saatgut weg, verschwunden. Meine Böhnchen waren wohl in den Speisekammern diverser Wühl- und Wurzelmäuse gelandet. Da es sich inzwischen sommerlich erwärmt hatte, stürzte ich mich erneut in Unkosten und legte eine Partie Samen nach. Welche Freude! Brach doch schon wenige Tage später der Boden auf, und bald blitzte Keim für Keim unter der lockeren Erdkrume hervor. Wenn ich mich bäuchlings auf den Boden legte, konnte ich sie bereits deutlich erkennen.

Inzwischen sind wieder ein paar Tage vergangen und starke, sattgrüne Ranken klettern an meinen Stangen wie wild empor. Deshalb flitzte ich nun jeden Morgen als erstes zum Bohnenbeet in freudiger Erwartung, endlich die Butterpfanne hervorzukramen und mir ein köstliches Mahl zu gönnen.

Termine, Termine

Es gibt ja Leute, die bei der Frage:

»Wann könnten wir uns denn mal wieder zusammensetzen ...?« präzise antworten:

»Einen Augenblick, das kann ich sofort sagen«, und blitzschnell ihren Terminkalender aus der Tasche ziehen, flugs ihren rechten Zeigefinger benetzen und geschwind darin herumblättern:

»Also am 12. geht es nicht, am 13. und 14. auch nicht ... aber hier am 15., keine Sitzung, keine Versammlung, kein Tennis, kein Skat, da kann ich ...«

Während ich noch krampfhaft, natürlich ohne Terminkalender, darüber nachdachte, ob ich den 15. nicht schon irgendwie verplant hatte, wurde der Fall bereits notiert.

»Einen Moment, Herr Eschenbach, mir ist beinah so, als hätte ich an diesem Tag schon etwas vor. Ist das ein Montag oder Dienstag?« versuchte ich einzulenken.

»Ein Mittwoch«, antwortete Herr E. barsch und wimmelte mit den Worten, »jetzt habe ich den Termin notiert«, meine sämtlichen Bedenken ab.

»Ich freue mich schon sehr auf diese Aussprache«, schüttelte er mir mehr als kräftig die Hand und verschwand. Während meine plattgedrückten Zeige- und Mittelfinger mich schmerzhaft an diese Begegnung erinnerten, dachte ich fieberhaft drüber nach, was da am 15. war. Da war was, das wußte ich genau! Aber was? Was? Was?

Als ich zu Hause in meinen Kalender schaute, strahlte mir das besagte Datum unberührt und ohne jegliche Eintragung entgegen. Nichts konnte ich entdecken, auch ein paar Seiten vor oder zurück nicht. Allein die Tatsache, wie wenig leere Seiten noch für dieses Jahr übriggeblieben waren, ließ mich fürchterlich erschrecken. Gedankenverloren ließ ich deshalb die Seiten der vergangenen Monate, Wochen und Tage durch meine Hände blättern.

Bunt und leuchtend stiegen Bilder des Sommers, dieses üppigen Sommers in mir auf, und ratlos schüttelte ich den Kopf darüber, wie schnell die Zeit mal wieder vergangen war. Doch ich traute mir selber nicht, denn schließlich trug ich dieses Ding nicht pausenlos, wie Herr E., mit mir herum.

Tagelang geisterte diese Verabredung durch meine »hirninnerlichen« Schubladen.

Doch mir fiel einfach nicht ein, was sich an diesem Tag so Wichtiges ereignen sollte. Vielleicht hatte ich mir dieses schwerwiegende Datum auch nur gemerkt, weil vielleicht der amerikanische Präsident Geburtstag hatte, oder waren es die Trojanischen Kriege, oder war da Sperrmüll, ein Arzttermin, Kosmetikerin, Frisör ...?«

In den folgenden Nächten schmiß ich mich von einer Seite auf die andere, weil mich der Gedanke um diesen Tag dermaßen quälte.

Mitten in der Nacht fiel es mir dann ein, kerzengrade saß ich plötzlich im Bett. Richtig! Am 15. war ja der Besuch von Tante Alice angesagt, nicht die aus dem Wunderland. Sie war wirklich meine Tante, klein, rund, mit roten Wangen, blitzenden Augen, und wenn sie einmal im Jahr kam, dann standen alle Räder still, so viel gab es von alten Zeiten zu erzählen.

Wie konnte ich das nur vergessen? Erleichtert und beruhigt ließ ich meinen Kopf wieder in die Kissen fallen.

Denn für dieses wichtige Ereignis mußte selbst Herr E. mit seinem tollen Terminkalender Verständnis haben und unsere Verabredung aus seinem gutgeführten Büchlein streichen.

Ein Schäfchenwunder

Was ein guter Schäfer ist, der bleibt Tag und Nacht bei seinen Schafen. Johann aus dem Hessischen Hinterland hielt das für ganz normale Hirtenpflicht. Nacht für Nacht schlief er deshalb in einem kleinen Wohnwagen, der mehr oder weniger gemütlich eingerichtet war.

Ein Bett, vielleicht noch eine Kerze als Beleuchtung, sonst nichts. Ihn störte diese bescheidene Umgebung nicht, schließlich war er den ganzen Tag von der absolut größten Herrlichkeit und Schönheit »Natur« umgeben.

Trotz aller Bescheidenheit war Johann der Sinn für ein schönes Zuhause allerdings nicht verlorengegangen. Aus diesem Grund war es nicht weiter verwunderlich, daß er eines Tages die Einladung eines Freundes, der ganz in der Nähe, etwa drei Kilometer von der Herde entfernt, ein schönes Haus hatte, begeistert annahm.

Er freute sich auf diesen Abend, mit wieder mal einem richtigen Dach über dem Kopf. So stellte er, bevor er sich mit seinen beiden Hunden Rolf und Dolli auf den Weg machte, mit besonderer Sorgfalt das Gatter um seine Tiere auf. Bald wie eine Mutter, die ein bißchen schlechtes Gewissen hat, ihre Kinder alleine zu lassen.

Nun, wenn zwei Freunde sich lange nicht gesehen hatten, dann gab es eine Menge »Dönekes« zu erzählen, deshalb wurde bis spät in die Nacht geplaudert. Das Essen war reichlich, und das Bier hatte gut dazu geschmeckt. Kein Wunder also, daß Johann förmlich wie ein Sack ins Bett fiel und sofort tief und fest schlief. Worüber sollte er sich auch Gedanken machen, seine Herde war ordnungsgemäß versorgt, die beiden Hunde schliefen im Stall, da konnte er in Ruhe träumen.

In der Nacht jedoch zog ein Gewitter auf, dermaßen stark, daß man gut von einem Unwetter sprechen konnte. Die Blitze peitschten wie Feuerwerk in wildem Durcheinander vom Himmel, und der Donner steigerte sich bis hin zu ohrenbetäubenden Knallern.

Johann allerdings schlief tief und fest wie ein Bär, so daß er von diesem Inferno absolut nichts, aber auch gar nichts mitbekam.

Als ihn morgens jemand fest und unablässig an den Schultern rüttelte und schüttelte:

»Johann, steh auf, deine Schafe sind hier!« wußte er gar nicht, was man von ihm wollte, denn seine Schafe waren schließlich immer da, wo er war. Beziehungsweise er war immer bei seinen Schafen.

»Johann, komm, du mußt dir das angucken! Deine Schafe liegen rund ums Haus, schau aus dem Fenster.«

Johann bewegte sich fast automatisch, er konnte zwar nicht viel mit seinen verschlafenen Augen sehen, aber daß da jede Menge weiße Wollknäule wie wartende Hunde rund ums ganze Haus, im Garten, auf der Straße und der Wiese lagen, konnte selbst er erkennen.

Es war unglaublich, das Gewitter mußte sie dermaßen in Angst und Schrecken versetzt haben, daß sie in Panik das Gatter sprengten. In ihrer Not hatten sie sich dann wohl gemeinsam auf den Weg gemacht, ihren Herrn zu suchen und hatten ihn gefunden.

Johann schaute voller Rührung auf seine leise vor sich hin meckernde und blökende Gesellschaft, als wollten sie sagen:

»Wie kannst du uns nur allein lassen, dazu noch in einer so schrecklichen Nacht.«

Johann schüttelte den Kopf, daß ein Schäfer seine Schafe sucht, ist normal, aber umgekehrt, war wirklich ein kleines Wunder.

Johann lehnte dankend das herrliche Frühstück ab, was man ihm bot und marschierte mit seinen Tieren zielstrebig an den Platz zurück, von dem her sie gekommen waren. Ein ganz neues Gefühl machte sich in seinem Herzen breit. Er hatte immer angenommen, er stände vor und über diesen Tieren und nur er würde jeden ihrer Gedanken kennen. Seit heute wußte er, er war ein Stück von ihnen, sie wußten scheinbar alles über ihn. Auf einmal fühlte er sich seltsam geborgen, wie in einer großen Familie.

Wasser braucht das Land

Jeder, der mir in diesen Tagen, wo es nun mal ein paar Stunden ordentlich vom Himmel geschüttet hat, triefnaß und regenschirmschüttelnd mit den Worten:

»Ist das ein Sauwetter« ins Haus tritt, bekommt von mir keinerlei Zustimmung. Denn ich finde es einfach herrlich, wie das Wasser in dicken Tropfen und breiten sprudelnden Bahnen an den Scheiben herabrieselt. Wie sich die Blumen und Bäume räkeln, regenfrisch, erlöst von der dumpfen Glut der letzten Tage, die uns tropenähnliche Hitze beschert hatten. Verstummt war in dieser Zeit der Schrei nach Sonne, mit der sonst Reisebüros hungrige Sonnenanbeter in die weite Welt locken.

Wer interessiert sich da auch noch für Spanien, Südfrankreich oder Italien, wenn zu Hause über den heimatlichen

Wiesen die Luft silbern in der Mittagsstunde flimmert und bei jedem Tritt Hunderte von kleinen Heuschrecken den Weg säumen? Wer bucht noch eine Safari nach Nairobi, wenn Millionen von Grillen mit ihrem abendlichen Konzert einen intensiv exotischen Hauch wie »Jenseits von Afrika« direkt vor der Haustür vermitteln?

All solche Gedanken haben mich in den letzten Tagen beschäftigt, und von Tag zu Tag wurde mir bewußter, wie wichtig das Wasser ist, mit dem ich tagtäglich eigentlich sorglos beim Duschen, Wäschewaschen und anderen feuchten Tätigkeiten umgehe. Auch der uns allen bekannte Satz »Durst ist schlimmer als Heimweh« kam mir in den Sinn, und vielleicht konnte ich ihn jetzt erst richtig begreifen. Worte wie »Wassernotstand« in den Nachrichten verdeutlichten mir die Tatsache »Kein Wasser – kein Leben«. Dabei wurde mir ganz bang und nahm mir für Augenblicke alle Freude und Lust an diesem »herrlichen« Sommer. Deshalb möchte ich am liebsten durch diesen Regen hüpfen, mich freuen wie ein Kind und singen:

»Es regnet, Gott segnet, die Erde wird naß, es blühen die Blumen, und grün wird das Gras.«

Für dieses Wochenende sind in Hunderten von Vereinen und Gemeinden fröhliche Bratpartien angesagt, dafür wäre es natürlich wieder toll, wenn die Sonne scheint und es nicht unbedingt in die Würstchen plätschert.

Doch kann ich mir vorstellen, daß es beinah noch gemütlicher werden kann, wenn man unter großen Planen und Schirmen zusammenrückt und in einen dicken Pullover gewickelt so einen Abend in frischer Luft genießt, als sich schweißtriefend von Mückenschwärmen auffressen zu lassen.

Wie auch immer: Ich wünsche mir für die nächste Zeit keine absolute Hitze und auch keinen absoluten Regen, sondern wie es sich für unseren Landstrich gehört, gemischt: mal Regen mal Sonne, so macht mir der Sommer Spaß!

Tooooor!!!

Normalerweise setzt man sich ja, wenn Besuch kommt, artig um den Tisch, verspeist genußvoll herrliches Essen, welches die Gastgeberin meist in mühevoller Kleinarbeit vorbereitet hat. Man lobt, wie gut es schmeckt, trinkt Wein und Bier mit Bedacht und erzählt sich neueste Dönekes, die sich so rundum abgespielt haben. Hier und da wird auch über Abwesende ein bißchen oder auch mehr gelästert.

Doch ich hatte, unwissend, wie ich nun einmal bin, bei meiner Einladung versäumt, in die Fernsehzeitung oder auf den Kalender zu gucken.

Denn bei einer anstehenden Fußballeuropameisterschaft interessiert sich kaum ein Gast für kapriziös angemachte Salate, und eigentlich ist ihm auch die Marinade für die Fleischbeilage ziemlich schnurz.

Kaum hatten meine Gäste die übliche Begrüßungsszene mit:

»Na, wie geht's?«, »Gut«, »Uns geht es auch gut«, hinter sich gebracht, wurde gleich der Wunsch geäußert:

»Hast du was dagegen, wenn wir den Fernseher einschalten, denn da gibt es gleich das Fußballspiel Deutschland gegen Holland? Wir können uns ja trotzdem noch nebenbei unterhalten.«

Ich hatte selbstverständlich dem Wunsch zugestimmt, und von einer Sekunde zur anderen war jegliche Unterhaltung gestorben. Schon liefen die Spieler aufs Spielfeld, und meine

Gästeschar klebte mit unverwandtem Blick an der Mattscheibe.

Ich bekleidete von nun an nur noch die Rolle einer stummen Dienerin. Ohne daß ich überhaupt bemerkt wurde, schob ich ihnen den Salat unter die Nase, gab ich die Gläser mit den Getränken in die Hand und sah zu, daß sie mir bei all ihrer Begeisterung nicht verhungert vom Sofa rutschten.

Als das erste Tor für Deutschland fiel, hatte ich allerdings für einige Augenblicke Angst um mein Mobiliar, denn der männliche Teil der fußballbesessenen Runde sprang laut schreiend und kräftig trampelnd auf und biß vor Freude in die Kissen. Gabeln fielen herunter, Gläser schepperten zu Boden, das Chaos war perfekt.

Einer von ihnen hatte mich voller Freude in seine Arme gerissen und sich für Sekunden an das köstliche Essen, mit den Worten:

»Tor, Tor, hast du das Tor gesehen? Übrigens, dein Salat war Spitze!« erinnert.

In meinen Augen erschien er mir in solch heiligem Fußballmoment als Kavalier alter Schule.

Als allerdings dann die Gegenpartei ein weiteres Tor im heimatlichen Netz landete, konnte ich den ausführlich deftigen Schimpfwortkatalog meines sonst disziplinierten Freundeskreises kennenlernen. Beim nächsten Tor der Gegenpartei fürchtete ich blank um mein Leben und ging vorsichtshalber in Deckung. Die Enttäuschung über diese »luschigen, tranigen Heinis, die da für so viel Geld auf dem grünen Rasen umherrennen« war dermaßen groß, daß man sich beinah an meinen reichlich umherstehenden Vasen vergriffen hätte. Deshalb räumte ich ganz schnell das Geschirr wieder ab. Bei dem entsetzlichen Spielstand war sowieso vielen der Appetit vergangen.

Aber irgendwie hatte es auch mich, die ich vom Fußball überhaupt nichts verstehe, in seinen Bann gezogen, denn nach der Halbzeit saß ich genauso fasziniert und unablässig vor der Kiste und hoffte mit jedem Tritt und Schweißtropfen der Spieler, daß dieser Ball doch endlich in das gegnerische Tor hineinsaust. Aber wie sollte er denn auch, wenn die anderen immer mit ihren Füßen dazwischenfummelten!?

Irgendwann war dieses Spiel zu Ende, meine Gäste hatte ich noch nie so erschöpft gesehen, noch nie hatten sie so wenig getrunken und gegessen, und noch nie sind sie so früh nach Hause gegangen. Aber nach dieser 90minütigen Anstrengung und totalen Verausgabung verlangten alle nur noch nach dem heimischen Bett.

Nachbarskinder

Wie das nach kleinen oder auch größeren Feiern meist üblich ist, bleiben oft riesige Schüsseln voller Salat und anderer Köstlichkeiten übrig. So viel, daß mitunter tagelang Kartoffel-, Nudel- oder Geflügelsalat auf der mittäglichen Speisekarte stehen müßten.

Doch als ich am Mittwoch ein paar Nachbarskinder, die sich am letzten Ferientag schon ein bißchen langweilten, auf der Straße herumhüpfen sah, kam mir eine Idee:

»Habt ihr nicht Lust, bei mir zu essen?« rief ich und zählte alle herrlichen Speisen auf, die ich zu bieten hatte. »Au ja«, schrien die Kinder begeistert, rannten zu ihren Müttern, um Bescheid zu sagen und stürmten Sekunden später ins Haus und suchten sich schnellstens einen Platz am Mittagstisch. Es dauerte nicht lange, und manche Portion war zu meiner Freude verputzt.

Anschließend wurde noch ein bißchen geschwatzt.

Doch plötzlich erhob sich Linda, oder war es die Nina, ich weiß es nicht mehr so genau und verkündete:

»Jetzt waschen wir erst einmal ab!«

»Menschenskind, ihr seid ja die reinsten Musterkinder«, meinte ich, verwundert über so viel Arbeitseifer, »doch danach muß ich euch leider rausschmeißen, denn ich will heute dringendst in den Garten das Unkraut rupfen!«

Das hätte ich nicht sagen dürfen, sofort brach ein neuer Begeisterungssturm aus:

»Prima, wir helfen dir!«

Im ersten Augenblick war ich von diesem Angebot begeistert, dann aber wieder auch nicht. Im Geiste sah ich nämlich bereits meine mühevoll gepäppelten Pflänzchen plattgetreten unter den flinken Kinderfüßchen verschwinden oder als Unkraut auf dem Abfall landen. Jeglicher Protest und Einwand von mir wurde allerdings vollkommen ignoriert, und schon stand man mit Häckchen, Schippchen und Harken am Arbeitsplatz.

»Wo sollen wir anfangen, was sollen wir machen?« forderte die kleine Mannschaft und fuchtelte aufgeregt mit den Gartengeräten herum. Immer noch etwas zögerlich zeigte ich auf die überall kraftvoll sprießende Vogelmiere.

Aber bald gingen mir die Augen über, was meine fleißigen Gartenzwerge Linda, Nina, Steffi und Nora leisteten.

Eins, zwei, drei: Fix flog das lästige Unkraut in hohem Bogen aus den Beeten. Und nach ziemlich kurzer Zeit leuchteten alle Stauden und Blumen bereits aus blitzblankem Boden heraus. Die einzige, die etwas zertreten hatte und ein paar Osterglocken aus Versehen abknickte, war ich selbst.

Auf diese Weise war die lästige Frühjahrsarbeit fast mühelos, denn viele Hände machten der Arbeit bald eine Ende, und war unter lustigem Geplapper bewältigt worden.

Nach solcher Anstrengung war der Hunger natürlich wieder groß. Aber noch einmal von den Salaten wollten wir nicht essen.

Deshalb kochten wir in gemeinsamer Produktion eine Kartoffelsuppe mit furchtbar viel Zwiebeln und wahnsinnig viel Knoblauch. Die Suppe hat allerdings dermaßen gut geschmeckt, daß der Topf ratzeputz leer wurde. Zum Nachtisch gab es schließlich eine große Schüssel Popkorn.

Als die Kinder nach Hause gingen, bedankten sie sich für den schönen Tag bei mir.

Ich hatte zu danken, denn auch für mich war es ein einmaliger Sommertag, voller Lachen, Leben und Hoffnung.

Kettenreaktion

Spätestens in dem Augenblick, wo beim Bücken nach dem Unkraut sämtliche Gelenke knacken und krachen und wir bei jedem Spatenstich aus der Puste geraten, fangen wir an, darüber nachzudenken, ob ein bißchen sportlicher Einsatz nicht von Nutzen sein könnte.

Denn immerhin kommt jetzt allerhand an Gartenarbeit auf uns zu.

Aus diesem kühlen Grund muß ich wohl vor ein paar Tagen, als die Sonne verführerisch lockte, mein Fahrrad geschnappt haben.

Na ja, jedenfalls das, was nach langer Lagerung in der hintersten Ecke der Garage noch von ihm übrig war.

Überhaupt bewundere ich im nachhinein meinen Mut, mich im Zeitalter des »Zweiunddreißiggängigen Mountainbikes« noch mit diesem Vehikel auf der Straße gezeigt zu haben.

Aber dieser Mut wurde auch sehr bald im Keim erstickt.

Fröhlich trällernd trat ich anfangs in die berühmten Pedale und genoß den Fahrtwind, der mir erfrischend um die Ohren flatterte.

Die Strecke, die ich befuhr, bot mir in unserem hügelreichen Hinterland erst mal eine genußreiche Talfahrt mit sanften Anhöhen, die ich mit Leichtigkeit bewältigte. Je mehr ich mich allerdings ins Land hineinwagte, um so steiler und beschwerlicher ging's bergauf.

Tapfer schnaufend und teilweise stehend strampelnd bezwang ich manch tückischen Hügel und eroberte mir Meter für Meter eines Gipfels. Völlig ausgelaugt pfiff ich dann meist beim Anblick der schönen Aussicht, die sich mir bot, nicht zwischen den Zähnen, sondern auf dem allerletzten Loch. Als ich mich wieder einmal bei einer steilen »Bergauf-Fahrt« zäh kämpfend in den Pedalen quälte, gab es plötzlich einen Ruck und einen Knacks. Das Fahrrad blieb so plötzlich auf dem Fleck stehen, daß ich mich beinahe vorn über den Lenker fliegend verabschiedet hätte. Doch war eine solche Zirkusnummer gar nicht möglich, da ich auf geheimnisvolle Weise mit meinem Gefährt verwachsen war. Meine Hose hatte sich nämlich in der Kette verklemmt.

Da es sich dabei um meine Lieblingsjeans handelte, begann ich sofort wie wild zu ziehen und zu zerren. Ohne Erfolg. Mein Fahrrad, das mich erst schön durch die Landschaft getragen hatte, hing mir nun im wahrsten Sinne des Wortes wie ein Klotz am Bein.

Was nun?

Wie immer, wenn man einen Menschen braucht, war natürlich weit und breit keiner zu sehen. Aber diese Einsamkeit brachte mich auf eine Idee: Wenn ich nun einfach meine Hose auszog, dann stand ich zwar in blütenzarter Unterwäsche im Freien, aber ich kriegte sicherlich diese Sache besser in den Griff. Gott sei Dank, kam ich gar nicht dazu, diesen Gedanken zu Ende zu denken, denn während ich noch grübelnd im

Straßengraben hing, kam doch eine Gruppe junger Radler auf schnittig chromblitzenden Mountainbikes dahingleitend um die Kurve. Einer von ihnen half mir mit kundigem kräftigen Griff, und schon war ich befreit. Die Kette war dabei gerissen und das rechte Hosenbein fünf Zentimeter kürzer – aber ich atmete auf.

Und während die Gruppe silbernen Schmetterlingen gleich vondannen flatterte, trat ich zu Fuß den Heimweg an.

Das war eine ganz schöne Ecke Weg bis nach Hause, aber jetzt, kann ich Ihnen versprechen, bin ich nach drei Tagen heftigstem Muskelkater bannig fit für jegliche Gartenarbeit.

Liebe im Heu

Alte Darstellungen bäuerlichen Lebens sind oft gespickt mit gebeugten Gestalten und sorgenvollen Gesichtern. Denn erst die Technik unseres Jahrhunderts hat die Arbeit leichter gemacht. Dabei ist es bei aller Erleichterung ganz schön unromantisch, wenn beispielsweise eine technisch raffinierte Heuballenpresse quietschend und ratternd über die Wiesen donnert und einen Heuballen nach dem anderen ausspuckt.

Auch der darauf folgende automatische Heulader läßt kaum seichte Stimmung aufkommen, wenn er »raps, raps«, ein Bündel nach dem anderen aufnimmt und verlädt. Wie anders gestaltete sich da die Heuernte in rosa verklärter Vergangenheit: Früh am Morgen zog der Bauer mit seinem gesamten Hofstaat – Frau, Kinder, Knechte und Mägde – in die Wiesen, und es wurde gemeinsam das Gras in großem Schwung mit der Sense gemäht, dann mit dem Heurechen gewendet, schließlich Portion für Portion auf den Wagen geladen. Wenn alles geschafft war, waren natürlich auch alle Helfer geschafft. Doch in dem Moment, wo das Heu friedlich in der Scheune vor sich hin duftete, erwachten die jungen Leute zu neuem Leben, die Sonntagskleider wurden aus dem Schrank geholt, und ab ging's zum Jahrmarkt, dem größten Ereignis des Jahres.

»Oh, ich erinnere mich noch ganz genau«, erzählte Hildchen mir neulich, als ich in ihrer kleinen Kochküche hinter der großen Wohnstube in dicken Schmalzstullen und Milchkaffee schwelgte. Mit glänzenden Augen begann sie zu erzählen, und ich hörte ihr gespannt zu, wenn sie von alten Zeiten schwärmte.

»Wie hatte ich ein schönes Kleid und funkelnagelneue Schuhe, schönes dickes Leder, schwarz glänzend, hatte ich mir für diesen Tag extra aufgehoben, denn für mein Leben gern ging ich tanzen. Der Jahrmarkt war die beste Gelegenheit dazu. Vor allem kamen alle jungen Burschen von nah und fern, und die hatten natürlich die jungen Mädchen gern. Ich will mich nicht loben, aber mancher Jungbauer aus der Umgebung hatte bereits ein Auge auf mich geworfen. Aber, wie gesagt, erst die Arbeit und dann das Vergnügen. Ausgerechnet am Jahrmarktstag mußte unsere Familie Heu einfahren. Den ganzen Tag hatten wir bei glühender Hitze geschuftet. Als wir dachten, die Arbeit nähert sich dem Ende, brach ein Wagenrad. Alles Heu mußte wieder abgeladen und auf einen anderen Wagen geladen werden. Ich war vollkommen verzweifelt, denn alle anderen Freunde und Freundinnen aus dem Dorf waren schon längst gemütlich mit einem leeren Heuwagen vom Nachbarn auf das Fest gefahren, während unsere Familie immer noch mit dem Heu herumfummelte. Aber zu jener Zeit gab's Meckern oder Beschweren nicht, da hast du eher eine um die Ohren gekriegt und durftest am Ende zu Hause bleiben. Jedenfalls war es schon vorgerückte Abendstunde, als wir endlich gehen konnten.

Meine Schwester und ich sausten natürlich wie der Blitz auf unsere Zimmer, umziehen, anziehen war eins, damit der Vater ja nicht auf die Idee kam, uns zurückzuhalten.

Los ging's!

Ein Auto hatten wir nicht, Busse fuhren keine, und nur, um auf die »Juchhei« zu gehen, wurde kein Wagen angespannt. Also liefen meine Schwester und ich wie die Wiesel, damit wir nicht noch mehr vom Ereignis des Jahres verpaßten. Mitten im Wald kurz vor der Stadt, als wir schon die fröhliche Tanzmusik hören konnten, fing ich plötzlich schrecklich an zu humpeln:

Die neuen Schuhe!

Außerdem hatte ich in der Eile vergessen, Strümpfe anzuziehen.

Jeder weitere Schritt steigerte sich augenblicklich zur Qual. Meine Schwester wurde stinkwütend, schließlich war ich nun für sie ein Klotz am Bein. Als ich mich dann auch noch schmerzverzerrt am Straßenrand niederließ und meine Schuhe auszog, war der Fall geklärt. Das Luder ließ mich sitzen und rannte zu dem Fest. Zwei riesengroße Blasen flammten auf meinen Hacken, und beide Füße puckerten, als wären sie voll kleiner Hämmerchen. Aber es war nicht nur der Schmerz, der mir dicke Tränen über die Wangen kullern ließ. Ganz tief in meinem Herzen hatte auch ich ein Auge geworfen, nämlich auf den blonden Jost mit den blitzblauen Augen. Nun schnappte ihn mir irgendein hübsches Mädchen weg. Alles war aus, der Jahrmarkt für mich beendet, ich konnte sehen, wie ich mich wieder heimwärts schleppte. Doch die Luft schnupperte herrlich lau, und allein ein bißchen von der Musik mitzukriegen, hatte mich wohl veranlaßt, sitzen zu bleiben. Wie lange ich da allerdings schmollte und meine glühenden Füße im Abendwind kühlte, weiß ich nicht mehr ...

Da kam plötzlich ein junger Mann aus der Richtung des fröhlichen Festes. Beim Näherkommen erkannte ich ihn: Jost!

Genau der blonde, blauäugige, um den ich so heiße Tränen geweint hatte.

Aus irgendeinem Grund hatte es ihm in dem Trubel »überhaupt« nicht gefallen. Oder hatte ihm vielleicht ein kleines Vögelchen geflüstert, daß ich auf der Strecke liegengeblieben war?

Hinter dieses Geheimnis bin ich bis heute nocht nicht gekommen. Auf jeden Fall hat er mich, nachdem er meine prächtigen Blasen ausreichend bewundert hat, auf seine starken Arme genommen und den ganzen Weg zurück getragen. Genau in dem Moment, als der erste Abendstern am Himmel blinkte, hat er mich ganz zart und scheu geküßt. Über vierzig Jahre sind wir jetzt verheiratet ...« , kicherte Hildchen glücklich, und während sie sich wohlig auf ihrem Stuhl zurücklehnte, strahlten ihre Augen ganz hell, als wäre das alles erst gestern gewesen.

Eine gründliche Dusche

Nun ist es mal wieder soweit, alle Welt spricht vom Wetter, denn beim Anblick der still vor sich hin rostenden Grillzangen und der feucht müffelden Gartenpolster gehören Bemerkungen wie: »Das war er wohl – der Sommer« zur Tagesordnung. Manch einer hat sogar schon klar und deutlich geflucht: »Schweinewetter!«

Seitdem trauen sich die zahlreichen Wetterfrösche beim Rundfunk und Fernsehen nur noch in geduckter Haltung und durch die Hintertür in ihre Studios. Schön, es ist ja auch nicht gerade angenehm, wenn einem handtellergroße Tropfen auf den unbeschirmten Kopf klatschen. Auch kommt kaum Freude auf, wenn trotz Endspurt bis zum nächsten Unterschlupf jeder Faden am Körper klebt und der funkelnagelneue Blazer wie ein alter nasser Lappen schlapp herunterhängt.

Ähnlich ging es mir neulich, ein plötzlicher Guß aus heiterem Himmel, denn kurz vorher schien noch satt die Sonne, hatte mich sehr schnell erwischt. Deshalb rannte ich, was meine kurzen Beine hergaben, doch eh' ich das schützende Dach einer ländlichen Bushaltestelle erreichte, quoll bereits reichlich Wasser aus den Nähten meiner lila Turnschuhe. Und siehe da, während ich noch versuchte, die nasse Last abzuschütteln, strahlte die Sonne wieder »volle Kanne« über das wunderschöne Hessenland.

Ehrlich gesagt, ich fühlte mich von diesem Wetter gefoppt und veräppelt. Aber naturverbunden, wie ich nun mal bin, machte ich das Beste daraus und mich auf den Weg. »Voran!« gab ich meinem Hund, der eher einer gebadeten Katze ähnelte, den Befehl, und schon stapften wir durch dicke Pfützen in den Wald hinein. Ich fühlte mich wie Mogli im Dschungel, denn die Sonne meinte es unheimlich gut und verwandelte alles ringsumher in ein waberndes Dampfbad. Das Grün der Bäume wirkte durch die Nässe doppelt üppig, wobei die Tropfen auf den Blättern wie glitzernde Edelsteine blinkten. Kurzum, eine grüne Pracht, in der das Leben heftig puckerte. Beim Anblick dieser Herrlichkeiten kam mir wohl kaum der Gedanke, es könnte sich um »Sauwetter« oder ähnliches handeln. Als ich dann noch beobachten konnte, wie riesige Nebelschwaden langsam aus den umliegenden Wäldern emporschwebten und sehr bald wieder mit dem Himmel verschmolzen, fühlte ich mich eins mit der Natur. Deshalb beschleunigte ich auch um keinen Deut meinen Schritt, als riesige Wolken sich abermals drohend schwarz am Horizont aufbauten und sehr bald tüchtige Schauer versprachen. Meine Ruhe zahlte sich aus, denn plötzlich traute ich meinen

Augen kaum, was mir da am Waldesrand entgegenleuchtete (das ist jetzt wirklich kein »Pilzlatein« und entspricht voll der Wahrheit!):

Ein Parasolpilz, auch Riesenschirmling genannt, mit einem Hutdurchmesser von zwanzig Zentimetern, stand direkt vor mir. Mit anderen Worten: mein Abendbrot!

Welch eine Freude, stand ein Stück weiter noch einer und noch einer. Ich hätte vor Wonne quieken können, denn mein Essen mauserte sich zur Völlerei. Zu Hause angekommen, machte ich mich gleich an die »Waldschnitzel« heran, panierte sie und warf sie in die Pfanne.

Während ich sie dann gemütlich verputzte, trommelte gewaltiger Regen auf mein Dach, das verhieß weiterhin ganz viele Pilze.

Also, wenn sie mich fragen, ich finde dieses Wetter herrlich.

Wenn die Hummeln brummeln

Welch ein Bild, wenn ich auf meiner Terrasse sitze, in meinen bunten Blumengarten gucke und selig vor mich hin träume. Ganz besonders gut gelingt mir solche Träumerei, wenn sich Bienen, Hummeln und Schmetterlinge auf den Blüten tummeln und fröhlich Nektar schlürfen. Bewundernswert zielstrebig bewegen sich die kleinen Krabbeltiere, und jedes scheint seine Blüte und seinen richtigen Platz ohne lange Überlegung zu kennen und zu finden. Irgendwie strahlt diese Zielstrebigkeit Selbstverständlichkeit, Ruhe und ein Stück heile Welt aus. In solchen Augenblicken lehne ich mich vollkommen entspannt im Liegestuhl zurück, mit der Überzeugung, daß dieses Universum auch sehr gut ohne mich zurechtkommt.

Wie anders gestaltet sich jedoch eine Begegnung mit derartigen Flugexperten im gemütlichen Wohnzimmer, wo Wände rechts und links alles begrenzen. Lautes Brummen, verzweifeltes Summen weckte mich aus meinen Gedanken. Eine kleine fleißige Biene hatte sich ins Zimmer verirrt und konnte die beharrliche Barriere der Fensterscheibe nicht begreifen. Sie sah die Sonne, die Wolken und konnte nicht hin. Immer größer wurde ihre Panik, das Summen dringlicher, steigerte sich schier zu höchsten Tönen. Gott sei Dank, hatte ich gerade ein Geschirrhandtuch in der Hand, fing die Kleine ein und ließ sie wieder an die frische Luft. Ich kenne mich zwar nicht in Gefühlsregungen von Bienen aus, aber ich hatte den Eindruck, sie war glücklich, wieder frei zu sein. Ähnliche Erfahrungen habe ich mit einem wunderschönen Schmetterling gemacht, der rot, mit großem Punkt auf beiden Flügeln, vollkommen hilflos vor den Fenstern flatterte.

Als gestern eine dicke Hummel schon eine ganz Weile in gemütlichem Hummelschritt ausweglos die Scheibe rauf und runter getrappelt war, griff ich zu meinem legendären Handtuch, in der Annahme:

»... die packe ich mit links!«

Was sollte mir auch passieren, hatte ich doch neulich erst gelesen, daß es sich beim sogenannten »Hummelflug« um ein absolut aerodynamisches Wunder handelt. Experten fanden nämlich heraus, daß die Hummel bei ihrem Gewicht und ihrem etwas molligen Körperbau im Verhältnis zu den kleinen zarten Flügeln eigentlich nur wie ein nasser Sack auf der Erde verbleiben müßte.

Irgend was muß aber bei diesen Berechnungen nicht stimmen, denn in dem Augenblick wo ich mich mit meinem Fangtuch der kleinen Dicken näherte, flog sie plötzlich blitzschnell los und steuerte wie ein kriegerischer Jumbo direkt auf meine Nasenspitze zu. Vor Schreck sprang ich zurück, kam dabei schrecklich aus dem Gleichgewicht, suchte Halt, fand keinen und landete mitten auf meinem Allerwertesten. Während meines schnittigen Direktfluges hatte ich wohl mit dem linken Fuß einen Blumenhocker getroffen, denn der Topf darauf wankte und kippte laut scheppernd um.

Während sich der Inhalt breit fächernd im Raum verteilte, saß ich, größter Retter aller Hummeln, wies Kind beim Dreck.

Eine schöne Bescherung.

Ungerührt dieser Tatsache und ohne mich auch nur eines Blickes zu würdigen, flog sie in großem Bogen direkt über meinen Kopf hinweg auf die geöffnete Balkontüre zu und verschwand im Blau des Himmels.

Herbst

Alle meine Entchen ...

Irgendwann kam meine Familie – ehrlich gesagt, war es mehr das Familienoberhaupt – auf die glorreiche Idee, einen Teich anzulegen.

»In solch einem Teich kann man seine eigenen Forellen züchten, Karpfen, Aale, alles kann man da hineinwerfen!« erklärte mein Mann.

An der Begeisterung, mit der er die Geschichte erzählte, erkannte ich von vornherein, dieser Teich war so gut wie fertig. Ich auch.

Meine Güte, was hatten wir in den letzten Jahren alles gebaut, da geht einem die Lust nach Dreck und Arbeit langsam aus.

Aber wenn mein Mann erst einmal etwas beschlossen hatte, wurde es ausgeführt, natürlich zum Leid und ohne nähere Befragung der Familie.

Die Situation schien ich zu kennen, denn vor ein paar Jahren, als es hieß: »Ich will Jäger werden, will meine Prüfung machen, da muß ein Gewehr ins Haus, denn ich muß zu Hause ein bißchen üben«, konnte ich dagegen strampeln, wie ich wollte, das Gewehr wurde angeschafft. Der größte aller Schützen richtete sich im Keller einen provisorischen Schießstand ein, indem er den Wäschekeller, zehn Meter lang, am Ende der Wand mit einem Nagel versah und darauf eine Wäscheklammer befestigte.

»Plop, plop«, hörte ich das Geräusch des Luftgewehrs bis

oben in die Küche. Es dauerte allerdings nicht lange, da packte mich schreckliche Neugier. Schnell schnappte ich mir meinen Kartoffelkorb und marschierte in den Keller, Kartoffeln zu holen. Verstohlen lenkte ich im Vorübergehen meinen Blick auf die Klammer. Sie hing noch friedlich auf dem Nagel, bammelte höchstens mal gelangweilt hin und her, wenn sie ein kleiner Luftzug des Geschosses streifte. Das konnte doch nicht wahr sein, mein großer Jäger hatte nicht ein einziges Mal getroffen!

»Darf ich auch mal«, änderte ich ganz plötzlich meine Meinung dem Gewehr gegenüber. Mein Mann, hocherfreut über mein Interesse, legte mir liebevoll das Schießeisen in die Hand und erklärte eifrig, was ich zu beachten hatte:

»Hier ist die Kimme, da das Korn, du mußt darauf achten, alles auf einen Punkt zu bringen und gleichzeitig auf das Ziel zu halten!«

Ich guckte durch alles durch, was er mir sagte, wackelte anfänglich unsicher herum, hielt schließlich die Luft an und drückte ab.

Eine Sekunde später sauste die Klammer wie ein Propeller durch die Luft. »Siehste, so muß man das machen«, mit diesen Worten gab ich meinem überaus verdutzten Mann das Gewehr zurück, nahm meine Kartoffeln und lief in die Küche, stolz wie die Schützenkönigin persönlich.

Von dem Tag an hatte ich dieses Luftgewehr mehr in der Hand als er, denn bei jedem Gang in den Keller gönnte ich mir ein paar Übungsschüsse. Zudem war mir mein plötzliches Schießtalent nicht ganz geheuer. Die Zeit der ständigen Übungen zeigte allerdings, daß man mir diese Fähigkeit nicht mehr absprechen konnte.

Gleichermaßen würde es mir mit dem Teich ergehen. Also hielt ich mich aus den Bauarbeiten einfach heraus. Was sollte ich auch machen, vielleicht einen von den riesigen Baggern fahren, die tagelang Erde auf die Lastwagen schaufelten?

Genau an dem Tag, als große Kübel mit hundert Karpfen,

dreihundert Forellen und fünfzig Aalen ins Wasser eingebracht wurden, war ich bereits Feuer und Flamme für diese Anlage.

Nach und nach entwickelte sich der Teich zu einer Fundgrube von Delikatessen. Die Forellen wurden groß und größer, die Karpfen dick und dicker, nun konnte es losgehen. Ein Feuer wurde vorbereitet, Pfannen und Tiegel mit Fett eingerieben und gewartet. Meine Mutter, mein Vater, meine Tochter und ich, wir saßen fröhlich um dieses Feuer herum und knabberten trockenes Baguett, während mein Mann geduldig die Angel ins Wasser hielt. Ich glaube, wir waren vom vielen Brot schon ganz satt, als endlich etwas an der Angel zappelte. Tatsächlich ein Fisch, eine Forelle, wie nicht anders zu erwarten, denn schließlich waren ja nur Karpfen und Forellen drin. Im Nu lag der Fang im heißen Fett und schmurgelte leise vor sich hin. Kaum gegart, wurden fünf klitzekleine Portionen angefertigt und aufgetragen. In diesem Tempo lallerte jenes erste Freiluftdinner vor sich hin:

Ein Fisch, fünf Portionen!

Aller Anfang ist nun mal schwer.

Diese Erfahrung mußte ich dann auch gleich am eigenen Leib erfahren, und deshalb werde ich mich jeglicher Kritik enthalten.

»Ach, gib mir doch mal die Angel«, bat ich an diesem Tag meinen herzallerliebsten Mann!

Bereitwillig überreichte er mir das Gerät und erklärte: »Das ist die Rolle, hier mußt du drehen, und wenn der Schwimmer zuckt, mußt du ganz feste die Angel ein kleines Stück anziehen!«

Ich hatte verstanden, umklammerte kraftvoll den Griff der Angel und ließ den Schwimmer für keine Sekunde meines Lebens aus den Augen.

Es dauerte nicht lange, da wackelte der kleine rote Schwimmer, blitzschnell zog ich an und kurbelte wie wild mit der Rolle. Tatsächlich zappelte ein richtiger Fisch an der Angel.

Mit großem Hallo und klappernden Tellern begrüßte die immer noch hungrige Familie die nächste Portion. Auch ich freute mich über mein Anglerglück, aber irgend was stimmte nicht.

Nur begriff ich nicht, was.

Selbst die Familie legte für einen Augenblick die Gabeln zur Seite und überlegte.

»Oh nein«, fing meine Tochter plötzlich an zu lachen.

»Oh nein, die Mami hat den Fisch falsch herum geangelt!«

»Falsch herum«, ich verstand nicht recht.

Aber das war's, der Fisch hing nicht, wie üblich, mit dem Kopf nach oben, sondern hatte den Angelhaken fein säuberlich durch den Schwanz gepiekt. Selbst der Fisch wunderte sich über seine merkwürdige Luftreise. Die Familie dagegen wälzte sich lachend am Boden. Freiwillig gab ich die Angel an ihren Besitzer zurück. Mit anderen Worten, das war mein erster und letzter Angeleinsatz, ich beschränkte mich von diesem Tag an, die Beute zu verarbeiten. Wir entwickelten uns zu absoluten Fischessern, mußten wir auch, denn das, was uns da zuwuchs, mußte bewältigt werden. Bei uns gab es deshalb nur noch Forelle blau und Aal grün im Wechsel. An anderen Tagen bevorzugten wir Karpfen in Bier-, Honig-, Brot- oder Kümmelsoße. Als wir die Palette durchhatten, gab es Forellen geräuchert in Buchen-, Wacholder- und Kantholz, bis zum Abwinken. Dieses Zuchterlebnis hat uns alle sehr geprägt und endete damit, daß wir das Wort »Fisch« nicht mehr hören konnten.

Als wir den gesamten Verwandten- und Bekanntenkreis bis oben hin mit Forelle, Karpfen und Aalen zugeschmissen hatten, kehrte Frieden in das Teichleben ein.

Forellen gab es irgendwann nicht eine einzige mehr, und nachdem die letzten Aale zur Zeit ihrer Geschlechtsreife abgewandert waren, dümpelten nur noch ein paar uralte Karpfen in dem Gewässer herum.

Eines Tages, ich weiß heute nicht mehr, warum und wieso,

bin ich zu den glitschigen Kameraden ins Wasser gestiegen. Augenblicklich war der Teich zum natürlichen Swimmingpool umfunktioniert. Die guten Fische haben sich inzwischen voll an mich gewöhnt, fressen mir trockenes Brot aus der Hand und lassen sich sogar streicheln. Nicht genug, haben sich nach und nach auch ein paar Enten an das Gewässer gezogen. Jedes Jahr kommen sie an den Teich zurück, bauen Nester und brüten tapfer ihre Jungen aus. Leider habe ich nicht viel von den Küken, denn kaum ein, zwei Tage kann ich die wonnigen gelben Federbällchen bewundern, dann ziehen sie auch schon mit ihren Eltern fort.

Ich bin dann immer ganz enttäuscht, denn was veranstalte ich nicht alles, um die Nester zu schützen, vor Menschen und tierischen Feinden. Wie eine Glucke plustere ich mich auf, baue Laubwände, Schutzwälle, damit die Nester nicht ins Wasser purzeln, denn manchmal sind Enteneltern ganz schön leichtsinnig. Deshalb konnte es wohl auch passieren, als ich wieder mal alle Gelege kontrollierte und in Augenschein nahm, daß ein kostbares Ei aus dem Nest ins Wasser gekullert war. Ich rettete dieses Ei, anstatt es aber wieder schön ins Nest zurückzulegen, nahm ich es mit nach Hause. Warum ich das tat?

Nun, ich bin ganz ehrlich, ich wollte meine hauseigene Ente. Nach Konrad Lorenz, einem großen Verhaltensforscher, der eine Schar Graugänse auf sich fixiert hatte, wollte ich leibhaftige Entenmutter werden und dieses Ei selbst ausbrüten. Eh' ich mich allerdings nun Tag und Nacht mit einem Ei ins Bett verkroch, rief ich doch lieber in einer benachbarten Hühnerfarm an:

»Machen Sie sich nicht verrückt«, meinten die, »wenn das Ei nicht angebrütet ist, dann legen Sie es in den Kühlschrank und in ein paar Tagen, wenn Sie Zeit haben, bringen Sie es hier vorbei und wir legen es in den Brutkasten. Sie müssen lediglich beim Ausschlüpfen dabeisein!«

Außer der Hühnerfarm wußte niemand in der Familie von

meinem Vorhaben. Still in meinen Phantasien malte ich mir mein kommendes Entenglück aus, mit einem Enterich direkt an meinen Fersen, der mich auf allen Spaziergängen begleitete.

Karlchen hatte ich ihn schon getauft.

Am nächsten Morgen, ich hatte wohl gerade von Karlchen geträumt, wurde ich ganz zärtlich von meinem Mann geweckt. Kaum hatte ich die Augen geöffnet und mich ziemlich verstrubbelt hochgerappelt, stellte er mir ein komplettes Frühstück auf die Bettdecke. Förmlich aus dem Schlaf gerissen, mußte ich erst einmal überlegen und fragte:

»Womit habe ich das verdient?« Richtig, wir hatten den dreihundertsten Hochzeitstag, diesmal hatte ich ihn vergessen.

»Liebling, das ist aber eine tolle Überraschung«, lobte ich mein teures Ehegespunst und wollte ihn gerade über die Teller und Tassen hinweg in voller Dankbarkeit verschmusen und verknuddeln. Da fiel mein noch trüber Blick auf ein grünliches Frühstücksei.

»Nein!« schrie ich und zog augenblicklich meine zärtlichen Hände zurück und legte sie entsetzt vor mein Gesicht.

»Karlchen, mein Karlchen«, schrie ich aus voller Brust.

»Mein Karlchen«, jammerte ich, und ein Strom dicker fetter Krokodilstränen rann über meine Wangen.

Die seltsamsten Gedanken müssen meinem Mann in diesem Augenblick durch den Kopf gegangen sein.

Als ich dann noch, »du hast Karlchen umgebracht!« schluchzte, war die Verwirrung komplett.

Der Ärmste hatte alle Hände voll zu tun, mich zu beruhigen. Erst nach und nach konnte er aus mir herausbekommen, was eigentlich geschehen war. Gott sei Dank hatte er Humor. Er schlug das Ei mit dem Messer auf, es war wunderbar hart gekocht, unterschied sich von einem Hühnerei in keiner Weise.

»Komm, jeder die Hälfte!« forderte er mich auf, »dann

haben wir Karlchen gemeinsam aufgegessen.«

Ich willigte ein, und nachträglich muß ich gestehen, Karlchen hat wunderbar geschmeckt.

Tücken der Technik

Die Waschmaschine ist mit Sicherheit eine bahnbrechende Erfindung und hat ohne Frage auch der Emanzipation der Frau auf die Sprünge geholfen. Denn die Mütter der Vergangenheit, die mit wunden, rotgeschrubbten Händen am Waschbrett hingen und schwere, heiße Kochwäsche aus den Kesseln hievten, hatten nach zusätzlicher Koch- und Putzarbeit kaum noch die Kraft aufzumüpfen, geschweige, sich zu emanzipieren.

Also ein Hoch der Waschmaschine.

Aber bekanntlich ist ja nicht alles Gold, was glänzt.

So können winzige Bedienungsfehler dieses fortschrittlichen Instruments empfindlich große Löcher in die wertvolle Garderobe schlagen. Nämlich in dem Augenblick, wo man aus reinem Versehen die Temperatur statt handwarm auf 95 Grad einstellt.

Denn während wir unseren teuren Angorapulli im wollweichen, colorgesicherten Schaumbad vermuten, wälzt sich das modische Stück in kochendheißer Brühe. Und gerade in dem Augenblick, wenn wir davon träumen, beim nächsten Damenkaffee mit unserem makellos, waschpulververzauberten Pullover zu brillieren, schnurrt das arme Teil im Vollwaschgang auf Kindergröße zusammen.

Ähnlich ging es mir neulich! Als ich die Waschmaschine öffnete, purzelte mir ein brettartiges Viereck entgegen, das ich nur noch farbmäßig als mein Prunkstück identifizieren konnte. Ein Paar Socken aus Naturwolle von glücklichen, biodynamisch aufgewachsenen Schafen der irischen Hochebene waren so knüppelhart und klein, daß sie nicht einmal mehr dem Hund meiner Nachbarn paßten.

Mit meinen gesammelten Fingerhandschuhen hätte ich nur noch Schneewittchens sieben Zwerge erfreuen können. Kurz gesagt, fast alles, was für einen schonenden Feinwaschgang geeignet war, hatte sich schrumpfartig verabschiedet.

Lediglich eine fliederfarbene Viskosebluse überlebte diese Tortur. Allerdings war aller Frühlingszauber von ihr abgeglitten und hatte sich mit dem Apfelgrün des eingangs beschriebenen Pullovers zu einem schlichten Novembergrau vermischt. Mein Entsetzen war grenzenlos, ganz zu schweigen von den Kosten.

Nur koste es, was es wolle, ein neuer Pullover muß her, wenn ich kaffeegesellschaftlich konkurrenzfähig bleiben will. Vielleicht ist meinem Mißgeschick aber noch ein kleiner positiver Aspekt abzugewinnen. Denn ich helfe doch auf diese Weise, das Bruttosozialprodukt zu steigern, indem ich in der Woll- und Pulloverbranche für ein hohes Auftragsvolumen sorge und somit viele Arbeitsplätze erhalte.

Die Sache mit der Mark

Meinen Spazierweg kreuzt eine Ameisenstraße.

Jedesmal bleibe ich fasziniert davor stehen und schaue mir das wilde Treiben an.

Sie rennen hin, her, tun alle geschäftig und laufen aneinander vorbei.

Gerade wie die Menschen.

Denn wenn ich mich in einer dieser Einkaufszonen umsehe, dann fühle ich mich ebenfalls wie eine Ameise.

Alles flitzt, saust, rennt, und ich laufe mit.

Mit meist ausdruckslosem Gesicht nimmt man einander wahr, ohne sich jedoch richtig zu bemerken.

Man konzentriert sich auf das Warenangebot, packt ein, was man gar nicht so dringend braucht und kommt spätestens an der Kasse ins Schwitzen. Erstens, weil man wahnsinnig viel auf- und einzupacken hat und zweitens, weil man bei der Höhe des Betrages: »125,90 DM« auf den Hintern fällt.

Ursprünglich wollte man nur ein Bündelchen Karotten und ein Päckchen Salz langen.

Stumm vor Schreck und ärgerlich darüber, lädt man die Last ins Auto und verläßt, ohne auch nur mit einem Menschen gesprochen zu haben, den Laden.

Lediglich beim Zurückstellen des Einkaufswagens konnte man bisher gründlich seine Aggressionen ablassen.

Denn meist herrschte ein fürchterliches Durcheinander. Es ging nichts mehr vor und zurück, weil alle Welt zu faul war, das Ding ordentlich zurückzustellen.

Dieser Zustand gehört der dunklen Vergangenheit an.

Seit nämlich in sämtlichen Läden eine »Mark« als Leihgebühr für den Einkaufswagen verlangt wird, herrscht absolute Ordnung.

Das alleine könnte uns ja schon herzlich erfreuen.

Doch welch ein Segen, hat sich zusätzlich das kommunikative Verhalten der Menschen durch diese »Pfandnahme« in sämtlichen Einkaufsmärkten verändert.

Nie habe ich so viele Menschen freundlich aufeinander zugehen sehen:

»Möchten Sie meinen Einkaufswagen haben? Bitte schön!«

»Oh ja gern, hier die Mark.«

»Danke schön!«

Unweigerlich kommt es in solchen Augenblicken auch zur Berührung der Hände, die sich sonst nur Menschen reichen, wenn sie mehr oder weniger miteinander bekannt sind.

Dies alles ist seitdem aufgehoben.

Die stummen Zeiten sind vorbei.

Man wünscht sich meist:

»... einen guten Einkauf!«

oder

» ... einen schönen Tag!«

Auf jeden Fall geht man nach solch freundlichen Begegnungen viel beschwingter durch das Einkaufsparadies.

Vor allem weiß ich seitdem, daß wir Menschen uns ganz erheblich von den Ameisen unterscheiden.

Kugelschreiber Mangelware

Was ist heute schon ein Kugelschreiber? Mindestens siebenundvierzig von dieser Sorte sind in jedem deutschen Haushalt zu finden, wenn sie grad nicht gebraucht werden.

Aber wehe, es gilt, am Telefon eine brandeilige Nachricht aufzuschreiben, weil der Anrufer aus München am anderen Ende nur lumpige 40 Pfennig in den Automaten geworfen hat. Da herrscht plötzlich weit und breit Ebbe im großen Kugelschreibersegen.

Wenn sich tatsächlich ein Gerät dieser Art an jenem begehrten Platz finden sollte, dann versagt es kläglich: Entweder ist die Mine leer, und es lassen sich nur Löcher ins Papier pieksen, oder die Mechanik ist kaputt und, die Mine flutscht beim geringsten Druck ins Gehäuse zurück. Da hilft kein Fauchen, Zischen und mit harten Gegenständen Schmeißen, da hilft nur ein ausgezeichnetes Gedächtnis. Dann gilt es, den Hörer so schnell wie möglich beiseite zu legen und gründlich zu suchen. Wie durch ein Wunder tauchen dann meist kurz darauf zwanzig kunterbunte Kugelschreiber in der kleinen Schublade zwischen aufgehobenen Gummibändchen, Geschenkschleifen und namenlosen Schlüsseln, die zu keiner Türe passen, auf.

Ein seltenes Phänomen, das sich in unregelmäßigen Abständen wiederholt. Selbst, wenn ich alle wichtigen Plätze im Haus ausreichend mit Schreibgeräten bestücke, bricht irgendwann wieder der totale Notstand aus.

Mit anderen Worten: Man kann nie genug davon haben! Dieser Wunschgedanke muß sich in meinem Unterbewußtsein mit immenser Wucht verankert haben. Denn allein so ist die Tatsache zu erklären, daß ich jeden mir anvertrauten Kugelschreiber wirklich vollkommen unbemerkt umklammere, mit aller Macht festhalte und nur nach freundlicher Aufforderung wieder herausrücke. Gestern erst, als ich eine Paketsendung quittieren mußte, blieb ein herrlich weißes Exemplar, mit einem Posthorn verziert, für Augenblicke mein Eigentum. Der Aufmerksamkeit des Beamten ist es zu verdanken, daß ich nicht zum Posträuber wurde. Auch mein Versicherungsvertreter war nicht bereit, selbst nach Abschluß eines für ihn profitablen Vertrages, mir seinen chromblitzenden, silber-vergoldeten Lieblingsschreiber, den er von seiner Frau zum Hochzeitstag bekommen hatte, als Rabatt dazulassen. Allerdings hat er die Herausgabe seines Schmuckstückes mit einer Handvoll regenbogenfarbiger Reklameexemplare belohnt.

Na ja, irgendwie muß man ja zu was kommen. Geholfen hat diese großzügige Aufstockung allerdings nichts, denn als es galt, im Fernsehen die Lottozahlen aufzuschreiben, hatte sich wieder sämtliches Schreibmaterial verkrümelt. Der Rest von einem kläglich abgeknabberten Bleistift bot Rettung in letzter Sekunde, ist dann aber bei der Notierung vom »Spiel 77« mit lautem Knacks abgebrochen. Aber das war kein Verlust, denn ich konnte mit meinen Zahlen keinen »Blumentopp« gewinnen. Sollte ich jedoch mal im Lotto einen Treffer landen, dann werde ich mir so viele Kugelschreiber kaufen, daß ich darin schwimmen kann.

Schäfer Wolfgang

Gestern ging ich spazieren, und mir stieg plötzlich angenehm würzige Landluft in die Nase. Kurz darauf hörte ich zartes Gemecker. Als ich schließlich aus dem Wald trat und die weiten Wiesen vor mir sah, stand ich vor einer friedlich grasenden Schafherde. Bei meinem Anblick erhoben sich dreihundert Köpfe wie auf Kommando. Somit musterten mich dann sechshundert Augen eine Weile aufmerksam und neugierig.

»Mööööh«, meldete Trude, das Leitschaf. Mit anderen Worten: »Keine Gefahr!« und alle Köpfe senkten sich wieder zum saftigen Schmaus. Für einen Augenblick fühlte ich mich wie ein Eindringling in dieser Idylle. Doch als mir Wolfgang, der Schäfer, ein kerniger, wie »Jung Siegfried« hellblonder Mann in seiner freundlich ruhigen Art entgegenkam, hatte ich alle Hemmungen vergessen. Wir gerieten bald ganz schön ins Plaudern.

»Man spricht zwar immer vom Leithammel«, erklärte mir Wolfgang, »aber meistens wird eine Herde von einem erfahrenen Mutterschaf geführt.« (Mir drängte sich dabei stark der Gedanke auf, daß die Schafe das mit der Emanzipation vielleicht schon lange vor uns überwunden hatten.)

Seit 10 Jahren übt er bereits diesen von manchem Aussteiger erträumten Beruf aus. Wolfgang ist kein Aussteiger, er ist in diesen Beruf hineingeboren. Vom Großvater bereits als Kind an diese Arbeit herangeführt, konnte er gar nicht anders, als nach bestandenem Abitur sich eine Herde im Stil der Wanderhaltung zuzulegen.

Wer sich allerdings nach altem Muster eine verträumte, vor sich hin dämmernde ruhige Schäferidylle mit Flötenspiel und Sockenstricken vorstellt, dem würden sehr schnell die Maschen von der Nadel fallen. Denn leider werden oft die saftigen Wiesen und Auen von schwer befahrenen Straßen umzingelt.

Ich durfte miterleben, welch einer Konzentration es von Hund und Mensch bedarf, wenn die Herde längs einer Straße weidet. Bewußt habe ich den Hund zuerst genannt, denn Greif, einer der drei Hütehunde, hetzte in gewaltigem Streß am Wiesenrand hin und her, in der Sorge, daß ihm auch nicht eines der Schafe auf die Straße schlüpfte, während in unvermindert rasendem Tempo ein Auto nach dem anderen vorbeisauste.

Überhaupt ist bei 300 Tieren höchste Aufmerksamkeit geboten. Der Schäfer kennt jedes Schaf, jede Regung der Tiere, jede Bewegung. Man sollte es kaum glauben, es gibt auch ein Lieblingsschaf: Laura, drei Jahre alt, bildschön mit zartem blondem, fein gekraustem Fell, dunklem Gesicht und wunderschönen grünen Augen. Vertrauensvoll schnuppert sie an der Hand ihres Herrn.

Plötzlich ein Ruf von Wolfgang, und alle Schafe drehen sich auf dem Absatz um. Greif hält weiter die rechte Flanke sicher, Wolf treibt von hinten und Dyke, der jüngste Hund, tuddelt ein bißchen in der Herde herum, er nimmt seine Arbeit noch nicht sehr ernst. Auf zu neuen frischen grasigen Plätzen, heißt das.

Der Schäfer zeigt einen neuen Platz zum Fressen, da gilt es für alle, gut mitzuarbeiten. Das Vertrauen zu ihrem Herrn ist groß, denn er ist alles für diese Tiere: Hüter, Heger, Arzt und Geburtshelfer. Im Sommer sogar ein Vierundzwanzig-Stunden-Job, denn da bleibt er mit den Schafen draußen.

Meine Kur

Der menschliche Körper besteht bekanntlich aus siebzig Prozent Wasser und zu dreißig Prozent aus festen Stoffen. Zu den festen Stoffen gehört in erster Linie das Knochengerüst, zusammengehalten von Sehnen, Muskeln und Gelenken.

Behende flitzen, laufen, bücken, strecken wir uns damit jeden Tag. Was die armen Knochen dabei leisten, darüber denkt kaum jemand nach. Doch plötzlich eine falsche Bewegung, es sagt »kracks« und der rechte Arm versagt den Dienst. Für winzige Augenblicke steht unsere betriebsame kleine Welt erst einmal still, und es wird uns klar, daß all unser Wollen und Tun ja eigentlich nur mit einem gesunden Köper möglich ist.

Steif und ungelenk gelingt es uns kaum noch, nach der Kaffeetasse zu greifen, geschweige denn, einen Blumentopf von rechts nach links zu schieben. Und gar mit Spaten und Hacken die Frühjahrsarbeit im Garten zu beginnen, wird schier unmöglich, weil man vor Schmerzen schreien könnte. Also bleibt uns nichts anderes übrig, als zum Arzt zu gehen.

Dieser schüttelte beim Anblick meiner Schulter nur noch den Kopf.

»Da kann ich nicht mehr helfen, das ist eine langwieriger Prozeß! Sie müssen in Spezialbehandlung!«

Da wir in der glücklichen Lage sind, im hessischen Hinterland eines der besten Kneipp-Heilbäder Deutschlands zu haben, landete ich schließlich in Bad Endbach.

Wie heißt es so schön: »Wer Geld hat, schickt seine Frau ins Bad. Wer keins hat, schrubbt sie selber ab!«

Doch obwohl ich jeden Tag nur zu den Anwendungen nach Bad Endbach fahre und zu Hause wohne, fühle ich mich richtig in das Kurgeschehen eingebunden. Wer sich allerdings darunter gemütliches Flanieren im Kurpark mit duftigen Kleidern und großen Hüten, wie zur Jahrhundertwende in Baden-Baden vorstellt, ist im Irrtum.

Kur in Bad Endbach ist harte Arbeit und heißt Mitarbeit am eigenen Körper. Morgens um sieben klingelt unbarmherzig der Wecker, und um acht Uhr pünktlich liege ich bereits unter den zielstrebig arbeitenden Händen meiner Masseurin. Bei dieser Knetaktion werden meine sämtlichen Schmerzpunkte aufgelistet.

Der Schweiß tritt mir auf die Stirn, und am liebsten würde ich den Rest des Tages auf dieser Pritsche liegenbleiben. Aber darüber nachzudenken, bleibt mir wenig Gelegenheit, denn ein Termin im Packungsraum verlangt ebenfalls nach rechtzeitigem Erscheinen. Ruhe ist dort die erste Bürgerpflicht. Alles, was vom menschlichen Körper noch zu sehen ist, sind Nasenspitzen, und der Rest heißt liegen, ruhen, schwitzen.

Danach werde ich aufgehängt, der Kopf in eine Schlinge gesteckt. Bei der Krankengymnastik werden die Arme gedehnt und gestreckt und bei den Güssen mein ganzer Körper erschreckt.

Anschließend fühle ich mich vollkommen erschöpft und durch die Mangel gedreht. Aber: »Nur das Wasser abstreifen, nicht abtrocknen, anziehen und ab in den Park«, lautet die Empfehlung, und ich gehorche. Tja, und da ich mich mit Trainingsanzug und Birkenstocklatschen auch in der Kleidung angepaßt habe, bin ich somit in das Vollkurgastgeschehen vollkommen integriert. Für ein paar Stunden lasse ich mich ganz in dieses Gefühl fallen, füttere die Enten, plaudere mit anderen Gästen auf der Parkbank und genieße den Sonnenschein.

Und siehe da: Es geht mir schon viel besser. Ich kann inzwischen wieder Stiefmütterchen pflanzen und vorsichtig hier und da ein bißchen Unkraut rupfen.

Der Baumtraum

Wenn man richtig hinhört, was man so hört, dann klappt weltweit kaum noch eine Beziehung zwischen Mann und Weib. Egal, ob in schlichten Bürger- oder edlen Königshäusern: Ist der Glanz einer rauschgoldenen Hochzeit erst mal verflittert, da flattern bereits die ersten Bröckelnachrichten einer Ehe ins Haus.

Man braucht dazu allerdings gar nicht erst weit in die Ferne zu schweifen, denn:

»Hast du schon gehört, Hans und Frieda von nebenan leben getrennt, wollen sich scheiden lassen!«

»Ach was ?«

»Ja, Fritz und Gerda ebenfalls, bei denen ist übermorgen der Scheidungstermin!«

»Das kann doch nicht wahr sein. Die haben doch grad erst ...!«

»Das ist wahr, ... vor drei Jahren haben sie geheiratet!«

Komisch, wenn ich mir diverse Zeitungsanzeigen unter der Rubrik »Gute Wünsche« angucke, dann klingt das mit der Zweisamkeit ganz anders. Da steht dann beispielsweise:

»Ganz viele liebe Schmatzi für mein Schatzi hinters Öhrchen, Dein Bärchen.«

Oder:

»Wußtest Du eigentlich, wie lieb ich Dich habe, meine kleine Schmalzbacke. Hier hast Du es weiß auf »schwatz«. Tausend Küsse – Dein Mausespatz.«

Eigentlich ein handfester Beweis dafür, wie heftig Liebe wirken kann und zu welchen Kapriolen Verliebte fähig sind.

Aber Papier ist bekanntlich geduldig, und es vergilbt sehr schnell.

Bleibt die Frage offen, warum oder wodurch ein solches Feuer dann dermaßen schnell im Grauschleier des Alltags erstickt.

Nur, weil ich viel im Wald herumkrabbele, habe ich neulich eine tolle Entdeckung gemacht.

Still in einem Eichengrund fand ich einen Baum, der eine fast märchenhaft zärtliche Geschichte erzählte. Denn folgende Worte waren tief in seine Rinde, grün vernarbt, eingeritzt:

»Peter liebt Anna und Anna liebt Peter 1953.«

Ich konnte mir die beiden richtig vorstellen, wie sie erst fröhlich und übermütig lachend um den Baum herumgelaufen sind und dann eng umschlungen, glücklich lächelnd das Kunstwerk betrachtet haben.

»Was meinst du, ob wir immer noch glücklich sind, wenn wir in 10 Jahren hier zu diesem Baum zurückkommen?« hat Anna mit leicht geröteten Wangen zu ihrem Peter aufgeschaut.

»Aber ‚Liebes«, hat Peter seine Anna noch fester in den Arm genommen und ganz sanft geküßt, »immer werden wir glücklich sein!« hat er versichert.

Irgendwie hat er damit wohl recht behalten, denn darunter fanden sich fein säuberlich eingeritzt weitere Eintragungen:

Anna und Peter 1963, 1973, 1983 und ganz frisch mit einem großen Herzen daneben 1993.

Plötzlich hörte ich, wie kräftig und frühlingshell die Meisen schon um diesen Baum herum tirilierten. Sträucher und Bäume ringsumher erschienen mir nach der dumpfen Erstarrung des Winters lebendiger als anderswo.

Hier war es scheinbar wirklich zwei Menschen gelungen,

40 Jahre lang das Flämmchen der Liebe in voller Glut zu erhalten.

Vielleicht sollte man allen Paaren empfehlen, ihre Liebe einem Baum anzuvertrauen, damit sie nie und nimmer vergeht!

Bitte sprechen Sie nach dem Pfeifton!

Das Telefon ist ein feine Sache, denn man kann damit Menschen in jedem noch so entfernten Winkel der Erde erreichen.

Allerdings muß dieser Jemand zu Hause sein, sonst kann man sich die Finger wundwählen und nichts passiert. Nun, die Technik ist unerschöpflich und hat schleunigst dem »Fingerwundwählen« ein Ende gesetzt.

Anrufbeantworter, heißt das Zauberwort.

Einfach genial, denn so kann man alle wichtigen Leute erreichen, auch wenn sie nicht da sind. Und alle wichtigen Leute können uns erreichen, selbst wenn wir durch die Wälder streifen und Blumen auf den Wiesen pflücken.

Kurz gesagt, das Wort »unerreichbar« können wir aus dem Duden streichen.

Und trotzdem braucht es oft ein erhebliches Maß an Geduld, bis endlich der ersehnte Gesprächspartner am heißen Draht zappelt.

Denn wir kommen zwar umgehend der Aufforderung nach: » ... bitte sprechen Sie nach dem Pfeifton!«

Aber das Versprechen: » ... wir rufen so bald als möglich, oder umgehend oder gegebenenfalls zurück ...« ist oft recht vage.

Auch wenn wir noch so beharrlich neben dem Telefon sitzen bleiben, dauert es mitunter eine Ewigkeit, bis uns der ersehnte Rückruf erreicht.

So ging es mir neulich. Ganze Aktenberge hatte ich sortiert, sämtliche Bleistifte angespitzt, und nichts hatte sich gerührt.

Doch haargenau in dem Augenblick, als ich aufstand und mich entschloß zu duschen, klingelte das Telefon mitten in meine Schaumorgie hinein. Tropfnaß, triefend und spärlich mit einem Handtuch bekleidet stapfte ich, deutliche Pfützen hinterlassend, zum Apparat. Doch alles, was ich da vernahm, war das Klappern eines aufgelegten Hörers.

Mit flatternden, von der Seife glitschigen Fingern wählte ich eiligst die begehrte Nummer.

Doch Fehlanzeige, am anderen Ende meldete sich unverändert der Automat.

Somit beendete auch ich meine Livesendung und schaltete ebenfalls meinen Anrufbeantworter ein.

Aller Streß hatte nun eine Ende!

Mittlerweile fröstelnd, flitzte ich schleunigst unter meine Dusche zurück und genoß einen ausgedehnten Badespaß.

Als ich nach dieser Wasserpause zu meinem Apparat zurückkehrte, hatten sich sämtliche Probleme wie durch ein Wunder von Anrufbeantworter zu Beantworter ganz von selbst gelöst. Ich brauchte nur noch alle wichtigen Informationen, Bestellungen und Terminabsprachen direkt vom Band zu sammeln.

So macht Arbeit wirklich Spaß!

Deshalb spreche ich hiermit der Technik meine persönliche Hochachtung aus.

Holzhacken will gelernt sein

Wenn ich durch die zauberhaften Dörfer und Ortschaften des Hinterlandes fahre, lasse ich mich nicht nur von der schönen Landschaft becircen. Obwohl ich die Nase beim Autofahren nach vorne halten muß, bekomme ich ganz genau mit, was links und rechts von mir passiert. Da fiel mir auf, daß der nächste Winter ruhig kommen kann, denn überall auf den Gehöften und in den Vorgärten hat man gründlich vorgesorgt. Stattliche, rund oder längs aufgeschichtete Holzberge versprechen viele gemütliche Stunden am warmen Kamin. In mir, als langjähriger Kachelofenbesitzerin, kam bei solch herrlichem Anblick der blanke Neid hoch. Deshalb habe ich mir ein paar Meter Holz gekauft, den Mann mit der Bandsäge bestellt und alles in handliche Kloben sägen lassen. Dann habe ich das Beil aus dem Keller geholt und angefangen zu hacken. Ruhig und bedächtig legte ich mir einen schönen dicken Kloben auf den Hackklotz, konzentrierte mich auf mein Ziel und hob langsam das Beil ...

Irgend jemand hat mir mal gesagt, man brauchte sich dabei gar nicht anzustrengen, ich sollte das Beil nur fallen lassen. Das tat ich!

Das Beil sauste hernieder, traf allerdings nur auf eine Kante, und schon flog das Stück Holz unzerhackt durch die Gegend. Das konnte ja prima werden, schnaufte ich und versuchte, das Beil, das sich in den Hackklotz gerammt hatte, wieder herauszukriegen. Das Ding saß fest wie in Beton, ich konnte ruckeln, zuckeln und hebeln, ich brachte es nicht heraus. Ich war absolut unzufrieden mit mir, denn seit einer halben Stunde hampelte ich schon mit diesem Beil herum und hatte noch nicht ein einziges Stück Holz gehackt.

Letztendlich holte ich einen Hammer, versetzte dem Ding einen kräftigen Schlag, und schon war es befreit.

Als ich den nächsten Kloben auf den Bock legte, konzentrierte ich mich hundertprozentig und traf tatsächlich mitten hinein, das Beil saß mittig wie eine Eins. Stolz wollte ich mir schon auf die Schulter klopfen, als ich zu der Vermutung neigte, daß dieses Beil wohl Zähne hatte, denn diesmal hatte es sich in dem Stück Holz festgebissen.

Deshalb biß auch ich die Zähne zusammen und schlug mit aller Kraft so lange zu, bis zwei Teile links und rechts am Klotz herunterpurzelten.

Ich war geschafft wie nach einem Marathonlauf, mir wurde klar, ich mußte noch ganz schön üben. Doch ich hab' mich nicht unterkriegen lassen, und bald konnte ich ebenfalls auf eine Menge Holz vor meiner Tür hinweisen. Allerdings lebe ich im Augenblick sehr zurückgezogen, da ich vor Muskelkater kaum krauchen kann. Aber jetzt schau' auch ich dem Winter ohne Sorge entgegen.

Bei jedem Stück, was ich an kälteklirrenden Abenden dann in den Ofen lege, werden sicherlich Erinnerungen an meinen beschwerlichen Holzhackereinsatz aufkeimen.

Von Maronen und Ziegenlippen

Es ist nicht mehr von der Hand zu weisen: Die dunkle Jahreszeit steht vor der Tür. Naßkalte Witterung greift gnadenlos unter übriggebliebene Sommerröcke, und erste Frostnächte raffen ganz schnell die letzte noch strotzende Blütenpracht dahin. Schubbernd und sich schüttelnd verkriecht man sich hinter warmen Kachelöfen:

» Oh weh, die Eichen sind über und über voll mit Eicheln, das ist ein Zeichen für einen harten Winter«, jammern die einen.

»Die Schneegänse sind schon vorbeigezogen, das gibt einen frühen Winter«, warnen die anderen. Und wieder andere behaupten: »Die Hagebutten sind außergewöhnlich rot und süß, da wird der Winter extrem lang!«

Wie auch immer, ich kann mich in diesen Tagen mit derartigen Prognosen nicht aufhalten. Ich bin im sogenannten Erntestreß. Meine Nachbarn sehen mich nur noch mit einem Korb bewaffnet und der Nase zum Boden gerichtet über die Wiesen und durch die Wälder hetzen. Champignon, Steinpilz, Marone, Riesenschirmling und Ziegenlippe heißt das Zauberwort, denn ich bin leidenschaftlicher Pilzsucher. Und zur Zeit sind Wiesen und Wälder voll davon. Was gibt es Schöneres, als suchend durch die Landschaft zu streichen und plötzlich im Moos unter einem Baum vor einem braunen, zart glänzenden Pilz zu stehen? Und wie hüpft das Pilzsucherherz im Leibe, wenn gleich eine ganze Kette weißer Kugeln im saftig grünen Gras der Wiese leuchtet? Welche Freude, wenn man mit einem Korb voll duftender Pilze nach Hause kommt. Erschöpft vom langen Marsch, läßt man sich in den Sessel fallen und putzt mit großer Aufmerksamkeit die herrlichen Früchte. Mit Zwiebeln, Speck und Sahne wird daraus ein feines Gericht, das mit der letzten würzigen Petersilie aus dem Garten vitaminreich gekrönt wird. Dazu von den ersten frisch geernteten Kartoffeln.

Ein Hochgenuß!

Wie gesagt, meine Pilzsucherei ist eine Leidenschaft, deshalb habe ich nun jeden Tag einen großen Korb voll zu verarbeiten. Muntere Speckröllchen umgürteln frech meine Taille, und meine Waage quietscht bereits in allen Fugen, so viel habe ich bei dieser Schlemmerei zugenommen. Deshalb habe ich angefangen einzufrieren, einzulegen und auch schon hier und da zu verschenken.

Aber selbst meine Nachbarn scheinen satt bis oben hin, denn merkwürdigerweise schnurren ganz schnell alle Rolläden herab und werden Tor und Tür geschlossen, wenn ich mit vollem Korb am Horizont auftauche.

Meine Kürbisse

Morgen feiern wir das Erntedankfest, das ist der Tag, an dem viel mehr Leute als sonst in die Kirche gehen. Erst einmal, weil man für ein reiches Jahr an Speisen und Getränken danken möchte und dann, weil an diesem Sonntag der Altar so schön und reichlich mit den Früchten des Feldes und der heimatlichen Gärten geschmückt ist. Meine Tante Herta hat früher in ihrem Dorf immer die Kürbisse für die kirchliche Dekoration spendiert. Ganz stolz war sie darauf, denn sie hatte die größten weit und breit. Als Kind hab' ich es kaum geschafft, auf diese riesigen Dinger hinaufzukrabbeln, und als Erwachsener konnte man bequem darauf sitzen.

Scheinbar hatte ich die Erfolge meiner Tante Herta im Hinterkopf, als ich im Frühjahr von meiner Nachbarin eine Kürbispflanze geschenkt bekam. Gleich setzte ich das hoffnungsvolle Gewächs mitten in den Komposthaufen; so hatte Tante Herta das auch immer gemacht.

Fast täglich verfolgte ich gespannt den Werdegang des Wachstums. Meine Geduld wurde dabei mächtig auf die Probe gestellt, denn erst war es zu kalt, dann zu trocken. Kurz gesagt: Es passierte nichts.

Aber dann, als das Wetter zur gewohnten sommerlichen Wärme und Feuchte umschlug, legte die Pflanze richtig los.

Plötzlich zeigten sich Blätter, so groß wie Regenschirme, und kraftvoll schlängelte sich ein Trieb nach dem anderen mit strahlend gelben Blüten über den gesamten Komposthaufen.

Tja, zu meiner großen Freude schien diese Pflanze tropische Vorfahren zu haben, denn sie hangelte sich wie ein Urwaldgewächs in der nachbarlichen Kiefer empor. Fürwahr, ein seltener Anblick. Heute Morgen nun hüpfte ich, getrieben von gärtnerischem Überschwang, vor Freude förmlich im Dreieck. Denn wer hätte das gedacht, entdeckte ich doch einen deutlich gelben Fruchtansatz. Gegen mittag, als ich die Kürbisentwicklung noch einmal näher ins Auge faßte, meinte ich schon, eine Vergrößerung festzustellen. Selbstverständlich war ich, was die Größe anbelangte, noch weit von den Erfolgen meiner Tante entfernt. Aber beinahe so groß wie ein Golfball war er schon, der er da hoch oben in der nachbarlichen Kiefer bammelte. Und schon überfielen mich Sorgen und Ängste, denn wenn das mit der Vergrößerung in dem Maße weiterging, müßte ich sicher bald ein Gerüst bauen und unterstellen, denn eine so riesige Frucht an einem Baum, war nichts Alltägliches.

Kein Zweifel, mir standen kürbisreiche Zeiten bevor. Nur kann ich damit keine Kirche mehr zum Erntedankfest beglücken, da müßte über Nacht noch ein Wunder geschehen.

Blaue Zeiten

Große Dinge fangen meist ganz harmlos an. Es ist zwar schon ein paar Jahre her, aber ich erinnere mich noch ganz genau, da wedelten ein paar kleine harmlose Ästchen fröhlich im Nachmittagswind.

Gleich neben dem grünen Tor, in einer sogenannten Pröddelecke, die gibt es in jedem Garten, man hat sie, schämt sich ihrer, aber nichts passiert. Wie sollte da auch was Gescheites wachsen, ohne jeglichen Mutterboden, nur ein bißchen Sand krümelte umeinander.

In nächster Zeit wollte ich unbedingt etwas dagegen tun, beschloß ich innerlich, vor allem mußte dieses Unkraut weg. Und ich streckte meine Hand aus, um diesen frechen kleinen Busch auszureißen. Gott sei Dank erkannte ich gleich im nächsten Augenblick, daß sich da ein Holunderbaum selbst ausgesät hatte und ließ es stehen. Dieser Augenblick der Überlegung hatte sich gelohnt, denn fast unbemerkt mauserten sich diese Holunderästchen im Laufe der Jahre zu einem prächtigen Busch. Und genau in diesem Frühjahr blieb fast jeder, der an meinem Haus vorbeikam, bewundernd stehen. Denn Hunderte von weißen Blütenfächern hüllten das sonst kärgliche Tor in eine zart nach Mandeln duftende Wolke. Alle, die dieses Wunder der Natur betrachteten, gaben mir reichlich Ratschläge, was ich alles mit diesen herrlichen Blütendolden anfangen könnte:

Fliedersekt könnte ich ansetzen, die Dolden in Eierpfannkuchenteig braten.

Ich nahm diese Ratschläge dankbar an, doch brachte ich es nicht übers Herz, diese Blütenpracht einfach zu vernichten und aufzuessen.

Genau dieser Respekt vor der Schönheit der Natur hat mich in diesen Tagen noch reichlicher belohnt, als ich es je geahnt hätte.

Denn aus den vielen herrlichen Blüten waren inzwischen üppige schwere, schwarzblaue Holunderbeeren gereift.

Wieder stürmte eine Rezeptflut der Nachbarn und Betrachter über mich herein.

Holunderlikör mit Rum und Vanille empfahl der eine, Holundersaft ein anderer.

Bei dieser reichen Ernte habe ich mich einfach für beides entschieden.

Denn was gibt es Schöneres, als an gemütlichen Novemberabenden, gleich nach dem Tee, ein schönes würziges Holunderlikörchen zu reichen? Schon von Kindesbeinen an gehört Holundersuppe mit Griesklößen zu meinen Leibgerichten.

Ganz besondere Erinnerungen habe ich an diese Suppe.

Es war wohl in der schlechten Zeit, gleich nach dem Krieg, die gesamte Familie freute sich schon auf das leckere Mahl. Die Griesklößchen waren schon fertig, es galt nur noch, das Glas mit den eingeweckten Beeren zu öffnen. Aber wie das so ist, wenn es schon schnell gehen soll, riß doch prompt die Lasche von dem Gummiring. Vater wußte Rat: Er griff kurzerhand zu einem Schraubenzieher und versuchte sein Glück mit roher Gewalt.

Mit Erfolg!

Es gab plötzlich einen Knall, der Deckel fiel ab, und die blaue Herrlichkeit zischte bis an die Decke. Vor dort kehrte die ganze Bescherung tröpfchenweise und leise plätschernd auf die hungrigen Häupter der Familie zurück.

Es war das letzte Glas mit blauen Beeren, deshalb mußten wir danach die Klößchen mit Zimt und Zucker essen.

Partygeflüster

Neulich war ich zu einer gemütlichen kleinen Party eingeladen, wie sie derzeit gerne angezettelt werden. Alle Damen, auch so manche Herren hatten sich verflixt in Schale geschmissen. Selbst ich ließ meine Gummistiefel zu Hause und trat dermaßen aufgetakelt auf, daß ich manchem Weihnachtsbaum ganz schön Konkurrenz machte.

Trotz aller Warnungen von wegen Übergewicht, Cholesterinspiegel und anderen kleinen Mißlichkeiten, die nicht gerade zur Verlängerung unseres Erdendaseins beitragen sollen, hatte ich mich, genau wie die anderen, mit großem Heißhunger über das liebevoll angerichtete »Kalte Büfett« hergemacht. Teilweise noch mit vollen Backen kauend, schleckernd und genießend, berichtete man einander von den neuesten politischen Ereignissen und Begebenheiten.

Beim zweiten Gang ließ sich ein Heer von Hobbyköchen – denn jeder zweite Mann kocht heutzutage »Hobby« – darüber aus, wie man der Suppe noch mehr Pfiff, vielleicht mit einer Prise Kardamon, hätte beibringen können. Oder wie gefüllte Tomaten erst durch ein gezuckertes Sahnehäubchen mit

Parmesanstaub ihre sogenannte Krönung finden würden.

Die dazugehörige Damenwelt drehte sich bei diesen Ausführungen klammheimlich um, denn es folgte ein wohlbekannter Gedankenaustausch über die Sensibilität eines Himbeerparfaites oder die Fruchtanalyse eines Birnendicksaftes.

Denn das steht nun einmal fest: Seitdem viele Männer kochen, ist diese Domäne zu einer Art Wissenschaft erhoben worden.

Die Frauen und Mütter ließen sich deshalb schon lieber über die allseits gutgeratenen Kinder aus und berichteten von Reiterfolgen, guten Fortschritten in der Klavierstunde oder den primadonnenartigen Begabungen im Ballettunterricht. Die schulischen Leistungen wurden ein bißchen am Rande behandelt, dafür ist das ein zu ernstes Thema.

Die kinderlosen »Singles« hielten mit Berichten über ihre schlauen Katzen und klugen Hunde tapfer dagegen. Als man jedoch alle geliebten Kreaturen abgehandelt hatte, schmolz die Gesprächsrunde wieder zu einer Einheit zusammen.

Das Büfett war bis auf ein paar einsame Hühnerkeulen in Aspik, ein, zwei, drei Schiffchen mit Sardellenbutter und wenige verwurschtelte Petersilienbüschel leergeräumt. Deshalb begann man nun in völliger Eintracht, sogenannte »Nichtanwesende« durch die berühmten Zähne zu ziehen. Teilweise zerriß man sie in Stücke, denn »Nichtanwesende« haben meist etwas an den berühmten Hacken. Dann setzte man sie wieder friedlich zusammen und endete mit dem Satz:

»Nun, jeder muß ja schließlich selbst wissen, was er tut, und eigentlich geht uns das ja gar nichts an!«

Nachdem dieser Satz von allen Anwesenden nur noch müde nickend bestätigt wurde, denn der gute Wein hatte bereits seine Wirkung getan, begann der allgemeine Aufbruch. Und wenn da erst einmal einer aufsteht, fliegt meist die gesamte Besucherschar wie ein Schwarm Mücken auf einmal aus.

So war es auch an diesem Abend. Alle standen auf einmal in Mäntel kriechend, schalumwickelnd und kreuz und quer händeschüttelnd in der Diele. Auf diese Weise endete auch dieser gemütliche Abend.

Aber es war schön, und vielleicht ist doch in dieser angeblich oberflächlich anmutenden Runde so mancher tiefe Gedanke ausgetauscht worden.

Glückliche Kühe

Ein Glas Milch, heiß gemacht, mit Honig, ist ja bekanntlich im Winter ein Zaubermittel gegen Erkältungen. Ein Glas Milch im Sommer, gut gekühlt, ist der beste Durstlöscher und gibt ordentlich Kraft.

Nun ist ein Glas Milch nicht gleich ein Glas Milch. Denn Milch wird uns in vielen Variationen angeboten: in der Tüte, Flasche, im Beutel und in Plastikbechern. Und was dazu alles versprochen wird: »Von glücklichen Kühen«, viel oder wenig Fettgehalt, naturbelassen, homogenisiert ...

Man benötigt beinahe eine »ökotrophologische« Ausbildung, um zu erfassen, in welcher Form dieses segensreiche Produkt für die Gesundheit absolut förderlich ist.

Deshalb schätze ich mich als unheimlich glücklich, weil ich noch mit meiner Milchkanne direkt zum Bauern nebenan gehen kann.

Gestern hatte ich einen besonders guten Zeitpunkt erwischt, denn als ich um die Ecke bog, empfing mich bereits das freundliche Tuckern der Melkmaschine. So platzte ich direkt in die abendliche Melk- und Futterstunde.

Für mich stets eine gute Gelegenheit, im Stall herumzustöbern, auch wenn ich dabei mal ein bißchen in die »Schiete« trete.

Eigentlich war in diesem Stall auch alles in gewohnter Ordnung. Die Kühe bekamen duftendes Heu und frischen knackigen Futterkohl. Dem Kälbchen in der Ecke durfte ich seinen Schlummertrunk reichen. Hühner gackerten durch den Gang. Die Schweine im Stall nebenan quiekten, weil sie auch endlich ihr Abendbrot wollten. Was sich dann in ihre Tröge ergoß, war nicht zu verachten: gekochte Kartoffeln mit Dickwurz, dazu Kleie mit einem guten Schöppchen Milch vermischt. Es roch dermaßen appetitlich, daß ich um ein Haar davon probiert hätte. Doch gerade in dem Augenblick, als ich den kleinen Kaninchen die samtenen Ohren streicheln wollte, fiel es mir wie Schuppen von den Augen. Denn erst jetzt merkte ich, daß eine ganze Menge Kühe fehlten, die Plätze waren leer, und das Tuckern der Melkmaschine war bereits verstummt.

Fragend schaute ich meinen nachbarlichen Bauern an:

»Nun, wir kleinen Betriebe sind nicht mehr erwünscht. Im ganzen Dorf gibt es nur noch drei Höfe mit ausreichend Vieh. Auch wir schaffen nach und nach alles ab!«

Da bekam ich einen Schreck, und irgendwie beschlich mich eine merkwürdige Angst vor einem Land ohne »ländliche Idylle«.

»Ja, wo hole ich denn dann meine Eier?«

»Beruhige Dich, Hühner halten wir noch weiter!«

»Und mein Liter Milch, so frisch, fast warm von der Kuh?«

»Na ja, 'ne Weile gibt's die auch noch!«

Aber alle guten Worte konnten meine Sorge über diese Entwicklung nicht mildern.

An diesem Abend trank ich meine Milch mit besonderer Andacht, und viele Gedanken sausten mir durch den Kopf:

Am Ende mußte ich mir noch selbst eine Kuh anschaffen, um täglich so herrlich frische Milch trinken zu können.

Das konnte ja heiter werden!

Zarte Melkversuche hatte ich schon mal in grauer Vorzeit, bei einem Urlaub auf dem Bauernhof, gestartet. Ich erinnere mich mehr als gut daran.

»Lisa« hieß mein Opfer. Kaum hatte ich dem Tier ans Euter gefaßt, da sauste mir auch schon der Kuhschwanz um die Ohren und ich vor Schreck in die nächste Ecke. Und flugs war meine Karriere als »Sennerin« beendet, denn ich habe selbst den Rest des Tages noch viele kleine Sterne gesehen.

Deshalb wünsche ich mir auch für die weitere Zukunft die glücklichen Kühe bei meinem Bauern nebenan.

Reiche Ernte

So einen prallen, satten, fruchtigen Herbst hat es wohl, zumindest, solange ich denken kann, noch nicht gegeben. Wohin das Auge reicht Bäume voller Äpfel, Birnen, Pflaumen, daß sie einem beinahe bis vor die Füße kullern. Dazu Sträucher voller Brom- und Holunderbeeren und Kartoffeln auf den Feldern, daß sie kaum noch in die Keller passen. Da knistert ja förmlich in jedem Menschen der Eichhörncheneffekt, und schon brodelt die pure Sammelleidenschaft in vielen Hausfrauenherzen (oder Hausmännerherzen) und macht sich als Einweckfieber in sämtlichen Küchen breit.

Selbst ich, die ich neulich schon in einem Kelleraufräumwahn sämtliche Weckgläser verschenken wollte, bin froh, daß ich meinen Entschluß nicht ausgeführt habe. Denn in dem Augenblick, als ich von meinen lieben Nachbarn wannenweise mit Pflaumen und Äpfeln überschüttet wurde, konnte ich doch dieses gläserne Geschirr erfreulich nutzbringend anwenden.

Bis tief in die Nächte habe ich mühselig Pflaumen entkernt, Holunderbeeren abgeperlt und Äpfel zu Mus verarbeitet, bis mir vor Müdigkeit die Schüsseln aus der Hand gefallen sind. Doch nach all dieser Schinderei gehe ich jetzt zu gerne in die Speisekammer und zähle voller Stolz meine Mus-, Kompott- und Marmeladengläser, so, als hätte ich Goldbarren gelagert.

Es heißt ja immer, wenn so viele Früchte an den Bäumen hängen, dann gibt es einen strengen Winter. Ich fürchte mich nicht davor, von mir aus können wir sogar ein kleines bißchen einschneien, dann verputze ich hinter dem warmen Ofen meine Marmeladenstullen und gönne mir nach und nach ein Gläschen von dem herrlichen Kompott.

Zum Mittagessen könnte ich mir sogar hier und da eine gute Portion Pilze leisten, denn neben meinem Pflaumen- und Apfelstreß bin ich auch noch bergauf, bergab im Wald herumgeflitzt und habe reichlich Pilze gesucht, gefunden, geputzt, sortiert, blanchiert und eingefroren.

Trotz aller Plage der aufwendigen Verarbeitung habe ich scheinbar noch immer nicht genug. Seit Tagen nämlich kann ich kaum noch an den üppigen, in der Abendsonne rot glänzenden Hagebuttensträuchern vorbeigehen, ohne darüber nachzudenken, was man daraus wiederum alles machen könnte. Gelee, Wein und Likör, meldet mein schlaues Kochbuch. Gelee koche ich daraus allerdings ganz bestimmt nicht, denn so viele Frühstücksbrötchen kann ich niemals essen, wie ich bereits an Konfitüren zur Verfügung habe. Deshalb sehe ich mich schon förmlich wieder auf meinem Küchenhocker sitzen, der Mond schaut mir zu und ich pule, wasche und entkerne siebentausendeinhundertvierundzwanzig winzig kleine Hagebutten, um an »schneerieselnden« Dezemberabenden ein Gläschen Wein schlürfen zu können.

Schlehen soll es auch in rauhen Mengen geben ...

Ich gebe zu, daß ich etwas übertreibe. Aber wer kann einer so reichen Ernte in Wald, Flur und Feld schon widerstehen? Und der nächste Winter kommt bestimmt.

Und überhaupt – mir macht es Spaß.

Mäusesorgen

Manchmal sieht es in meinem Hof, vor der Tür oder in meinem Garten aus wie im »Leichenschauhaus Fröhlich«, so viele tote Mäuse liegen da herum.

Deshalb habe ich die kleinen Nager wohl bisher nur als Kanonenfutter für meine sieben Katzen angesehen.

Seit gestern ist das anders. In dem Moment, wo die erste Maus vollkommen respektlos an meinen Beinen vorbei, quer durch mein Büro sauste, ein Stück an der Fußleiste entlangrannte und in einem kleinen Loch kurz vor der Tür verschwand, hielt ich die Angelegenheit noch für einen Zufall.

Als sich die Zufälle allerdings häuften, Maus Nummer zwei aus dem Wintergarten schoß, Maus Nummer drei sich dazugesellte und mit Nummer vier kurz hintereinander in dem Loch verschwand, dachte ich, ich befände mich im falschen Film.

Neugierig, wie ich war, sauste ich hinter den Mäusen her und auf die Knie.

Platt wie eine Flunder wälzte ich mich schließlich auf dem Fußboden vor dem Mäuseloch, um ausreichend Einsicht zu gewinnen.

Als ich sie hatte, traute ich meinen Augen kaum.

Eine große Mäusegesellschaft, Männlein und Weiblein, saß bei hellem Kerzenschein beieinander.

Einige von ihnen gestikulierten und diskutierten wie wild durcheinander. Andere blieben still und hatten rotgeweinte Augen.

Die einzigen Worte, die ich aufschnappen konnte, waren:

»Der Sommer ist so gut wie rum ... und ... eine schlechte Ernte ...«

Ich schüttelte vor Erstaunen den Kopf, bis zu den Mäusen war also diese Tatsache bereits vorgedrungen.

Ich habe zwar kein Feld zu bestellen, und wenn ich zum Bäcker gehe, bekomme ich auch stets mein tägliches Brot. Aber selbst mir war in diesem Jahr nicht entgangen, daß das bäuerliche Leben trotz aller Technik noch eng mit den himmlischen Gegebenheiten verbunden ist.

Im Januar fehlte der Schnee, und tiefe Minustemperaturen zerstörten die Saat der Wintergerste, so daß mancher Bauer gezwungen war, nachzusäen oder ganz von vorn beginnen mußte.

»Ist der Mai kühl und naß, füllt es dem Bauer Scheun und Faß«, heißt es in einem schlauen Spruch. Doch diesen Spruch konnte die Landwirtschaft getrost vom Haken nehmen, denn Trockenheit und Wärme zur falschen Zeit ließen das Getreide zu schnell reifen.

Das bedeutete, daß von der Menge her genug geerntet wurde, aber die Qualität des einzelnen Korns zu wünschen übrigließ.

Der Weizen beispielsweise kann nur als Futtergetreide abgegeben werden, das heißt, zu niedrigen Preisen. Mancher Landwirt muß auf diese Weise erhebliche Einbußen verkraften.

»Der Weltmarkt ist schuld«, wetterte ein Mäuserich, »der internationale Wettbewerb birgt Probleme, die bei den europäischen Bauern für sinkende Einkommen sorgen. Wenn dann das Wetter noch solche Kapriolen schlägt wie in diesem Jahr, dann liegt die Chance der heimischen Bauern nur noch in der Veredelung des Getreides. Das heißt, es ist nur noch als Futter für das eigene Vieh zu verwenden. Meine Lieben, hier zeigen sich schlechte Bedingungen für unsere Zukunft. Zu viele Bauern haben ihre Betriebe bereits eingestellt. Wenn das so weitergeht, Scheunen und Ställe in Menschenwohnraum umgewandelt werden, was soll dann aus uns Landmäusen werden?«

»Bravo!« klatschte ich begeistert in beide Hände.

Augenblicklich ging das Licht im Mäusezimmer aus, und mucksmäuschenstill huschten sie in alle Himmelsrichtungen davon.

Wie gern hätte ich ihnen noch weiter zugehört, denn selbst die Mäuse hatten die Situation voll erfaßt.

Freiwillige vor

Wie heißt es so schön: Am besten schmecken Kirschen aus Nachbars Garten. Auch Pflaumen, Äpfel und Birnen, die frech an langen Ästen bis in den hauseigenen Garten hineinwedeln, entwickeln ein reizvolles Aroma und werden mit besonderem Genuß verputzt.

Und doch ist es ein unbeschreibliches Gefühl, im eigenen Kirschbaum zu sitzen und mit den Kernen zu spucken. Aber welch ein Stolz brodelt da in einer Obstbauernbrust, wenn man tief im Winter ein Glas »Zwetschgenhoink« auf den Tisch stellen kann mit dem Hinweis: » ... aus eigenem Wuchs und eigener Herstellung«, selbst, wenn die ganze Geschichte ein bißchen zu dünn geraten ist und an allen Ecken und Enden vom Brötchen »drippt«.

In Anbetracht der Tatsache, daß ich meinen Kirschbaum und meine drei Pflaumenbäume so schätze, wurde mir klar, daß ein Baum, wenn er gute Früchte tragen soll, auch von kundiger Hand gepflegt werden muß. Deshalb bin ich vor ein paar Jahren in den Obst- und Gartenbau-Verein eingetreten.

Das war eine gute Idee! Denn nicht nur, daß man dort Gelegenheit findet, sich als Obst- und Gartenbauer unter erfahrener Anleitung weiterzuentwickeln und gartentechnisch immer auf dem laufenden ist, erhält in diesem Verein auch der gesellschaftliche Teil eine sehr große Bedeutung.

Bratpartien, Wanderungen und Reisen gehören zu den Tagesordnungspunkten. Manchmal wird sogar gemeinsam gearbeitet, wie vor ein paar Tagen, als es galt, die Hecken beim vereinseigenen Pflanzgarten zu schneiden.

»Freiwillige vor«, hieß es.

Natürlich habe ich mich in meinem jugendlichen Leichtsinn gleich dafür gemeldet, vielleicht, weil ich mir als verhältnismäßig frisches Mitglied noch ein paar »Obst- und Gartensporen« verdienen wollte.

Aber da hatten sich der Heinrich, Ernst, Walter, Karl und Alfred als profilierte Heckenschneider mit mir die absolute Niete ausgesucht. Denn ich, die ich sonst nur Bleistifte und Kugelschreiber stemme, bin gleich nach wenigen Minuten Schneidarbeit unter dem Gewicht und der Wucht der ratternden Heckenschere zusammengebrochen.

Auch beim Aufladen das Schnittguts, das in riesigen dornenreichen Haufen anfiel, versagte ich kläglich. Ständig verhedderte ich mich mit Jacke, Haar und Hose in in den pieksenden, reißenden Ästchen. Prompt zuselte mir ein dornenübersäter Ast dermaßen in meinem Haar herum, daß ich Mühe hatte, wieder herauszufinden. Dabei kam ich zu der Überzeugung, daß dies absolut keine Arbeit für Toupeträger ist, denn da könnte es zu peinlichen Verlusten kommen.

Deshalb war ich froh, daß meine Vereinskameraden mit viel Kraft und gekonntem Einsatz ruck zuck das Schnittwerk vollendeten.

Beim gemütlichen Teil kam ich allerdings groß heraus, da habe ich kräftig zugelangt und mit aller Kraft geholfen, damit die Wurscht und das Bier schnell alle wurden.

Auf jeden Fall war es ein herrlicher Nachmittag, und sicher habe ich auch etwas gelernt.

Kein Wunder also, daß ich mich heute wieder fröhlich auf die Socken mache, denn alle Mitglieder und Interessenten sind zu einem Schnittkurs in den Pflanzgarten mit der frisch geschnittenen Hecke eingeladen.

Dampfende Schüsseln

Als ich neulich gegen abend noch einmal die Nase vor die Türe steckte, um ein bißchen frische Abendluft zu schnuppern, dachte ich im ersten Augenblick, ich hätte den Termin für den Volkswandertag verpaßt.

Denn fast die gesamte Nachbarschaft war auf den Beinen und marschierte munter plappernd in eine Richtung.

»Komm mit«, forderten sie mich auf.

»Wohin geht ihr denn?« erkundigte ich mich vorsichtig.

»Zum Schlachtfest, zieh dich an und komm!«

»Ach nee, ich habe noch wahnsinnig viel zu tun«, lehnte ich das freundliche Angebot ab. Auf meinem Schreibtisch lag eine lange Liste mit mindestens vierundzwanzig Punkten, die schon seit Tagen darauf warteten, abgehakt zu werden. Heute wollte ich mich endlich an diese Sachen herantrauen.

»Komm«, drängelte die ausgelassene Gesellschaft, »deine Arbeit läuft dir nun beileibe nicht weg, beeil dich, wir warten auf dich!«

Schon purzelten sämtliche guten Vorsätze über den berühmten Haufen.

Zudem wußte ich, was mich für leckere, saftige, deftige Herrlichkeiten erwarteten.

Und wenn Geschwindigkeit auch sonst keine Hexerei ist, grenzte es diesmal daran, wie blitzschnell ich zum Mantel griff und in »Null-komma-nix« mitmarschierte.

Als dann die großen, dampfenden Schüsseln mit Kartoffeln, Kraut, Meerrettich, saftigen Fleischstücken und duftenden Würsten aufgetragen wurden, habe ich mich zu meinem Entschluß beglückwünscht.

Du lieber Himmel, was wurde da verputzt, doch ein normaler Magen ist viel zu klein, um die Riesenmengen zu verarbeiten, deshalb gab es zum Nachtisch auch gleich kleine Tüten, in denen man die Reste mit nach Hause nehmen konnte.

»Ich bin pappsatt«, konnte ich nur mit größter Mühe hauchen, während der Knopf in meiner Taille verzweifelt um sein Überleben kämpfte.

Doch ein kühles, zischendes, frisch gezapftes Bierchen ging noch locker rein und rutschte lustig gluckernd die Kehle hinab.

Damit sich das eine nicht graulte, floß ein zweites hinterher.

So nahm manches Gläschen unter fröhlich sattem Gelächter seinen Weg über Tisch und Kehle.

Irgendwann sind wir dann gemeinsam aufgebrochen und durch die kalte, mondhelle Nacht nach Hause gewandert.

Erschöpft und müde bin ich in mein Bett gefallen, und sicher habe ich beim Einschlafen glücklich gelächelt, denn das war mal wieder ein lebenswerter Abend, an dem Herz, Seele und Magen ihre Freude hatten.

Schneegänse

Bis über beide Ohren steckte ich in den letzten Tagen mal wieder in der Gartenarbeit, denn die frühen Frostnächte hatten mich wachgerüttelt, schnell die Pflanzen, Bäume und Sträucher noch in Ordnung zu bringen, bevor alles in den berühmten Winterschlaf fällt und Kälte, Eis und Schnee den Alltag beherrschen.

Vor allem hatte ich die herrlichen Sonnenstunden genutzt, denn mit eisklammen Fingern läßt es sich bekanntlich schlecht im Garten »wurschteln«. Wie ich da gerade vor mich hin scharrte, hörte ich doch plötzlich ein wildes, fast hundertfaches Geschnatter in der Luft, begleitet von einzelnen kehligen blechernen Schreien, die wie Rufe oder vielleicht sogar wie Kommandos anmuteten. Leicht stöhnend erhob ich mein neugieriges Haupt, denn wenn ich stundenlang auf meinen Knien rumgerutscht bin, tun mir meist alle »Gräten« weh.

Doch den Anblick einer ausgewachsenen Kette Schneegänse, die zielstrebig in den Süden fliegt, wollte ich mir nicht entgehen lassen. So kam es, daß ich links die Harke, rechts ein Schippchen, staunend in den Himmel blickte. Anfangs versuchte ich zu zählen, denn da sie ja sauber wie auf eine Perlenschnur gezogen, hübsch hintereinander her fliegen, wäre es möglich gewesen, aber ich gab auf.

Dafür erschienen vor meinem geistigen Auge sonnenüberflutete Strände, Palmen und Orangenhaine. Sah ich Kamele durch die Wüste waten und mich in der Sonne braten, irgendwo in einem warmen Land an einem schön gepflegten Swimmingpool oder so ...

Ja, ja, ich weiß, der Winter hat auch seine schönen Seiten, wenn zum Beispiel dicker frischer Schnee liegt und die Sonne scheint, der Himmel blitzblau strahlt und alles schillert und glitzert, ist das ein Zauber, den selbst ich nicht missen möchte. Doch wenn ich an die kleinen Schneeklümpchen denke, die einem ständig beim Abkratzen der Windschutzscheibe in den Ärmel spritzen und langsam und eiskalt bis zum Ellenbogen glitschen und rutschen, wird mir schon ganz anders. Oder wenn ich mir die verzweifelten Aktionen mit Spray, Wärmflaschen und Feuerzeugen in Erinnerung rufe, um ein vereistes Türschloß zu bekämpfen.

Ganz zu schweigen von den Zitterpartien, wenn plötzlich auftretendes Glatteis das sichere, warme Zuhause in weite Ferne rücken läßt, während unsereins im Schrittempo über Landstraßen und Autobahnen schleicht. Dann wünsche ich mir:

»Wann wird es endlich wieder Sommer!«

Erneutes Geschnatter weckte mich aus meinen Träumen, denn Schneeganskette Nummer zwei, noch größer, noch lauter, erschien am Himmel. Und wenn mich nicht alles täuschte, flogen sie auch schneller – so, als hätten sie es schrecklich eilig. Deshalb nahm ich auch meine Arbeit schleunigst wieder auf, denn man kann nie wissen, wie schnell dieser Winter kommt, früh genug angekündigt hat er sich ja.

Winter

Der kanadische Waldeinsatz

Spaziergänge im Sommer sind unbenommen schön, können auch bis zur Bewußtlosigkeit ausgedehnt werden, außer, dunkel aufziehende Gewitter setzen ein abruptes Ende.

Bei Unternehmungen dieser Art im Winter dagegen sind allein durch erhebliche Minusgrade dem ganzen jähe Grenzen gesetzt. Denn wer kommt schon gerne mit einer roten Nase und abgefrorenen Großzehen nach Hause? Unter Gesichtspunkten solcher Art hatten meine Tochter und ich uns auf den Weg gemacht: Eine schöne Runde drehen und dann ganz schnell wieder hinter den warmen Ofen kriechen, mit einer dampfenden Tasse Kaffee und einem großen Stück Zuckerkuchen.

Wir fühlten uns anfangs absolut im Winterparadies, knietiefer Schnee, blütenweiß und kristallen glitzernd in strahlendem Sonnenschein.

»Dapu«, unser damaliger Hund, war von der Idee, spazierenzugehen, absolut begeistert und flitzte wie ein wildgewordener Handfeger um uns herum.

Dabei war es keine allzu große Freude, mit ihm in den Wald zu gehen, da er Dank seiner großen Jagdpassion stets und ständig an der Leine geführt werden mußte. Seine Veranlagung war einfach zu erklären, denn wenn man eine jagdtüchtige, voll ausgebildete Rauhhaardackelmutter »Asta vom Roßtal« und einen hochkarätigen Pudelvater »Bodo vom Winzerschlößchen« im Stammbaum hatte, war nichts anderes zu erwarten.

Wie gut diese Paarung sich auch in jagdlicher Hinsicht erwies, so negativ wirkte sie sich auf die körperliche Beschaffenheit aus. Denn Dapu verfügte über die krummen, kurzen Beine eines Rauhhaardackels, dazu aber über das leichte, lockige Fell eines Pudels. Man hatte immer ein bißchen den Eindruck, als würde er im Wasser stehen. Kurz gesagt, seine Beine waren für den lockigen Pudelkörper zu kurz, seine Ohren für die kurzen Beine wieder zu lang. Trotzdem wurde er von der Familie heiß und innig geliebt. Denn was sein Körper rein äußerlich vermissen ließ, machte er mit klarem Verstand und schneller Auffassungsgabe wieder wett. Allein seine Augen – braun, groß, so groß wie Malzbonbons, mit einem Blick, der alle Menschenherzen im richtigen Augenblick schmelzen ließ – waren sein wichtigstes Instrument.

Sein schauspielerisches Talent war dermaßen ausgeprägt, daß Liz Taylor, Roger Moore oder Gary Grant dagegen ein Nichts waren, seine Körpersprache so deutlich und ausgefeilt, niemand hätte es besser in Worte fassen können.

Ein dermaßen hochqualifiziertes Exemplar seiner Rasse war er, daß er sich jeden auch noch so kleinen Kotelettknochen vom Tisch erschwindelte, Frühstücksstullen auf imaginäre Weise in seinem Bauch verschwinden ließ und haargenau wußte, wo in der gesamten Nachbarschaft Leckerchen in diversen Küchen- und Wohnzimmerschränken verborgen waren.

Kein Wunder, daß dieser Pfiffikus es auch ab und an schaffte, sich der lästigen Leine zu entledigen.

Schön, ich gestehe, wir hatten einen winzigen Moment mit der Nachbarin geschwätzt, als ich plötzlich das leere Halsband neben mir an der Leine auf dem Boden schleifte. Es konnte sich nur um einen winzigen Moment gehandelt haben, denn bei den niedrigen Temperaturen war schon ein wenig länger zuviel.

»Hilfe, der Hund!« schrie ich und gleich hinterher ziemlich

energisch, »willst du wohl sofort hierher kommen, du verflixter Hund!«

Wobei der verflixte Hund pfeilschnell über den weißen Schnee lief und sich um meine Rufe überhaupt nicht kümmerte. Sekundenschnell verschwand er im Wald, alles, was blieb, waren die Spuren im Schnee.

Voller Wut schimpfte ich, »wirst schon sehen, was du davon hast, ich jedenfalls lauf' dir nicht nach, du dusseliger Köter.«

Für eine Weile setzten wir auch unseren Spaziergang ungerührt fort, wir taten einfach, als wäre nichts passiert. Nach nur einer kurzen Wegstrecke meinte meine Tocher plötzlich:

»Du, Mami, wollen wir ihn nicht doch lieber suchen? Denk mal an vergangenen Winter, da ist er doch ganz tief in den hohen Schnee geraten. Weißt du noch, er war voller Schneeklumpen, die ihn so behinderten, daß er gar nicht mehr zurück konnte. Wenn wir ihn nicht unter dem Schlehenbusch gefunden hätten, dann wäre er elendig umgekommen.«

Anna, meine Tochter, hatte recht. Tatsächlich war der Bursche in Pappschnee gekommen, und dicke Klumpen davon hatten sich total in seinem Fell verheddert. Diese Klumpen vergrößerten sich bei jedem Schritt und wuchsen groß und schwer, bis ihm teilweise das Fell an den Pfoten und am Bauch ausriß. Als wir ihn fanden, konnte er keinen Schritt laufen, er mußte nach Hause getragen werden. Stunden hat es gedauert, bis wir die Schnee- und Eisklumpen aus seinem Fell gepult hatten.

Bei dieser Erinnerung wurde mir natürlich angst und bange.

Ohne weitere Worte nahmen wir die Verfolgung von unserem Schneehund auf.

Obwohl dieser Hund bekanntlich nur kurze Beine hatte, führte uns die Spur in immer tiefere Schneeregionen. Mehr und mehr drängte sich uns die Frage auf, wie er solche Zonen überhaupt bewältigen konnte.

Dapu hatte bei seinem Auslauf keine Mühen gescheut, denn seine Spur lief bergauf, bergauf und bergauf, so weit es ging, um dann in gerader Linie wieder bergab zu preschen.

In der Hoffnung, unseren Hund sehr bald schneeverklumpt irgendwo unter einem Busch zu finden, beeilten wir uns, so gut wir konnten.

Er dagegen zeigte uns sehr deutlich, was so kurze Beine zu leisten imstande waren. Wir dagegen waren sehr bald geschafft.

Bergauf und durch knietiefen Schnee stapfen, das erforderte eine gute Kondition, aber die hatten wir scheinbar nicht. Anna und ich, wir pusteten und stöhnten, pfiffen förmlich auf dem letzten Loch.

Zudem hatten wir nur kleine bis zum Knöchel reichende Stiefeletten an, im Nu waren unsere Beine und Füße vom vielen Eintauchen in die Schneedecke quietschnaß.

Wir merkten diese Nässe aber kaum, denn unsere Körper glühten von der anstrengenden Lauferei.

Äußerlich vom Schnee und innerlich vom Schweiß durchnäßt, hatten wir bereits mehrere Kilometer hinter uns gebracht. Ich war am Ende. Völlig entkräftet setzte ich mich in den Schnee.

Anna war entsetzt:

»Mami, es wird gleich dunkel, du kannst hier nicht sitzen bleiben!«

Ich hörte die Warnungen meiner Tochter, aber ehrlich gesagt, mir war in diesem Augenblick alles schnuppe. Ich war einfach erschöpft, sonst nichts.

Wer ahnt denn auch, daß sich ein simpler Spaziergang so mir nichts, dir nichts zum kanadischen Waldeinsatz mausert.

Denn tiefer und schneebedeckter konnten die kanadischen Wälder auch nicht sein.

Verzweifelt und mit letzter Kraft zerrte mich Anna wieder auf meine Beine zurück.

»Komm, es hat keinen Sinn, wir müssen auf die Straße zurück, wir müssen irgendwo eine Straße finden und dann nach Hause«, flehte sie mich an, denn irgendwie war ich ihr wohl ein bißchen wichtiger als der Hund.

Tapfer nahm ich noch einmal all meine Kraft zusammen, und wir kämpften uns durch die Schneemassen heimwärts.

Jeden Schritt mehr, den wir uns von Dapus Spur entfernten, wurde mein Herz schwer und schwerer. Meine Phantasie quälte mich bedingungslos, die schlimmsten Bilder von einem im Schnee verendeten Hund zogen an meinem geistigen Auge vorbei.

Endlich auf der Straße angekommen, allerdings nicht mehr im feinsten Zustand, stießen wir auf ein paar Leute, die genau aus der Richtung des Hundes kamen. Schnell rannten wir auf sie zu:

»Entschuldigen Sie bitte, haben Sie vielleicht einen kleinen, häßlichen Hund mit kurzen Beinen und schwarzem, lokkigem Fell gesehen, der in solch eine Leine paßt?« Dabei hielten wir ihnen die einsam vor sich hin baumelnde Leine vor die Nase.

Tatsächlich hatten alle den Hund gesehen, aber er war in eine vollkommen andere Richtung gelaufen, als wir vermutet hatten.

Wieder trafen wir Leute, erzählten unsere Geschichte, die erzählten dann wieder eine andere Geschichte. Bei den nächsten Leuten, die wir befragten, hatten wir den Eindruck, Dapu wäre kreuz und quer durch Hessen gelaufen.

Für uns stand fest: Unser Hund war für immer verloren!

Inzwischen war es stockdunkel, der Mond am Himmel und die erleuchteten Fenster unseres Dorfes dienten als einzige Orietierung. Die Nacht versprach klirrend kalt zu werden, wir spürten es bereits, denn die Kälte kroch unentwegt in unsere nassen Hosen und Pullover.

Förmlich mit letzter Kraft erreichten wir das Haus. Die Familie schien in großer Sorge um uns:

»Da seid ihr ja endlich!« wurden wir sichtlich erleichtert empfangen.

»Was ist denn nur passiert, und wie seht ihr denn aus?« fragte meine Mutter besorgt.

Anna und ich, wir wechselten ein paar verständnissinnige Blicke, ob wir wirklich die Geschehnisse erzählen sollten. Aber was nützte die beste Lüge, Dapu, der Grund unserer Aktion, fehlte ja wohl, und das würde jeder merken.

Schweren Herzens gestand ich also:

»Der Hund ist uns weggelaufen, wir haben sämtliche Spuren verfolgt und die Wälder durchkämmt, wir konnten ihn nicht finden. »

Vollkommen verstört über die Erlebnisse der letzten Stunden, fing ich plötzlich an zu heulen.

Woraufhin Mutter lachte.

»Der Hund, na, um den brauchst du nicht zu heulen, der liegt friedlich schlummernd auf dem Sofa!«

»Nein!«

Ich war empört, dieser Köter schickte uns durch die Schrekken eines Schneeinfernos, wir ließen um ein Haar unser Leben, während er gemütlich am warmen Ofen schlummert.

Meine Empörung dauerte nicht lange an, denn als mich das schwarze Bündel mit schuldbewußtem Blick von unten her anhimmelte, war aller Groll vergessen. Heilfroh waren wir, daß Dapu wohlbehalten zu Hause angekommen war. Da die Familie glücklich wieder vereint war, kuschelten wir uns alle zusammen recht bald auf dem Sofa, tranken heißen Grog und

Schöne Bescherung

Diese Zeit kann man mit Abstand als trostloseste Zeit des Jahres bezeichnen. Alle Pracht der bunten Blätter wuselt als unansehnliche Masse glitschig im Rinnstein. Weit und breit strecken die Bäume ihre kahlen Äste anklagend gen Himmel. Und wenn es dann zusätzlich ununterbrochen regnet, verabschiedet sich selbst die allerletzte Rose, die bis dahin immer noch beharrlich eine einzige Blüte zeigte.

Das ist genau der große Augenblick, wo manche Zimmerpflanze wieder in den Vordergrund rückt. Nur ist das mit dem »Rücken« so eine Sache. Speziell Kakteen sollen da ihren eigenen stacheligen Kopf besitzen und mitunter sehr trotzig reagieren.

Im vergangenen Jahr beispielsweise hatte ich mich schon wie doll auf eine rosarote Blütenpracht meines »Weihnachtskaktus« gefreut, weil jener bereits an seinen sämtlichen Spitzen und Enden reichlich kleine Knospen angesetzt hatte.

Aus irgendeinem kühlen Grunde hatte ich mich aber entschlossen, ausgerechnet in dieser Zeit, vielleicht zu Ehren des großen Festes, was bevorstand, einmal wieder Fenster zu putzen. Zu diesem reinlichen Zwecke erlaubte ich mir, den Kaktus von links nach rechts, beziehungsweise ein ziemliches Stück weg von seinem üblichen Platz stehen zu lassen.

Wenige Tage später präsentierte sich dann die Bescherung.

Alle hoffnungsvollen Knöspchen kullerten, kleinen hilflosen Perlen gleich, vor mir auf dem Fußboden herum.

Wie heißt es da im Fernsehen immer:

»Über Risiken und Nebenwirkungen lesen sie die Packungsbeilage, oder fragen Sie Ihren Arzt oder Apotheker.«

In diesem speziellen Fall fragte ich meinen Gärtner.

Im ersten Moment dachte ich, der sei Hellseher, ich fühlte mich richtig beobachtet, denn er sagte mir auf den Kopf zu, daß ich Fenster geputzt hätte und die arme Pflanze an einen anderen Platz gestellt hätte. In ein paar knappen Sätzen machte er mir dann klar, daß Pflanzen als Lebewesen zu betrachten seien und mitunter sehr sensibel reagieren.

Kein Wunder also, daß ich jetzt vor ein paar Tagen, als sich der erste Knospenansatz zeigte, den Standort dieser Pflanze hermetisch abriegelte. Jeder, der es auch nur wagte, in ihrer Nähe zu husten, hatte nichts mehr zu lachen. Denn nicht noch einmal wollte ich ein herrliches Blütenwunder verpassen.

Na ja, von dem Umstand abgesehen, daß die Familie sich seitdem nur noch auf Zehenspitzen bewegt, Gespräche in einem gedämpften Flüsterton ablaufen und selbst der Fernseher nicht mehr so laut dudelt, genießen wir einen Blütenzauber, den die Welt noch nicht gesehen hat.

Einhundertvierundzwanzig Blüten haben wir bereits gezählt, und jeden Tag zeigt sich hier und da ein neues »Knöpfchen«.

Als meine Nachbarin beim Anblick dieser Schönheit meinte:

»Damit müßten Sie auf eine Ausstellung gehen«, bekam ich fast einen hysterischen Anfall, denn dann wäre wohl wirklich die Pracht sehr schnell dahin.

Kampf mit dem Bazillenheer

Jetzt heißt es die geblümten Kleidchen einmotten und die dicken Wintermäntel bereithalten, denn kalte, feuchte Luft kann bei ausgiebigen Spaziergängen oder letzten Gartenaktionen dem zarten, von einem langen Sommer verwöhnten Körper verheerenden Schaden zufügen.

»Hatschi!«

»Gesundheit!«

So fängt es meistens an. Doch kommen diese guten Wünsche zu spät, da bereits diverse Kälteschauer den sowieso schon streßgeplagten Körper gefährlich durcheinanderschütteln. Selbst der verzweifelte Griff zu Grogs und starken Schnäpsen bringt keine Hilfe mehr. Auch sogenannte Roßkuren wie beißendes Salzwasser durch die Nase ziehen und vierundzwanzig Saunagänge an einem Stück bringen kaum eine Wende.

Denn wenn so ein ruppiges Bazillenheer mit seinen winzigen Füßchen erst einmal Fuß gefaßt hat, dann ist es nicht mehr zu stoppen. Im Gleichschritt marsch belagert es eins, zwei, drei fix den gesamten Körper.

Völlig apathisch und mit einem vom hochprozentigen Alkohol umnebelten Verstand verkriecht man sich unter dem Schutz einer riesigen Wärmflasche in die Ritzen seines gemütlichen Sofas. Alle Ansprüche, die man bisher im übermütigen Zustand klarer Gesundheit an das Leben gestellt hatte, werden total bedeutungslos.

Bei der Garderobe fängt es an, denn Eleganz wird alsbald zum Fremdwort deklariert. Wer möchte auch schon in einem rückenfreien Flitterkleid von einer Party auf die andere flattern, wenn Millionen Bakterien in sämtlichen Schleimhäuten kribbeln und krabbeln? Ein großer, mächtiger Pullover, ein dicker Schal, ordentlich warme, möglichst grobmaschige Sokken und überhaupt viel warme Wolle, nichts als Wolle überall, sind plötzlich sehr gefragt.

Der Traum von großen Reisen in die Karibik mit Baden im Meer schnurrt auf friedliches Plätschern krebsroter Füße in einem Eimer voll fast kochendem Wasser zurück.

Das ganze Gefummel und Getue um die Künste französischer Küche gehört im Nu der Vergangenheit an und wird von etlichen Tassen heißer Zitrone und heißer Milch mit Honig im Wechsel abgelöst. Ein warmes Nudelsüppchen aus der Tüte wird schon als gehobene Köstlichkeit empfunden.

Figurprobleme rutschen völlig unter den Tisch, das einzige Körperteil, das noch interessiert, ist die Nase. Alles Denken und Tun konzentriert sich nur noch auf dieses triefende, rotgeriebene Körperteil und entwickelt sich besonders nachts, wenn man keine Luft bekommt, zum Zentrum des Daseins überhaupt.

Eine Woche lang dauert dieser Zustand, dann steigt man wie neugeboren aus einem Berg zerknüddelter Tempotaschentücher, ähnliche wie Phönix aus der Asche, in das normale Leben wieder auf.

»Hatschi!«

»Gesundheit!«

Jetzt hat es mich doch glatt erwischt!

Finger-Kollektionen

Der Winter hat zwar erst ganz leise, aber dafür kältemäßig deutlich seine Fühler im Hinterland ausgestreckt.

Rauhreif zierte schon an manchem Morgen Bäume, Wiesen und Sträucher, und als ich gestern einen längeren Spaziergang wagte, mußte ich meine zarten nackten Hände sehr bald links und rechts in meinen Ärmeln verschwinden lassen.

Kein Wunder, denn meine Manteltaschen waren voller Äpfel, die sich noch hier und da am Wegesrand fanden, und ich hatte natürlich keine Handschuhe an. Wie das in einem geordneten Haushalt vielfach üblich ist, konnte ich nämlich meine winterliche Kollektion diverser Finger- und Fausthandschuhe nicht sogleich finden, die ich den Sommer über wohl in irgendeiner Ecke vorsorglich eingemottet hatte. Dafür durfte ich jetzt meine reichhaltige Sammlung an Sommerhandschuhen in eine Schublade packen.

Wer nun glaubt, es handele sich dabei um kleine, spitzenverbrämte, hauchzarte Gebilde oder um wertvolle Glacéhandschuhe, wie sie auch heute noch von eleganten Damen getragen werden, der irrt!

Nicht umsonst lebe ich auf dem Lande, und da verfüge ich selbstverständlich über eine solide, derbe Kollektion unterschiedlichster Arbeitshandschuhe, wie dicke, teilweise gepolsterte Lederhandschuhe, leichte Stoffhandschuhe mit gummierten Handinnenflächen und Gummihandschuhen – selbstverständlich mit Flanell gefüttert.

Die Vielfältigkeit dieser Exemplare ergibt sich dabei aus den unterschiedlichsten Anforderungen, die ein Garten an zwei geplagte Hände stellt. Dazu muß ich sagen, daß ich von den beschriebenen Exemplaren je drei, ja sogar vier Paar vorweisen kann. Denn wie das Leben spielt, konnte ich doch stets in dem Augenblick, wo ich gerade mit sticheligen Rosenzweigen umgehen mußte, grad nur die hauchdünnen Stoff- oder Gummihandschuhe finden.

Wurde irgendwann dann unangenehme Wasserarbeit fällig, wiesen die empfindlichen Gummihandschuhe von den stacheligen Rosen dermaßen große Löcher auf, daß meine Hände bald vor Nässe trieften. Wollte ich Unkraut mit feinfühliger Stoffhand ziehen, lagen selbstverständlich nur die klobigen, unförmigen, gepolsterten Lederdinger bereit.

Dann war da so ein netter Effekt, der mich den ganzen Sommer über immer wieder erneut in Erstaunen versetzte. Jedesmal, wenn ich gerade ein neues Paar aus der Stadt mitgebracht hatte, fand sich prompt, wie aus dem Erdboden gestampft, das entsprechende Paar, das mir vorher fehlte.

Da sich diese merkwürdigen Vorgänge mehrfach wiederholt hatten, verfüge ich jetzt über einen ziemlichen Korb voll grüner, roter und grauer angeschmuddelter Gartenhandschuhe. Ähnliche Phänomene soll es ja da auch mit Rosenscheren, Zollstöcken, Schraubenziehern, handlichen Gartenschippchen, Hacken und Harken geben.

Backe, backe Brötchen

Das Auge ißt mit. Das weiß jedes Kind. Denn welch schöneren Anblick gibt es frühmorgens, als einen liebevoll gedeckten Frühstückstisch mit Eiern, Wurst, Schinken und frischen Brötchen, die uns taufrisch aus ihrem Körbchen anlachen.

Bei all diesem Genuß macht sich kaum eine Menschenseele Gedanken, wer denn diese Zauberhände sind und was sie für uns opfern, um uns mit dem begehrten Gebäck zu versorgen.

Deshalb habe ich auf sämtliche abendlichen Veranstaltungen und das Fernsehen verzichtet, mich mit den Hühnern ins Bett gelegt, um einmal mit den Bäckern aufzustehen.

Punkt 2.30 Uhr hat mein total irritierter Wecker geklingelt, denn um 3.30 Uhr hatte ich mich in der Backstube verabredet. Im ersten Augenblick war ich völlig verstört und begann, Minute für Minute mit mir selbst herumzufeilschen, noch ein bißchen liegenzubleiben. Dann mußte es sein, hinein in die Sachen und raus in die bitterkalte, sternklare Nacht.

In der Backstube in unserem kleinen Dorf angekommen, hielt man mich müde blinzelndes Individuum erst für ein Nachtgespenst. Auf den allseits frischen und ausgeschlafenen Gesichtern stand ein deutliches »Was will die denn hier?« geschrieben. Aber viel Zeit ließ man sich nicht für die Verwunderung, denn in der Knetmaschine wurden bereits ca. 15o Kilogramm Teig herumgewergelt, und die Teigteilmaschine, die gleich 30 Brötchen auf einen Schlag portionieren kann, lief schon auf vollen Touren. Der Bäckermeister, der diesen väterlichen Betrieb bereits seit vielen Jahren leitet, konnte sich lange Reden sparen, seine drei Gesellen hatten bereits alles flott im Griff. Schließlich verlassen täglich Hunderte von Brötchen und Broten die Spezialöfen, die ein Fassungsvermögen von 700 Brötchen aufweisen.

Neugierig habe ich überall herumgeschnüffelt und in die riesigen Backschüsseln geguckt.

Ich habe den Stüpfler kennengelernt, der die bezaubernde Rosette in die runden Brötchen druckt, habe gesehen, wie lange Semmeln noch von Hand geformt werden. Außerdem habe ich festgestellt, daß die Jungs trotz der frühen Morgenstunde wirklich mit Lust und guter Laune an der Arbeit waren.

»Wir haben Freude an unserem Beruf«, haben sie mir wortwörtlich bestätigt, und ich konnte es mit eigenen Augen sehen.

Nur naschen durfte ich nicht, und Rezepte von den sieben Brötchen- und zehn Brotsorten wurden auch keine verraten, das ist Betriebsgeheimnis. Und irgendwann war es soweit, die ersten duftenden Bleche mit Sesam-, Mohn-, Käse-, Kümmel- und Roggenbrötchen wurden herausgezogen. In der riesigen Backstube wurde es langsam eng, denn ein Korb nach dem anderen füllte sich mit den goldgelben Köstlichkeiten.

Plötzlich zog kalter Wind in die bulligwarme Stube, man hatte die Türe zum Hof geöffnet. Kurz darauf wurden mir alle Körbe rücksichtslos vor der Nase weggezogen und in die bereitstehenden Wagen geladen, es galt, bis 7.00 Uhr sieben Filialen zu beliefern.

Da war Eile geboten.

Die Zeit war mir wie im Fluge vergangen, alle Brötchen und das Brot waren fertig. Ich war allein vom Zugucken erschöpft. Doch das war erst die erste Runde, denn jetzt ging es an die süßen Sachen. Butterkuchen, Zuckerkuchen, Schnekken und Quarktaschen und schließlich feine Torten standen als nächstes auf dem Programm. Ich hatte genug gesehen, leicht müde und beladen mit einer Tüte köstlicher Brötchen marschierte ich heim zu einem ungewöhnlich frühen Frühstück.

Es hat mir noch besser als sonst geschmeckt, denn nun wußte ich, aus welchen guten, kräftigen Händen sie stammten.

Wenn der Himmel weint

Das Wetter hält zur Zeit alles, was es verspricht, denn klassischer kann ein Novembertag nicht sein. Wobei der Tag kaum noch aus seinem nächtlichen Versteck richtig herauskommt. Der Himmel scheint förmlich auf unseren Köpfen zu liegen und drückt so sehr aufs Gemüt, daß einem in der Wohnung glatt die Decke auf den Kopf zu fallen droht.

Deshalb habe ich meine Gummistiefel angezogen und bin nach draußen gegangen, um dieses Wetter hautnah zu erleben. Tatsächlich konnte ich auf diese Art die Tränen des Himmels besser ertragen. Aber so traurig ist es gar nicht, wie es scheint.

Die Bäume sind teilweise noch mit goldgefärbten Blättern belaubt, der Waldboden liegt voll der schönsten Farben, und die Äste, die der Herbstwind leergefegt hat, haben sich mit glitzernden kleinen Wassertropfen geschmückt, die leise ziehende Nebelschwaden liebevoll darauf abgelegt haben.

Irgendwie führte mich mein Weg auch am Friedhof vorbei. Vielleicht, weil dieser Monat und der kommende Sonntag dem Gedenken an die Toten gewidmet sind. In unserer wilden, schnellebigen Zeit ist es sicher wichtig, daß wir uns Zeiten der Stille vorbehalten, um die Gedanken zu sammeln, die wir verdrängen oder die durch Medienduschen plattgetrampelt wurden. Deshalb, meine ich, ist ein Friedhof nicht nur ein Ort, wo wir die liebevoll gepflegten Gräber betrachten, sondern ein Platz, an dem es gelingt, in uns hineinzuhorchen, um in Anbetracht der Endlichkeit die angeblich wichtigen Dinge des Lebens abzuwägen.

Denn wenn wir erst am Grab eines lieben Menschen stehen, sind alle guten Vorsätze zu spät, die Zeit läßt sich nicht bestechen und schon gar nicht zurückdrehen. Sie ist endgültig.

Da können wir nur noch hilflos das hübsche Grabgesteck richten und hier und da ein bißchen Unkraut zupfen. In solch einem Augenblick sollte uns bewußt werden, daß die Blumen, die wir im Leben einander schenken, wichtig sind.

Ganz langsam und bedächtig verließ ich diesen Ort der Ruhe, doch irgendwie fühlte ich mich gestärkt, vielleicht weil mich das Gefühl beflügelte, daß es für manche Dinge doch nicht zu spät ist, die mir gestern noch als unüberwindlich erschienen.

Und siehe da, wie ich da bei meiner Nachbarin über den Zaun gucke, da roch es nicht nur würzig nach feinem Nachmittagskaffee und wurde geschäftig mit dem Geschirr geklappert, da entdeckte ich doch ein kleines Veilchen. Es hatte sich ein bißchen in der Jahreszeit geirrt. Ich nahm es als ein Zeichen, daß nichts hoffnungslos ist! Auch nach diesem Winter, der uns zwar noch bevorsteht, wird wieder üppiger Frühling winken.

Deshalb freute ich mich nun auf meine warme Stube, in der mir mit Sicherheit nicht mehr die Decke auf den Kopf fallen würde.

Es muß nicht immer Kaviar sein

Hin und wieder gibt es Anlässe, da werden feinste Sachen aufgefahren. Meterlange kalte Büffets belegt man mit Pasteten, Garnelen, Hummer und Schenkeln von Hühnern, Puten, Gänsen. Das Heer der Gäste stürzt sich dann beim Startschuß darauf, als hätte es sieben Tage keinen warmen Löffelstiel gegeben, bekannt unter dem Namen »Die Schlacht am kalten Büffet«. Und alle Herrlichkeit hat ganz schnell ein Ende.

Aber was eine gute Hausfrau ist, die freut sich ja, wenn es allen so gut schmeckt. Trotzdem und warum auch immer hatte ich ein Glas »russischen Kaviar«, der eigentlich als besonderer »Kick« gedacht war, meinen Gästen vorenthalten und für einen ganz außergewöhnlichen Augenblick aufgehoben. Nun, wie das manchmal ist, solche Augenblicke lassen auf sich warten, und das Gläschen schlummerte friedlich gehütet wie die »Gralskrone« im Kühlschrank. Es wurde hin und her geschoben, mußte sogar mehrmals abgeputzt werden, weil einmal genau über ihm das Kännchen mit der Kaffeesahne auskippte und ein andermal die gezuckerten Erdbeeren darübersuppten.

Doch dann war der Augenblick gekommen: Ich saß mit netten Freunden beim Glas Sekt, als ich plötzlich in die Küche abdriftete. Diese nette Stimmung verlangte nach einer Überraschung. Ich hörte schon die vielen »Ahs« und »Ohs«, wenn ich elegant diese hochkarätige Atzung servieren würde. Aber erstens kommt es anders, und zweitens, als man denkt.

Der Verschluß des Gläschens war einer dieser gezackten Blechdeckel, wie ihn manchmal Gurkengläser tragen. Ich konnte drehen, drücken, klopfen; vor Anstrengung blieb mir fast die Luft weg. Also mußte ich mein Geheimnis lüften. Ein abendfüllendes Spiel begann:

»Frauen! Seht ihr endlich ein, daß ihr uns braucht?«, prahlten die ersten »Gläschenöffner« und versuchten mit all ihren Bärenkräften, den kleine Deckel zu bewegen.

»Du mußt unten auf das Glas klopfen«, beriet man untereinander. Augen quollen aus ihren Höhlen, Adern schwollen an den Schläfen, und hochrote Köpfe brüteten über diesem kleinen Scheusal, das einfach den köstlichen Inhalt nicht hergeben wollte.

»Wir müssen in den Deckel pieken«, beschloß man, und so geschah's. Mit einem Dosenmilchpickel wurde das Loch geschlagen. Ganz zart düftelte es schon nach Kaviar aus der winzigen Öffnung.

Während das Gläschen von Mann zu Frau und wieder zu Mann gereicht wurde, lief allen bereits das Wasser im Mund zusammen.

Nun wurde die technische Phase eingeleitet. Eine Zange wurde angesetzt, und, da diese nicht reichte, eine größere. Schließlich knieten, lagen und standen drei ausgewachsene Männer vor dem Objekt und operierten mit einer Rohrzange Millimeter für Millimeter den Deckel ab.

Die Kerzen waren inzwischen heruntergebrannt, der Sekt ging zur Neige, und somit hatte diese Köstlichkeit ihren Auftritt verpaßt. Mit herabgezogenen Mundwinkeln mümmelte man auf den leicht fischig, salzig schmeckenden Perlchen herum, mit der Erkenntnis:

»Och, es muß nicht immer Kaviar sein!«

Ob ich das nächste Mal nicht doch besser Schmalzstullen reiche?

Stinkerkäse

Wenn man heutzutage durch einen Supermarkt geht, kommt man sich vor wie im berühmten Schlaraffenland. Man braucht nur dreißig Zentimeter weit die Hand auszustrecken, schon sind alle Herrlichkeiten nah.

Vorausgesetzt, man hat das nötige Geld im Säckel. Doch es braucht ja gar nicht immer Kaviar zu sein. Überhaupt konnte ich mitunter feststellen, daß gewisse Dinge gar nicht so außergewöhnlich sind, wie sie oft gepriesen werden. Kaviar beispielsweise ist mir persönlich viel zu salzig, Hummerschwanz zu trocken, Austern zu glibberig, und ein Schnepfenei rutscht mir glatt mit seiner Winzigkeit in meine rechte Zahnlücke.

Meine Schwächen liegen auf ganz anderer Ebene, die weniger in Feinschmeckerlokalen auf der Speisekarte zu finden sind. Meine Leib- und Magenspeise wird mehr in deftigen Bierkneipen unter dem vielversprechenden Titel »Handkäs mit Musik » angeboten.

Deshalb hatte ich mich neulich auch, nach diversen Blikken in reichlich gefüllte Feinschmeckertheken, prompt in der Käseecke wiedergefunden. Daselbst hatte mich allerdings nicht etwa ein disziplinierter Leerdamer oder ein feiner, frischer Holländer oder vielleicht ein Dänischer Butterkäse gereizt. Nein, mit flinkem Rollgriff hatte ich schnell und unauffällig mehrere würzige »Knirpse« und einige leicht betagte »Harzer Roller« in meinen Einkaufswagen befördert. Ich war der Meinung, ein guter Vorrat könne nie schaden. Allein der Gedanke daran, diese Köstlichkeiten mit reichlich Zwiebeln und einer kleinen, bescheidenen Knoblauchzehe zu verspeisen, ließ mir schon das Wasser im Mund zusammenlaufen. Deshalb machte ich mich schnellstens auf den Heimweg.

Doch erst einmal wurde mein Heimweg bös' an der Kasse gestoppt. Eine ziemliche Schlange hatte sich gebildet, und einige der Kunden traten schon ungeduldig von einem Bein auf das andere.

Manche beschwerten sich leise zwischen den Zähnen murmelnd: »Daß bei dem Betrieb hier nur wieder eine Kasse geöffnet ist!«

Ich konnte dem Unmut anfangs nicht beipflichten, denn ich war ja gerade erst hinzugekommen. Außerdem hatte ich Zeit.

Es war ähnlich wie bei einem Stau auf der Autobahn – hinter mir waren bereits weitere Wagen angerollt.

Während ich noch träumend die Waren in den Regalen neben mir betrachtete, merkte ich plötzlich, wie mich nach und nach komische Blicke trafen. Wobei »komisch« hier nicht der richtige Ausdruck war, ... eher vorwurfsvoll ... !

Ich schaute an mir herunter: Die Knöpfe an meinem Mantel waren alle dran, auch meine Schuhe ausnahmsweise einigermaßen geputzt. Ein verstohlener Blick auf meine Fingernägel beruhigte mich gleichermaßen, alles an mir war o. k. Aber schon roch auch ich es, ein fürchterlicher Gestank machte sich breit, ganz in meiner Nähe!

Ich schnüffelte, tatsächlich es müffelte ..., müffelte nach ... Stinkerkäse!

Oh Gott, meine Käse!

Ich bekam einen hochroten Kopf, am liebsten hätte ich mich schützend als Duftbremse über meinen Einkaufswagen gelegt. Aber bei diesem intensiven Geruch hätte das nichts genützt. Warum mußte ich auch gleich dermaßen viele kaufen.

Die Kundschaft um mich herum mied mich deutlichst und

nahm mehr und mehr Abstand von mir.

Als ich endlich an der Kasse landete, war ich vor lauter Peinlichkeit in Schweiß gebadet. Selbst die Kassiererin meinte:

»Holla, der riecht ja ordentlich!« und gab die »Knirpse« und »Roller« mit spitzen Fingern an mich weiter.

Ich glaube, so schnell habe ich noch nie die Einkaufsszene verlassen.

Aber nichtsdestoweniger habe ich es mir zu Hause gründlich schmecken lassen.

Selbst ist die Frau

So ein Landleben ist ja wunderbar beschaulich und voller Ruhe, um die uns mancher Großstädter gründlich beneidet. Aber alles im Leben hat seinen Preis, und deshalb stehen wir manchmal ganz schön im Abseits, wenn es darum geht, irgendeinen außergewöhnlichen Einkauf zu tätigen.

Trotz und alledem ist dies kein Grund dafür, schmollend die berühmten Koffer zu packen und die ländliche Idylle zu verlassen. Denn die stets vorwärtsstrebende Geschäftswelt hat bereits seit vielen Jahren diese Lücke erkannt und ein riesiges Imperium von Versandgeschäften aufgebaut. Tagtäglich werden wir deshalb mit kunterbunten Katalogen zugeschmissen.

Beim Durchforsten solcher oft schwergewichtigen Werke kommen wir aus dem Staunen nicht mehr raus. Und wenn wir uns auch nicht alles leisten können, schlagen wir doch hin und wieder zu und bestellen einen Pullover, der weich, weiß und flauschig genau unseren Geschmack getroffen hat. Oder ein herrlich weites, duftiges, luftiges Kleid, in dem sich wohlig ein braungebranntes Mannequin am weißen Strand unter Palmen räkelt.

Doch wenn wir dann endlich das langersehnte Paket auspacken, ist plötzlich der traumhafte Pulli zu einem kläglichen grauen Etwas zusammengeschmolzen, und das duftige Kleid entpuppt sich als eine geblümte brettartige Kittelschürze, die nicht mal bei orkanartigen Stürmen flattern würde.

Ähnlich war meine Enttäuschung neulich, als ich eine sogenannte Blumentreppe für meinen Wintergarten in Empfang nahm. Auf dem Foto im Katalog erschien mir das hübsche Gestell groß, geräumig und ausreichend für mindestens siebzehn Blumentöpfe. Als mir der Postbote schließlich ein mickeriges, flaches Paketchen überreichte, dachte ich erst, es handelte sich um einen Irrtum.

Zögernd und gleichzeitig neugierig packte ich die Geschichte aus. Mein Erstaunen war grenzenlos, kullerten mir doch vierundvierzig sauber numerierte Einzelteile plus einem prallgefüllten Säckchen Schrauben dazu entgegen.

Nach einem gründlichen Blick in die Gebrauchsanweisung verstand ich eigentlich nur Bahnhof. Denn wenn ich ehrlich sein soll, war im Katalog kein Wort davon erwähnt, daß es sich beim Kauf dieser Treppe um die Prüfungsaufgabe eines Heimwerkerabiturs handelte.

Im ersten Augenblick konnte ich der Versuchung kaum widerstehen, das Ding sofort wieder einzupacken und im wahrsten Sinne des Wortes postwendend zurückzuschicken. Aber nachdem ich die ersten drei Teile, zwar erst zögerlich, zusammengefügt hatte, packte mich ein merkwürdiger Ehrgeiz, dies Ding zu bezwingen.

Stange für Stange und Schraube für Schraube fügte ich laut Plan an- und ineinander. Klemmte mir dabei unaufhörlich mit der Zange die Finger, schraubte auf, schraubte zu, lag mal unter, in oder neben der Treppe, kurzum, ich kämpfte mit Händen, Füßen, meinem ganzen Körper.

Keuchend und in Schweiß gebadet stand ich schließlich vor meinem Werk. Allerdings, wie geplant siebzehn Töpfe darauf abzustellen, blieb ewiglich ein Traum.

Höchstenfalls ein Gummibaum, zwei winzige Parmaveilchen und ein schlanker Gartenzwerg hatten darauf Platz. Zaghaft blätterte ich noch einmal im Katalog und schlug die entsprechende Seite auf. Ratlos stellte ich fest, das Foto entsprach absolut nicht der Wirklichkeit.

Aber was sollte ich machen? Etwa alles wieder auseinanderbauen? Um keinen Preis!

Schließlich habe ich die Töpfe ein bißchen zusammengerückt, und wenn ich ganz ehrlich bin, habe ich mich an die zierliche Blumentreppe gewöhnt und finde sie inzwischen sogar sehr nett.

Sturm und Stille

Was Emanzipation anbelangt, ist ja hier auf der guten Mutter Erde alles geregelt. Frauen haben sie, und die Männerwelt bemüht sich langsam wieder darum.

Allein über den Wolken scheint diesbezüglich noch ein ganz schönes Durcheinander zu herrschen, denn die alte Frau Holle ist wirklich nicht mehr das, was sie mal war. Dort, wo sie früher mit kräftigen Armen dicke Schneeflockenkissen ausgeschüttet hat, bröselt sie heute nur noch spärlich mit einem himmlischen Salzstreuer kleine Schneeschauer über das Hinterland.

Vielleicht hat sie sogar vollkommen ihre gesellschaftliche Stellung und alten Erziehungsmuster aufgegeben und ruht sich lieber wohlig räkelnd auf den Bahamas aus, anstatt mit klammkalten Händen dauernd Schneewolken zu entleeren.

Wie auch immer die Indisposition der Frau Holle geartet sein mag, für den Sturm war diese Winterlücke auf jeden Fall ein gefundenes Fressen. Er tobte sich in der letzten Woche dermaßen aus, daß einem angst und bange werden konnte. Manche Nacht habe ich senkrecht im Bett gesessen und sein wildes Konzert gehört, an Schlaf war ja wohl kaum zu denken.

Wie hat er getobt und an Türen und Fenstern gerüttelt, da mußte man schon Nerven wie Drahtseile haben, um darüber hinwegzuhören. Selbst dickste Bäume hat er unaufhörlich nach allen Seiten gebogen und gemeinerweise auch versucht zu knicken.

Dicke Böen sind so kräftig auf Mauern und Fenster geprallt, daß ich selbst am Tag in Deckung gegangen bin, weil ich dachte, das ganze Haus würde ein Stück zur Seite geschoben.

Die Fußmatte von meiner Eingangstür segelte irgendwann hilflos winkend am Wohnzimmerfenster vorbei, Kienäpfel von der Tanne nebenan prasselten gegen die Scheiben, und eine alte Holzkiste kullerte laut rumpelnd auf der Terrasse hin und her. Dazu klatschte sintflutartiger Regen herab, daß einem allein auf dem Weg zum Mülleimer schon Schwimmhäute wachsen konnten.

Zu allem Überfluß platzte mir auch noch diese entsetzlich dünne Tüte, und der gesamte kunterbunte Abfall wirbelte plötzlich durch die Luft.

Hüpfend wie ein Floh auf heißer Herdplatte versuchte ich, alles wieder einzufangen. Vergeblich – mit nur halbvollem Beutel kam ich beim Mülleimer an. Um das Maß voll zu machen, schlug mir prompt der Deckel von der Tonne um die

Ohren. Den Deckel dann wieder zu schließen, kam einem ausgewachsenen Kampf mit den Naturgewalten gleich, so stark stemmte sich Böe auf Böe dagegen. Als ich endlich wieder in den sicheren Mauern meines Hauses landete, war ich durch und durch naß und zerzaust, als hätte ich ein ganzes Feld alleine bearbeitet.

Kurzum: Schrecklich anstrengend war dieser Sturm. Da ist mir diese Stille doch lieber, selbst wenn die alte Mutter Holle nur lustlos herumbröselt und sich auf zarten Zuckerguß beschränkt.

Vielleicht überlegt sie sich ja alles noch einmal mit der Emanzipation. Denn eigentlich hat sie doch eine vollkommen selbständige, von aller Welt anerkannte Stellung. Meine Nachbarskinder würden nämlich zu gern mal wieder einen Schneemann bauen, haben sie mir verraten, als sie letztlich bei mir waren ...

Großmutters Rezept

Also, ich möchte hier mal ganz zart bemerken: Dauert der Weihnachtsrummel nicht irgendwie zu lang? Wird die Stimmung nicht gründlich verwässert, wenn einem schon seit Wochen Weihnachtsmänner, Weihnachtssterne und Weihnachtsbäume um die Ohren wedeln? Auch verläuft sich mein Gefühl für die »Stille Zeit«, wenn pausenlos Melodien wie »Schneeflöckchen, Weißröckchen« und »Kling, Glöckchen, klingelingeling« den täglichen Einkauf bedudeln.

Dabei sind solche Lieder eigentlich für die heilige, knisternde Stimmung am Weinachtsbaum gedacht.

Zudem wollen mir die Aachener Printen und Nürnberger Lebkuchen, die bereits seit Mitte September zum Tee geknabbert werden, irgendwann absolut nicht mehr schmecken.

Deshalb habe ich mir die Mühe gemacht und nach einem uralten Spezialrezept meiner Großmutter feine Butterplätzchen gebacken. Ein edles Gebäck, das mir, zumindest in meiner Erinnerung, ganz zart auf der Zunge zerflossen ist. Natürlich war mir der Zettel mit den Zutaten abhanden gekommen, deshalb improvisierte ich frei Schnauze. Eine ganz einfache Sache, diese Kekse! Wurden Eier, Butter, Mehl und Zucker gut vermengt und ausgerollt, ließen sich herrliche Herzen, Sterne und Halbmonde ausstechen und sogar ohne Backpapier auf ein Blech sortieren. Kaum in den Ofen geschoben, erhob sich ein wunderbarer Duft durch alle Räume, knisterte die Luft erwartungsvoll bis zur Fertigstellung dieser Köstlichkeit.

Und bald klimperten die noch heißen Buttertaler in die bereitgestellte Schüssel. Ich allerdings hatte große Mühe, die betonartig am Blech haftenden Kekse mit Messer, Hammer und Meißel zu lösen

In Windeseile hatte ich das nächste Blech belegt und in den Ofen geschoben. Während es erneut brutzelte und duftete, begann ich, wie ein hungriger Tiger um die Schüssel mit den fertigen Keksen herumzuschleichen.

Und wie sollte es anders sein, fing ich an zu naschen und biß in den ersten Keks hinein.

Irgend was stimmte da nicht, denn das edle Backwerk war dermaßen hart, daß ich Angst um meine Zähne bekam.

Na ja, so gesehen, kann die Weihnachtszeit gar nicht lange genug dauern, denn dann habe ich eine ganze Weile Zeit zu üben, bis meine Kekse Großmutters Qualität erreichen.

Gestern allerdings bekam ich einen absoluten Schock!

Während ich mal wieder in der süßen Abteilung ein paar Printen aussuchen wollte, lag doch da ein ganzer Karton Schokoladeneier in fröhlicher »Frühlingsblümchenpapierverpackung«. Das kann doch nicht wahr sein, dachte ich, jetzt überlappen Ostern und Weihnachten bereits im Dezember.

Mein Entsetzen war grenzenlos.

Aber als ich näher hinschaute, stand in großen Lettern »Weihnachtseier« drauf.

Na ja, da war ich ja dann wieder beruhigt, es soll ja auch Schneehasen geben, oder ist das eine andere Abteilung?

Alles hat seinen Preis

Alles im Leben hat seinen Preis und ganz besonders Weihnachtsgeschenke. Doch egal, wieviel oder wenig man für ein Geschenk bezahlt hat. Es gehört sich nicht, das Preisschild an dem Geschenk zu lassen. Aber mancher tut's trotzdem. Bei uns tat so etwas immer die Tante Erni. Sie konnte es nicht lassen! Vielleicht sollten wir alle sehen, was für eine spendable Frau sie war?

Egal, ob Weihnachten oder zum Geburtstag mußte man feststellen:

»Aber Tante Erni, so viel Geld solltest du nicht ausgeben!«

»Ach je, das tut mir aber leid, habe ich wieder vergessen, den Preis abzumachen. So viel war das ja gar nicht. Bei meiner Rente kann ich schon mal was für meine Nichten tun«, steckte sie dann stets leicht errötend die alljährliche belobigende Preisfeststellung ein. Dazu muß man sagen, daß sie wirklich stets Brauchbares geschenkt hat, und das will schon was heißen.

Außerdem kann ich meine Tante, nach dem, was mir passiert ist, direkt verstehen, daß sie sich nicht um diese lästigen Preisschilder gekümmert hat.

Denn kaum einer kann sich vorstellen, wie hartnäckig sich diese Dinger an den Geschenken festhalten.

Neulich hatte ich für meine Nichten ein schönes Tagebuch gekauft. Ganz zauberhaft, mit rosenverziertem, hochglänzendem Pappeinband und fliederfarbenem Leinenrücken.

Gerade, als ich die wertvollen Büchlein in noch kostbareres Papier mit Schnüren und Bändchen packen will, entdecke ich doch den knatschorangen Preisaufkleber. Ich bekomme ihn auch gleich an einer winzigen Ecke zu fassen, und da ja immer alles schnell gehen soll, hatte ich ihn schon in der Hand.

Und nicht nur ihn, ein Stück von dem hauchzarten Roseneinband hing gleich leicht flatternd hintendran. Leuchtend weiß strahlte mir ein großer weißer Strich entgegen, grad', als hätte ein Blitz in dieses Buch eingeschlagen. Um zu prüfen, ob das der Wirklichkeit entsprach, legte ich Preisaufkleber samt Rosenfähnchen wieder drauf. Es paßte!

Ein flinker Griff zur Klebeflasche brachte keine Rettung. Dieses Tagebuch war lediglich noch für den Eigenbedarf zu gebrauchen.

Beim zweiten Exemplar schlich ich mich ganz vorsichtig mit einem scharfen Messerchen und lösenden Tinkturen heran. Mit dem Erfolg, daß an einer gewissen Stelle sämtlicher Lack abblätterte und ein stumpfes Loch den Einband störte. Also, Tagebücher kann ich jetzt reichlich führen.

Und da Teddys zur Zeit wieder »in« sind, habe ich mich für diese Kuscheltiere entschlossen. Da gingen bei der Preisabnahme nur ein paar Haare vom Fell verloren, und das Firmenschild als Knopf im Ohr blieb dran, das ist sogar noch schrecklich schick.

Somit hat meine Tante Erni jetzt mein volles Verständnis.

Advent, Advent ...

Heute habe ich ganz schnell alle Weihnachtsherrlichkeiten vom Boden geholt, um meinen Adventskranz zu schmücken: Schleifen, Kugeln, kleine Engelchen, die sich auf goldenen Wolken lümmeln, denn morgen ist doch der erste Advent. Ich weiß nicht, weshalb, aber immer zur Weihnachtszeit werden Bilder aus meiner Kindheit in mir wach. Und da ich eine sehr glückliche Kindheit hatte, sind es natürlich auch glückliche Bilder.

Ich hatte immer das Gefühl, in dieser Zeit sei die ganze Welt in einen ganz besonderen Glanz gehüllt, weil dauernd irgendwelche geheimnisvollen Botschaften vom Himmel herabrieselten.

Der Weihnachtsmann kam beispielsweise mit einem riesigen Schlitten direkt vom Himmel runtergerutscht, das Christkind schwebte mit großen glänzenden Flügeln bis in die Stuben hinein, deshalb war mir der Himmel dann nah wie nie zuvor. Vielleicht hole ich mir, indem ich in meiner Wohnung alles weihnachtlich schmücke, etwas von dem Glanz der Kindheit zurück und fühle mich auf irgendeine Art wundersam geborgen.

Denn als Kind geborgen zu sein, ist wohl sehr wichtig, denn Kinder sind hilflos.

Aber als ich diesmal meine Kerze für den ersten Advent an meinem prächtigen Adventskranz schon mal probeweise anzündete, wollte gar nichts von dem Glanz der Vergangenheit in mir hochkommen.

Vielleicht kann ich die Bilder, die uns tagtäglich über die Medien ins Haus geschickt werden, einfach nicht vergessen: Wie Tausende von Kindern bis aufs Skelett abgemagert vor sich hin dämmern und in den Armen ihrer ebenso hilflosen Eltern sterben. Von Kindern, die zerschossen aus den Wirren irgendwelcher sinnloser Kriege übrigbleiben, von Kindern, die perversen Absonderlichkeiten ausgesetzt sind oder von Kindern, die vergessen im Drogenrausch ihr Leben im Rinnstein fristen.

Deshalb habe ich meine Kerze wieder ausgepustet, denn ich kann diese Fülle von Elend kaum noch verdrängen, nicht mehr vergessen. Ich habe nur noch das Bedürfnis zu helfen. Aber wie? Eine Geldspende? Dazu habe ich kein Vertrauen mehr, denn zu viele skrupellose Menschen haben sich bereits an solchen Geldern, der Not anderer bereichert und es ihren eigenen Leuten vorenthalten.

Sachspenden, wie Kleiderspenden vielleicht?

Da habe ich erst ein jüngstes Erlebnis hinter mir, denn als ich vor ein paar Tagen auf einem Kamelmarkt in Tunesien herumbummelte, fand ich zwar keine Kamele mehr, aber dafür mindestens dreißig Händler, die haufenweis gebrauchte Garderobe aus Deutschland für teures Geld anboten. Eine verwaschene Kinderstrumpfhose zwei Dinar (3,40 DM) bei Monatslöhnen, die sich um 250,- DM herum bewegen. Dabei handelt es sich bei Tunesien noch um ein gutversorgtes Land, denn die Grundnahrungsmittel wie Gemüse, Obst, Kartoffeln und Brot sind sehr preiswert, niemand muß hungern oder frieren.

Aber bei dem Gedanken, daß diese Kleidung ja als Geschenk für absolut hilflose Menschen in größter Not gedacht war, verstand ich die Welt nicht mehr.

Deshalb habe ich meine Kerze dann doch wieder angezündet, denn diese Welt braucht Licht, ich möchte mich sogar erdreisten, zu sagen: Erleuchtung!

Denn Weihnachten macht wohl kaum Spaß, wenn so wenig Kinderaugen auf dieser Welt freudig glänzen und strahlen.

Wer sucht, der findet

Die vorweihnachtliche Zeit soll ja eigentlich eine Zeit der Ruhe und Besinnung sein, denn immerhin bereiten wir uns auf das Fest der Liebe vor. Aber aus irgendeinem unerklärlichen Grund kommt insbesondere die Ruhe nicht ganz zum Zuge. Denn wenn wir uns auch vorgenommen haben, daß wir zu diesem Fest nicht mehr soviel Aufwand wie bisher betreiben – mit großen Geschenken, einem üppigen Weihnachtsbaum und schwerem fetten Gänsebraten – so wollen wir es trotzdem noch recht gediegen haben. Vielleicht mit einem schlichten Weihnachtsbaum, winzigen Geschenken und einer schlanken Flugente. Na ja, und wenn es nicht reicht am zweiten Weihnachtstag, eventuell noch ein delikates französisches Maismasthähnchen. Oder man könnte sich ja mal was Originelles zum Nachtisch einfallen lassen. Statt des üblichen Vanillepuddings bereitet man ein Mousse au Chocolat, Birne Helene oder gar Creme Caramel vor. Nebenbei gesagt ein ziemliches Gefummel.

Auf jeden Fall mausert sich im Nu die spartanisch angelegte »Weihnachtsfestvariation« zu größerem, wie gehabtem Aufwand. Und eh man sich versieht, ist man im absoluten Einkaufsstreß. Man saust durch sämtliche gutsortierten Lebensmittelabteilungen, um all die Herrlichkeiten zusammenzutragen. Wünscht eilig hier und da noch ein frohes Fest und hakt eine Besorgung nach der anderen auf dem meterlangen Einkaufszettel ab. Denn ob kleine oder große Geschenke, ob kleines oder großes Essen, gekauft muß werden.

Da wird Zeit zur Kostbarkeit!

Zu Hause angekommen, muß dann die ganze Fuhre ausgeladen werden. Dies alles kann man noch gut, selbst im Eiltempo, verkraften. Allerdings in dem Augenblick, wo man vor der Haustüre wie selbstverständlich in die Manteltasche greift, ohne den begehrten Schlüssel zu erwischen, wird mancher zum vorweihnachtlichen Hirsch.

Meister des autogenen Trainings beherrschen in solchen Augenblicken die hohe Kunst, sich selbst mit lauten eindringlichen Worten in wohlerzogene Gelassenheit zu hüllen: »Tief durchatmen, ganz ruhig! Der Schlüssel wird zuunterst im Korb liegen!«

Doch spätestens, wenn Mehl, Zucker, Eier, Butter, Käse bereits verstreut vor der Haustüre liegen und nichts von dem metallenen Objekt zu sehen ist, ist Schluß!

Mit fürchterlichen Flüchen, bei denen sich das Christkind erschrocken von uns abwenden würde, durchwühlen wir alle Taschen, Sitze und Ecken im und um das Auto herum. Völlig entnervt finden wir ihn schließlich in irgendeinem Beutel zwischen dem Gemüse. Wie er dahinkommen konnte, weiß der Himmel! Doch der hat sich ja wohl grad' von uns abgewandt. Auf jeden Fall schwören wir uns, während wir zähneknirschend die Haustüre aufschließen, heiß und innig, daß wir im nächsten Jahr eine Reise nach Madeira buchen! Da wird man wenigstens von vorne bis hinten bedient und kann das Fest in Ruhe genießen.

Geschenke selbst gemacht

Eigentlich bin ich ein Spezialist für Erledigungen in letzter Minute. Doch manche Sachen verlangen einfach danach, mit Ruhe und Bedacht abgewickelt zu werden. Wie zum Beispiel der Einkauf diverser Weihnachtsgeschenke. Insbesondere, wo in der heutigen Zeit kein Mensch mehr Geschenke gebrauchen kann, denn eigentlich haben alle alles. Da nützt kein Kopfzerbrechen im stillen Kämmerlein, dabei kommt nur ein verzweifeltes Nägelkauen heraus. Man muß sich schon in die schillernde, glitzernde Kaufhauswelt begeben, um über besonders originelle oder sehr praktikable Dinge für Nichten, Neffen, Schwager und Schwägerinnen zu stolpern. Keine großen Geschenke, doch dermaßen groß, daß sie zumindest in dem Wust der weihnachtlichen Überraschungen so auffallen, daß die gute verwandtschaftliche Beziehung für das nächste Jahr gesichert blieb.

Wo sonst liegt der Grund für diese Schenkungen, die man meist im gleichen Wert wieder zurückerhält? Wie auch immer – ich beschloß, mich auf den Weg zu machen.

Ganz früh am Morgen wollte ich losfahren, da konnte ich gemütlich den Tag über schauen und kaufen.

Leider hatte ich mir sehr unwirtliche Wetterverhältnisse ausgesucht, denn als ich zu meinem Auto kam, mußte ich erst einmal das Eis von allen Fenstern kratzen. Während dieser Zeremonie holte ich mir derart kalte Hände, Füße, Rücken, Nase und Ohren, daß ich fix noch einmal ins Haus zurücklief und meinen Trenchcoat gegen den Webpelz austauschte. Anstatt der Pumps griff ich zu dick gefütterten Stiefeln, band mir schnell einen Schal um und setzte eine Mütze auf. Mir war gleich wohler. Ich hätte nur noch das Gedicht: »Dort draußen vom Walde komm ich her ...«, aufsagen müssen, und jeder hätte mich für den Weihnachtsmann gehalten. Nur Handschuhe hatte ich zu meinem Anputz vergessen, dabei war es im Auto so klirrend kalt, daß meine Hände beinahe an dem scheinbar tiefgefrorenen Lenkrad festklebten.

Aber wozu hat ein Auto eine Heizung? Schön durchwärmt erreichte ich die Stadt und stürzte mich auch gleich in das bunte lichtdurchflutete Kaufhausgewimmel, überzeugt davon, in diesem riesigen Warenangebot alles zu finden.

Doch an die Stille der Wälder und die himmlische Weite der Felder und Wiesen gewöhnt, verwirrte mich sehr bald der Trubel auf so engem Raum, und mir wurde schwindelig, als würde ich Karussell fahren. Außerdem hatte man gut geheizt. Schließlich stand mir der dicke Schweiß auf der Stirn.

Verzweifelt riß ich mir die Mütze vom Kopf und band meinen kuscheligen Schal ab.

Da mein Zustand sich um keinen Deut besserte, zog ich den dicken Mantel aus. Beinahe hätte ich noch Socken und Stiefel geopfert und wäre glatt barfuß durch die Etagen marschiert. Diesen Enthüllungsprozeß verkniff ich mir allerdings und spendierte mir dafür einen großen Orangensaft in einer gemütlichen Cafeteria.

Ich war vollkommen fertig, deshalb beschloß ich, gleich wieder nach Hause zu fahren. Aber zielstrebig und mit letzter Kraft schleppte ich mich schnell noch in die Buchabteilung und kaufte ein dickes Exemplar mit dem Titel »Die schönsten Geschenke zum Selbermachen«. Glücklich über diese lebensrettende Idee flitzte ich in Windeseile heim. Nun bastle, male, sticke und stricke ich, daß die Fetzen fliegen, denn Weihnachten steht vor der Tür.

Au Backe – mein Zahn

Nun, nachdem alle Garten-, Feld und Waldarbeit ein Ende hat, die Uhren schon lange wieder mit Volldampf in der Winterzeit ticken, sollte man schon mal einen zaghaften Blick auf den Kalender wagen. In präzise zwei Monaten ist nämlich »Heiliger Abend«. In den Geschäften, speziell, wo es schon seit Wochen glitzernde Zuckerkringel, Luisenlebkuchen und Schokoladenherzen gibt, kann man sich kaum noch an den Tatsachen vorbeimogeln.

Auch ich nicht. Kaum hatte ich mich versehen, lagen diverse herrlich duftende Kekspakete in meinem Einkaufswagen.

Alles im Auto verstaut, konnte ich mich nicht zurückhalten, eine von den Tüten aufzupulen, um von den vorweihnachtlichen Überraschungen ein klein wenig zu naschen. Köstlich, würzig, verhieß mir der erste Biß. Ein wenig süß, der zweite, doch, welch ein Schmerz, sprang ich beim dritten jammernd in die Höhe.

Eine winzige, empfindliche Stelle in der rechten oberen Zahnreihe, die schon während der Süßkirschenernte und beim gezuckerten Pflaumenkuchen gelegentlich ebenso deutlich auf sich aufmerksam gemacht hatte, veranlaßte mich, erst einmal sämtliche Kekse fallen zu lassen.

Tausend gute Ratschläge aus meiner näheren Umgebung wie: »Kühl doch mal mit Eis«, oder »... mach dir einen Wollschal drum!« oder »...beträufele den Zahn mit Nelkenöl«, brachten keine Linderung.

Allein der Rat: »Am besten gehst du morgen zum Zahnarzt!« schien mir Besserung zu verheißen, insbesondere, da ich die ganze Nacht kaum ein Auge schließen konnte.

Ohne den Wecker zu stellen, stand ich bereits zu Sprechstundenbeginn mit puckerndem Zahn auf der Praxisschwelle. In diesem Augenblick war ich zu allem bereit. Von mir aus hätte man ziehen, bohren, schneiden und rupfen können, soviel man wollte, wenn nur dieser Schmerz ein Ende gehabt hätte. Doch wie das Schicksal so spielt, war ich nicht allein mit meiner Pein, trotz früher Morgenstunde mußte ich warten, bis ich an der Reihe war.

So umschwirrte sehr bald ein breites Spektrum an Behandlungsgeräuschen, wie beispielsweise lautes, spitzes Bohrerfiepen und ein paar »Ohs« und »Aus« meine hochempfindlich gewordenen Ohren. Deshalb fielen sehr bald meine mutigen Vorsätze in sich zusammen, und meinem Zahn verging vor lauter Schreck der Schmerz. Ich war plötzlich vollkommen schmerzlos, so daß ich mich ernsthaft fragte, was ich eigentlich in diesem Wartezimmer wollte.

Wirklich schmerzfrei, garantierte ich mir selbst! Ich schlug probeweise gegen meine Wange: nichts! Und gerade, als ich mir selber schwor, zum Fest auf sämtliche süßen Sachen zu verzichten und aus dem Wartezimmer schlüpfen wollte, wurde ich aufgerufen und zur Behandlung eingeladen.

Kurzum: Da war kein Entrinnen mehr möglich. Mein ganzer großer Mut schnurrte auf die Winzigkeit einer Erbse zusammen, und bangen Herzens kletterte ich auf den Behandlungsstuhl. Aber alles im Leben geht einmal vorbei, und so schlimm war es auch wieder nicht, denn mein Zahn ist wieder vollkommen o. k., und von mir aus können die Feiertage mit dem glitzernden Zuckerzeug auf mich zukommen, ich kann sorglos in alles hineinbeißen.

Der perfekte Weihnachtsbaum

Also, da kann nun einer sagen, was er will, die Vorweihnachtszeit ist die arbeitsreichste Zeit des Jahres: Selbst Leute, die dieses Fest ignorieren wollen (»Pah, wir machen zu Weihnachten gar nichts!«), geraten fürchterlich in Streß, weil sie ihrer Aussage nicht treu bleiben und dann doch heimlich durch die Geschäfte schleichen und zumindest klitzekleine Überraschungen suchen. Das sind dann auch meist die Leute, die den letzten schon etwas zersausten Adventskranz im Supermarkt erstehen und am Heiligen Abend kurz vor Ladenschluß noch einen lupenreinen Weihnachtsbaum suchen.

So im vergangenen Jahr bei einem Straßenhändler beobachtet:

Herr Meier stand schnaufend und von Kopf bis Fuß bepackt vor den kümmerlichen Resten.

»Wie, ist das alles, was Sie an Weihnachtsbäumen haben, das sind ja die allerletzten Krücken!«

»Mein Herr, es ist Heiligabend kurz vor 13.00 Uhr, da hat manche Bescherung schon begonnen!«

»Was wollen Sie denn noch für diese strubbeligen Besenstiele haben«, deutete Herr Meier mit einem seiner Päckchen auf das festliche Grün.

»20,00 DM incl. Mehrwertsteuer«, meinte der Verkäufer abschätzend.

»Das kann doch nicht ihr Ernst sein! Haben Sie sich Ihr schiefes Bündel mit der abgeknickten Spitze einmal genauer angesehen? Ganz zu schweigen von den Lücken in der Mitte, und da unten auf der rechten Seite fehlen ganz die Äste!«

»Joo«, meinte der Verkäufer sichtlich sauer über so harte Kritik an seiner Ware, zudem hatte er schon eine ganz rot gefrorene Nase und versuchte durch ständiges Hauchen, seine tiefgefrorenen Hände zu wärmen, »ich weiß, aber das können Sie mit ein paar Handgriffen wieder in die Reihe bringen.«

»Ach was?« Herrn Meier blieb vor Staunen der Mund offen stehen.

»Aber der ist ja derart schief, da rutscht das Lametta runter, und die Kugeln müssen sich anseilen, damit sie sich auf dem Baum halten können.«

»Haben sie zu Hause eine Säge und einen Bohrer?«

»Ja, hab' ich«, nickte Herr Meier, er war richtig gespannt.

»Na sehen Sie, Sie nehmen die Äste da und da weg, bohren hier und hier ein Loch und stecken sie wieder rein, und der Baum ist perfekt.«

Herr Meier hatte aufmerksam zugehört.

»Ich wollte eigentlich nur einen Weihnachtsbaum und keinen Bastelkurs belegen«, meckerte er.

»Na schön, wie Sie wollen, dann keinen Baum, ich packe jetzt ein!«

Der Händler hatte die Faxen dick, außerdem fing es auch noch leicht an zu schneien.

»Zehn Mark«, versuchte Herr Meier in letzter Sekunde noch einmal zu handeln.

»Zwanzig und keine Kopeke weniger«, entgegnete der frierende Händler und lud die letzten drei Bäume auf seinen Wagen.

»Na gut, dann geben Sie schon einen her«, kramte Meier einen Zwanzigmarkschein aus seiner Tasche, und der Handel war perfekt.

Eine Liebe in Novolsjolki

Wer kennt das nicht, die Lampe der Tankanzeige leuchtet auf und signalisiert uns freundlich, daß das Benzin demnächst zur Neige geht. Diese Tatsache ist nicht weiter schlimm, denn an jeder zweiten Ecke finden wir eine Tankstelle, und eins, zwei, drei, fix ist der Mangel behoben. Kein Wunder, denn wir leben ja auch nicht in Novolsjolki, siebzig Kilometer von Monsyr, der Hauptstadt von Weißrußland, in der Nähe von Tschernobyl. Freunde aus Gladbeck, die seit zwei Jahren Hilfskonvois nach Monsyr begleiten, haben mir neulich über ihre Erlebnisse berichtet. Das Leid in der Region um Tschernobyl ist groß, besonders das Leid der Kinder.

Da die politischen Mühlen bekanntlich sehr langsam mahlen, haben ein paar Leute in Monsyr sich zusammengetan und einen privaten Club mit dem bezeichnenden Namen »Hoffnung« gegründet, um wenigstens ein bißchen die Not zu lindern. Nur kinderreiche Familien mit mehr als drei Kindern werden aufgenommen.

Diesen Club hat ein Gladbecker Bürger auf einer Reise durch Weißrußland entdeckt und seinerseits eine Initiative »Elternkreis Tschernobyl« ins Leben gerufen. Die Gladbecker fahren nun jede Menge Hilfsgüter eigenhändig rüber, und der Club »Hoffnung« verteilt die Sachen an wirklich Bedürftige.

Auf diese Art und Weise haben sich aber auch sehr persönliche Kontakte entwickelt. Deshalb hatte sich unser Freund Klaus aus Gladbeck mit Tatjana aus Novolsjolki verabredet.

An der Motorstraße 13, Abzweig Novolsjolki, etwa um den 30. Dezember herum, hatte Klaus seiner Tatjana geschrieben, würde er dort vorbeikommen.

Alles klappte wie am Schnürchen! Als der Konvoi aus Gladbeck an besagter Stelle vorüberkam, sprang Klaus vom Lkw und nahm seine Tatjana in die Arme. Zwei Tage und zwei Nächte hatte sie bereits mit einigen Familienmitgliedern in einem geliehenen Pkw auf ihren Klaus gewartet. Und während die Hilfsgüter weiter nach Monsyr tuckerten, wurde Klaus ins tiefe russische Hinterland entführt, rund hundert Kilometer weit.

Nach drei Tagen fröhlicher Begegnung hieß es für Klaus wieder zurück an die Motorstraße 13 auf den heimatlichen Lkw. Aber so einfach war das nicht, denn selbiges Fahrzeug, welches man ja eigens für ihn organisiert hatte, war inzwischen kaputt. Ersatzteile gab es nicht. Allein ein einundzwanzig Jahre alter Lada, der in allen Fugen wackelte und krachte, bot Hilfe in letzter Sekunde. Nur handelte es sich bei ihm um einen »Benziner«, und es gab nur, wenn es was gab, Diesel, kein Benzin. Die wenigen Tankstellen, die zur Verfügung standen, waren geschlossen, weil es nichts gab.

Aber das Organisationstalent der Bevölkerung ist groß. Ein Verwandter beispielsweise brachte freudestrahlend drei ganze Liter aus einem einsamen Eckchen hervor. Nachbarn entdeckten zwei weitere Liter in ihrem spärlichen Vorrat, und auch der Direktor der Kolchose zwackte wohlwollend irgendwo ein paar Liter ab.

Somit konnte man starten. Doch zwanzig Kilometer vor der Motorstraße 13, mitten in Schnee und Eis, streikte das alte Gefährt.

Klaus sah seine westliche Heimat in weiter Ferne verrieseln. Durch klirrende Kälte schleppte man sich zu Fuß in den nächsten Ort. Der einzige fahrbare Untersatz, der dort zur Verfügung stand, war der Krankenwagen der kleinen dörflichen Region. In Anbetracht der besonderen Umstände fuhr man den »Besuch« ganz schnell bis zum heißersehnten Treffpunkt.

Nach dreieinhalbstündiger Wartezeit las ihn der Gladbecker Lkw auf.

Wiedersehen, Tatjana!

Nie wieder Krieg

Am 3. Februar nachmittags saß ich in meinem Auto, dichter Nebel hüllte die Landschaft und die Straße wie in ein graues Tuch. Mir war trotz Heizung schrecklich kalt, und ich freute mich auf mein warmes, gemütliches Zuhause.

Da kam die Nachricht im Radio, daß genau vor 50 Jahren die deutschen Truppen in Stalingrad nach Wochen schwerster Kämpfe aufgegeben hätten. Extreme Kälte, Hunger und Entkräftung hätten die Truppen zermürbt, denn versprochener Nachschub mit Verpflegung, Medikamenten und warmer Kleidung war ausgeblieben.

Bis zur letzten Patrone hätten die deutschen Truppen ausgehalten und sich schließlich ergeben.

Sicher war damals mancher Soldat traurig über die Niederlage, doch sicherlich waren viele von ihnen sehr erleichtert, daß die sinnlose Schießerei ein Ende hatte. Mancher hatte sich vielleicht im stillen bereits auf sein Zuhause gefreut. Für viele dieser Soldaten waren Überlegungen solcher Art allerdings vergeblich. Denn 90 000 marschierten geschlossen in russische Gefangenschaft. Das hieß weiter Kälte, Hunger, Überlebenskampf. Die schlichte Meldung im Radio dazu: Nur 6000 dieser Soldaten seien aus der Gefangenschaft heimgekehrt.

Diese Meldung hat mich total erschüttert. Mir wurde in diesem Augenblick das Leid der 84 000 Soldaten deutlich, die unter schrecklichsten Umständen zu Tode gekommen sein mußten.

Während mich noch tiefe Trauer um Vergangenes niederdrückte, durchzuckte es mich wie ein Blitz, daß ja Schrecknisse solcher Art durch die Vorkommnisse in Jugoslawien bereits wieder Gegenwart geworden sind.

Gestern nun saß ich bei strahlendem Sonnenschein auf meiner Bank direkt am Wald. Ich genoß die Stille, denn zumindest hier in diesem hessischen Eckchen schien mir die Welt noch in Ordnung. Ich atmete gerade tief die winterliche Landluft ein, als mich schreckliches Getöse, das förmlich vom Himmel fiel, in Deckung gehen ließ.

Um ein Haar hätte ich mich schreiend in die Büsche geschmissen. Ein paar Pferde, die gegenüber auf einer Weide friedlich gegrast hatten, liefen plötzlich völlig orientierungslos von einer Ecke in die andere.

Als ich mich vom ersten Schreck erholt hatte und einen Blick gen Himmel warf, erkannte ich die Urheber des Infernos. Ein Geschwader Düsenjäger, silbern glitzernd, übte sich in schnittigem Tiefflug.

Sie hatten sich ausgerechnet dieses stille Tal ausgesucht, um immer wieder tief und tiefer, in nicht mehr zu beschreibendem Tempo umherzuflitzen. Nachdem ich mich an den Lärm gewöhnt hatte, schaute ich bewundernd zu, denn es war beinah schön anzusehen, wie sie fast mühelos durch die Luft zischten.

Allerdings löste sich sehr bald meine Verzückung und ich kapierte: Sie übten, übten Krieg – einfach über meinen Kopf hinweg. Eine ganze Weile haben sie derart ihre Runden gedreht, um dann mit lautem Donner im dunklen Blau des Himmels zu verschwinden.

Alles war wieder wie vorher, die Sonne, der leichte Dunst der über der weiß bereiften Landschaft lag und die Ruhe.

Nur meine innere Ruhe, die war hin.

Denn wenn sich auch jetzt in Rußland die paar der übriggebliebenen Veteranen freundschaftlich die Hände schüttelten und einander versprachen: »Nie wieder Krieg«, starben gerade in diesem Augenblick wieder Menschen im Kugelhagel an den zur Zeit entbrannten Kriegsschauplätzen.

Viel haben die Menschen seit Urzeiten in den Griff bekommen, wie Kaffeemaschinen, schwarze Pocken, Telefon und Mondraketen. Nur Meinungsverschiedenheiten der Völker werden scheinbar weiter auf Steinzeitart bereinigt.

Mit solchen Gedanken blieb ich ratlos auf meiner schönen Sonnenbank sitzen und schaute den wilden Fliegern nach.

Zwischen den Jahren

Die Zeit zwischen den Jahren ist eine außergewöhnliche Zeit, die sich in keinem Abschnitt des Jahres in ähnlicher Weise wiederfindet.

Erst einmal nehmen viele Leute Urlaub, weil sich durch das Hinzukommen der Feiertage die Urlaubszeit auf wundersame Weise multipliziert und zu einem Zeitraum erholsamer Länge ausdehnt. Andere, die eigentlich keinen Urlaub haben, machen einfach welchen an ihrem Arbeitsplatz, denn so richtig will da eh nichts in Gang kommen.

(Ausgeklammert sind hier natürlich alle, die mit Listen und Zetteln zwischen Regalen umherkrauchen und zählen, zählen, zählen.)

Ansonsten wird jeder auch wichtige Anrufer damit vertröstet, daß er sich im neuen Jahr mal wieder melden soll, weil der Betrieb zur Zeit nur halb besetzt ist und die Auslieferung und manchmal sogar die Produktion nur müde vor sich hin tröpfelt.

Ganz besonderer Beliebtheit erfreuen sich zu solchen Zeiten Aufräumaktionen, die eigentlich schon das ganze Jahr über fällig gewesen wären. Viele Büroseelen verspüren dann das starke Verlangen, wenigstens, wenn schon nicht mit einer aufgeräumten Geschäftsseele, zumindest mit einem aufgeräumten Schreibtisch in das neue Jahr zu schliddern.

Und da es für manche Sachen sowieso zu spät ist, kann man sie ruhigen Gewissens in den Papierkorb gleiten lassen.

In manchen Büros sollen sogar Chefs, die sonst nur mit mißmutigem Gesicht durch die Gegend hetzen, plötzlich besinnungsvoll auftauen und ihren diversen Mitarbeitern die Hand drücken, um für die geleistete Arbeit zu danken. Dabei soll schon mal ein munter sprudelndes Gläschen Sekt gereicht worden sein.

Laut statistischer Umfrage hat ein Verhalten solcher Art allerdings Seltenheitswert.

Ganz besonderer Beliebtheit erfreuen sich bei Angestellten Silvesterempfänge am Silvesterabend beim Chef zu Hause. »Nicht einmal in seiner Freizeit hat man Ruhe vor diesem Gnietschbüdel«, wird dann geschimpft.

Da man aber bereits die langersehnte Gehaltserhöhung am Himmel des neuen Jahres winken sieht, geht man zähneknirschend hin.

Doch wenn in der Silvesternacht die Korken knallen und die funkensprühenden Raketen den Himmel erleuchten, ist aller Frust des letzten Jahres vergessen. Man fühlt sich wie neugeboren, denn ein komplettes Jahr liegt vor uns, alles Versäumte nachzuholen und vieles besser in den Griff zu kriegen.

Na dann – Prosit Neujahr!

Schwein gehabt

Silvester kann man auf vielfältigste Art feiern: Zu Hause ganz allein in aller Stille, nur in der Gesellschaft einer sprudelnden Flasche Sekt oder lautstark mit vielen Freunden und Bekannten. Wer allerdings sektfeuchte Bruderküsse links und rechts auf die Wange liebt, der zieht die zweite Version vor. Denn wenn um Mitternacht das »neue Jahr« eingeläutet wird, ist es fast überall üblich, daß sich plötzlich alle Leute küssend in die Arme fallen. Denn irgendwie hat diese Sekunde, genau an dem Punkt, wo das eine Jahr den Lebensfaden abgeknipst kriegt und in das andere schaltet, stets etwas Kribbelndes, was die Menschen innerlich aufwühlt und wohl aneinander Halt suchen läßt.

Ich habe diesen Jahreswechsel in einer ganz sonderbaren, »kribbel-krabbelnden« Gesellschaft verbracht.

Gerade, als ich mir Perlen und Glimmer ins Haar stecken wollte, denn ich war zu einer Party eingeladen, rief Bauer Heinz mich ganz aufgeregt an:

Ich solle schnellstens rüberkommen. Alma, die fröhliche Jungsau, bekäme gerade Junge.

»Du wolltest doch immer mal dabeisein und darüber schreiben«, meinte Heinz. Das entsprach der Wahrheit, und ich fand es sehr nett, daß er mich benachrichtigt hatte.

Nur kam mir das in diesem Augenblick recht ungelegen, denn ich war so gut wie umgezogen.

»Zu der Party kommst du allemal noch hin, denn das

dauert nicht mehr lange, dann geht es bei Alma los!«

»Na gut, ich komme!«

Perlen ade, stand ich bereits fünf Minuten später mit dikken Gummistiefeln im Stall. Alma lag auf blitzsauberem Stroh wie eine rosa Königin und blinzelte mich an. Ihr Atem ging sehr schwer, und ihre Gebärschmerzen waren scheinbar dermaßen groß, daß es ihr egal war, ob ich zuschaute.

Damit die Wartezeit nicht zu trocken wurde, hatte ich eine Flasche Sekt und zwei Gläser mitgebracht. So lümmelten Heinz und ich bald Sekt schlürfend über dem Gatter und lauschten dem schweren Atem, begleitet von leichtem Grunzen der werdenden Mutter. Die kleinen Schweinekinder trampelten wild und ungeduldig in Almas Bauch, denn die Bauchdecke hob und senkte sich in ständigem Wechsel.

Heinz hatte liebevoll eine Kinderstube vorbereitet und eine Ecke vom Stall abgetrennt. Damit die Babys nicht frieren, hängte er vorsorglich eine Rotlichtlampe darüber. So gesehen, war es richtig gemütlich. Und das war auch gut, denn Alma ließ sich sehr, sehr viel Zeit.

Der Sekt war bereits alle, und die besagte Party hatte mit Sicherheit ihren Höhepunkt überschritten, denn es war genau 23.55 Uhr. Draußen wurden die ersten Knaller deutlich hörbar.

23.57 Uhr, Alma grunzte plötzlich ganz laut, und schlups schaute das erste Ferkelköpfchen heraus.

»Schnök, schnök, schnök«, schnupfte und werkelte sich der kleine Kerl aus Mutters Leib heraus. Für Sekunden stand er ziemlich wackelig auf den Beinen, doch dann stakste er gleich zielstrebig auf Mutters Zitzen zu und begann kräftig zu trinken.

Die Kirchenuhr schlug zwölf, und das nächste Kind erblickte das Licht der Welt. Der Jahreswechsel war draußen in vollem Gange, Raketen zischten durch die Luft, dicke Böller zerrissen die Stille der Nacht, und »Zieselmännchen« heulten mit grellem Schein am Stallfenster vorbei.

Doch Alma ließ sich durch nichts erschüttern, sie hatte ihr eigenes Feuerwerk. Ein Ferkelchen nach dem anderen spazierte alsbald mitten in dieses funkelnagelneue Jahr hinein.

Es dauerte nicht lange, und zwölf kleine rosa Marzipanschweine, für jeden Monat eines, kuschelten sich unter der roten Lampe genüßlich »grunzelnd« zusammen und schienen sich sauwohl zu fühlen.

Da konnte ich dem stolzen Bauern nur noch gratulieren und diesem »neuen Jahr« ebenfalls. Denn bei so vielen Glücksbringern hatte es wohl die besten Aussichten auf einen guten Verlauf.

Eisprinzessin

Tagtäglich werden wir mit Wettervorhersagen im Radio, Fernsehen und in der Zeitung allerbestens versorgt. Vorbei sind die Zeiten, wo es hieß:

»Wenn der Hahn kräht auf dem Mist, ändert sich das Wetter, oder es bleibt, wie es ist!«

Auch der berühmte Wetterfrosch, der sonst fröhlich auf seiner Leiter rauf und runter hüpfte, ist arbeitslos. Dank der Technik, die im Laufe der letzten Jahre mit Computern, Sonden und Satelliten diesen Wetterzoo abgeschafft hat, können Prognosen absolut haargenau gestellt werden. Das heißt, wenn um 13.00 Uhr Schnee angesagt ist, können wir um 12.00 Uhr schon die Skier vom Speicher holen und langsam anschnallen.

Wer glaubt, ich würde hier übertreiben, braucht sich doch

nur an den Eisregen vor ein paar Tagen zu erinnern. Von morgens an wurde für die Abendstunden, trotz 7 Grad minus, Regen angesagt. Eine böse Konstellation, denn glatte Straßen sollten die Folge sein.

»Lassen Sie nach Möglichkeit Ihr Auto stehen, und benutzen Sie öffentliche Verkehrsmittel!«

Ich beherzigte diese Warnung, und da bei uns auf dem Dorf kaum eine Straßenbahn fährt, machte ich mich zu Fuß auf den Weg. Von Eis und Glätte war weit und breit allerdings nichts zu sehen.

Eine meiner Nachbarinnen hatte nämlich zu einem Neujahrskaffee eingeladen, und da wollte ich nichts verpassen.

Die paar Schritte! Was sollte da schon groß passieren?

Der Nachmittag war ein Erfolg, doch ich erwartete einen wichtigen Anruf, deshalb schlich ich mich, um die anderen in ihrer fröhlichen Runde nicht zu stören, gegen 20.00 Uhr davon.

Kaum trat ich auf die Straße, verabschiedeten sich meine Beine in einem rasanten Rutsch, und – plumps – saß ich auf dem Hintern. Verflixt, die Wettervorhersage hatte ich total vergessen.

Ich war vollkommen verdattert, rappelte mich aber schnell wieder auf und setzte, allerdings ängstlich an eine Hauswand geklammert, den Heimweg fort. Ich kam gut voran, und gerade, als ich mir einredete, daß es ja gar nicht schlimm sei, lag vor mir eine Straße, die ich überqueren mußte, zudem noch steil bergauf.

Kein Halt links, kein Halt rechts, setzte ich zaghaft einen Fuß vor den anderen, Zentimeter für Zentimeter. Ich war stolz auf mich, denn ich blieb wunderbar in der Balance und hatte auf diese Art und Weise schon einen halben Meter in zartem Schneckentempo geschafft.

Als ich jedoch einen gewissen Winkel der Steigung erreichte, rutsche ich plötzlich meine teuer erkämpfte Strecke, aufrecht wie eine Eisprinzessin, bis zum Ausgangspunkt zurück.

Einen Augenblick ruhte ich mich an der Hauswand aus, um dann erneut zu starten. Ohne Erfolg, die Steigung war dermaßen stark, daß ich immer wieder zurückrutschte. Nun, die Zeit drängte, der wichtige Anruf, mir wurde langsam kalt, und ich wollte auch endlich nach Hause. Deshalb entschloß ich mich ohne Rücksicht auf Verluste, auf allen Vieren davonzukrabbeln. Ein bißchen kam ich mir dabei wie Charly Chaplin vor, nur hatte ich nicht seinen Erfolg, denn meine Füße zogen mich unablässig bergab.

Jetzt reichte es mir, es wäre doch gelacht, wenn ich zehn Meter Straße nicht bewältigen könnte.

Kurzentschlossen zog ich meine Schuhe aus und erklomm sicheren Schrittes diese Straße auf wollenen Socken. Im ersten Augenblick war es verdammt kalt, und meine Hühneraugen schnurrten auf Stecknadelkopfgröße zusammen, aber dann hatte ich mich so sehr dran gewöhnt, daß ich glatt den Rest des Weges auf diese Art bewältigte.

Die Füße in heißem Wasser und einen kräftigen Grog schlürfend schaute ich mir dann zu Hause im Fernsehen an, wie es den anderen Eisläufern bundesweit ergangen war.

Sommersehnsucht

Wer hätte es gedacht? Da beschert uns doch dieser Winter noch einmal Schneelandschaft mit Sternchenflocken und Kristalleiszapfen. Allerdings zu spät, denn wenn ich ganz ehrlich sein soll, habe ich meinen Schneeschieber bereits eingemottet. Auch die hübschen Lieder wie »Leise rieselt der

Schnee« oder »Schneeflöckchen, Weißröckchen« wollen mir gar nicht mehr so glockenrein über die Zunge gehen, sie bleiben mir bei meiner großen Sehnsucht nach dem Frühling förmlich im Halse stecken. Selbst die Kinder aus der Nachbarschaft zotteln ziemlich lustlos mit ihren Schlitten und Skiern durch die Landschaft, denn für eine Rodelbahn und einen Schneemann langt es nicht, und um den Winter zu vergessen, ist es zuviel. Als ich dann tatsächlich mein Auto aus dem Schnee buddeln mußte, kam ich an den Tatsachen nicht vorbei.

Wieder raus mit dem Schneeschieber, Eiskratzer und anderem diversem winterlichen Handwerkszeug.

Mein Gesicht erhellte sich auch nicht gerade bei diesen plötzlichen Winterfreuden, es verdunkelte sich eher, als mir ein paar kalte glitschige Schneebrocken beim Abkratzen der Windschutzscheibe in den Ärmel rutschten. Und als sich meine Finger- und Fußspitzen bei der langen Eis- und Schneentrümpelung zu Tiefgefrorenem mauserten, konnte ich mir kleine leise Flüche unter lautem Geknirsche der Zähne nicht verkneifen.

Und obwohl es genau vier Wochen bis zum Frühlingsanfang sind, war ich mit mir einer Meinung: »... Winter«.

Schließlich mußte ich feststellen, daß das Schloß an meiner Autotüre zugefroren war.

So galt es, den Türschloßenteiser zu suchen. Den hatte ich allerdings auch schon länger aus den Augen verloren. Verzweifelt stellte ich meine Garage auf den Kopf, kramte in Kisten, Kasten, Schubladen und Lädchen: ohne Erfolg. Dabei fand ich zwar das Abschleppseil, einen alten Scheibenwischer und die neue Packung Taschenlampenbatterien, sonst nichts. Plötzlich fiel mir ein kleines Feuerzeug in die Hände und versprach Rettung in letzter Sekunde. Fachmännisch hielt ich den Schlüssel über die Flamme, und siehe, der »heiße Schlüssel« schmolz das Eis, und ich konnte mühelos die Türe öffnen und einsteigen. Und wer winkte mir schließlich fröhlich aus dem Handschuhfach entgegen:

Mein Türschloßenteiser!

Er hatte friedlich während meiner Suchaktion darin geschlummert.

Ich bin ja bereit, eine Menge zu ertragen. Als jedoch beim Starten des Wagens der Anlasser hoffnungslos durchorgelte, weil aus irgendeinem unerfindlichen Grund die Batterie leer war, legte ich verzweifelt den Kopf auf den Lenker und flehte:

Ach, wann wird es endlich wieder Sommer.

Fette Freuden

Nach der ruhig, beschaulich und friedlich verbrachten Weihnachtszeit, riß doch direkt am Neujahrsmorgen ein spitzer, gellender Schrei meine sämtlichen Nachbarn aus ihrem wohlverdienten Schlaf.

Keine Angst, es war nichts Schreckliches passiert. Ich stand nur auf der Waage und feierte ein inniges Wiedersehen mit dem fetten Gänsebraten von Heiligabend, dem Weihnachtsstollen und den gefüllten Schokoladenkringeln. Sie wußten scheinbar, was für ein wahnsinniges Geld ich für sie ausgegeben hatte und klammerten sich pflichtgemäß an meinen Hüften fest. Die Skala der Kiloanzeige schaukelte um einen Punkt herum, den ich noch nie in meinem Leben erreicht hatte. Am liebsten hätte ich so schnell wie möglich ein Handtuch über diese Tatsache gelegt.

Diese Verdunkelungsmaßnahme hätte allerdings wenig genützt, denn seit ein paar Tagen kam ich in meine Jeans einfach nicht mehr rein, und sämtliche Röcke zwackten und kniffen schmerzhaft in der Taille. Da nütze kein »Knopf versetzen«, und auch Nähte ließen sich um diese extremen Längen kaum erweitern. In solch eindeutigen Augenblicken gibt es nur die zwei berühmten Möglichkeiten, entweder neue Garderobe kaufen oder abnehmen. Ich entschied mich in meinem jugendlichen Leichtsinn für das Abnehmen, weil es auch weitaus billiger kommt.

Denkt man!

Erst einmal flitzte ich in den nächsten Buchladen und versorgte mich mit reichlich Literatur über Diäten und sinnvolles Abnehmen.

Schlichtes »Vor-sich-hin-Hungern« kann nämlich sehr gefährlich sein, macht außerdem schrecklich nervös und läßt Pfunde da schwinden, wo sie besser bleiben sollen.

Und was nützt uns das erstrebenswerteste Idealgewicht, wenn wir nur als klapprige Hungerharke übrigbleiben und uns unser Gesicht faltig wie Plissee um die Ohren flattert.

Kurzum: Schön und schlank wollte ich werden!

Da gab es tausend Möglichkeiten.

Die Spargeldiät, die Ananasdiät, die Kartoffel-Brot- und Apfel-Eier-Diät. Ich habe mich für eine Salat-Karotten-Diät entschieden, da kann ich eine Menge essen und nehme trotzdem ab. Zwei kleine Pfündchen haben sich schon verabschiedet. Nur werde ich das Gefühl nicht los, daß meine Ohren immer länger werden und sich meine Zuneigung gegenüber Hasen und Kaninchen erheblich vergrößert.

Der Kühlschrank wird mir von Tag zu Tag mehr und mehr zum wichtigsten Einrichtungsgegenstand meiner Wohnung, lagern in ihm doch noch Reste von saftigem Schinken und duftenden Würsten, der wilden Schlemmerzeit.

Mir kommt es fast vor, als säße das Schicksal kichernd in der Ecke. Denn da wird weltweit gehungert, weil die Menschen nichts zu essen haben, und ich schleiche mit gierigen

Augen und gluckerndem Magen um meinen eigenen prall gefüllten Kühlschrank herum.

Spaziergang durch den Märchenwald

Es ist immer gemütlich, bei Kerzenschein mit einer Tasse Tee und den letzten Keksen vom Weihnachtsfest eine gemütliche Nachmittagsstunde zu verplaudern. Wenn dann noch draußen plötzlich leise Schnee herniederrieselt, ist die Gemütlichkeit kaum noch zu beschreiben. So, als würden alle noch enger im Raum zusammenrücken. Nach und nach werden die dicken Socken rausgeholt und die Stiefel angezogen. Nichts wie raus, das Wunder zu erleben! Es ist kaum zu fassen, wieviel Mühe sich die Natur mit jeder einzelnen Schneeflocke gibt. Sternenmuster in vielfältigster Art fallen lautlos in meine Hand – geschaffen für das Dasein von Sekunden. Rundum das ganze Land verwandelt sich von Minute zu Minute in eine malerische Landschaft. Alles Grau, was trostlos erschien, wird zugedeckt. Wo vorher alles dunkel war, wird selbst die Nacht zum Tag, wenn der Mond in vollem Glanz am Himmel steht. Wer kann da widerstehen, einen Spaziergang durch den Märchenwald zu wagen? Jeder Schritt und Tritt berührt jungfräulichen Boden. Allein das Geräusch, wenn der Schnee unter den Füßen knirscht, ist ein Genuß winterlichen Erlebens. Die Luft erscheint wie frischer Morgentau, so rein und frei.

Kurz gesagt, die Schwärmerei würde kein Ende nehmen,

wenn da nicht irgendwann erst die Zehen und dann die ganzen Füße dem Körper melden würden, daß es nebenbei ganz schön kalt ist. Auch die Fingerspitzen melden bald einen erheblichen Temperatursturz.

Eindeutige Schmerzen in diesem Bereich veranlassen uns, erst einmal die Hände in den Ärmeln verschwinden zu lassen, was mit den Füßen leider nicht möglich ist.

Der Weg, den wir anfangs traumwandlerisch entlangschwebten, wird zu einem anstrengenden Marsch kanadischer Holzfäller. Erst in diesem Augenblick wird uns klar, was Menschen durchmachen, wenn sie in unwegsamen Landstrichen auch noch von Wölfen angegriffen werden.

Glücklich, wieder das warme Zuhause erreicht zu haben, schmeißen wir uns mit klammen Fingern und steifgefrorenen Füßen direkt an den gemütlich flackernden Kachelofen. Nur mit Müh und Not können wir die Stiefel von den Füßen ziehen und die Handschuhe von den Fingern rupfen.

Doch welche Qual durchläuft bald unsere geschundenen Extremitäten. Es kribbelt, als würden tausend Ameisen durch alle Glieder flitzen. Und während wir am warmen Ofen hocken, schlägt das Wetter um, es fängt an zu regnen. Die weiße Pracht tropft traurig von den Bäumen. Ach, es ist auch schön, vom Winter nur zu träumen.

Name ______________________________

Straße ______________________________

Wohnort ______________________________

Hiermit bestelle ich: (jeder Titel 9,80 €)

____ »Tor zum Paradies« (Gedichte) ______ €

____ »Was macht der Sand am Strand« ______ €

____ »Mittendrin und doch daneben« ______ €

____ »Im Po Sand« ______ €

____ »Schmetterlinge im Dezember« (Gedichte) ______ €

____ »Gänseblümchen haben kleine Flügel« ______ €

____ »Ein Flügelschlag Gedanken« (Gedichte) ______ €

____ »Möwenklecks und Muschelkuß« ______ €

____ »Gestreift, getupft und dreimal schwarzer Kater« ______ €

____ »Brigittes Landleben« ______ €

____ »Ein Hauch Freudentränen« (Gedichte) ______ €

____ »Plausch am Zaun« ______ €

____ »...denn ich bleib' immer Deine Mutter« ______ €

Porto und Verpackung + 1,80 €

Gesamtsumme ______ €

☐ bar anbei ☐ Scheck anbei

☐ Überweisung (Durchschrift mit Bankstempel anbei)

Sparkasse Marburg-Biedenkopf (BLZ 533 500 00), Kto. 11 60 155 201

Verlag B. Koischwitz · Am Hanig 15 · 35075 Gladenbach

Auf den folgenden Seiten finden Sie
einen Auszug aus dem Buch
„Plausch am Zaun“

Sommer

Urlaub,
welch eine Lebenssause
viele verreisen
Kluge
bleiben zu Hause

Kein Jägerlatein

Schnapsideen tragen wohl deshalb diesen alkoholischen Namen, weil sie stets in hochprozentiger Laune ausgebrütet werden.
Und wie sollte es anders sein, bin ich genau in so etwas hineingeschliddert.
Vollkommen arglos hatte ich mich bei einem „Gartenempfang“, der von „Wasser“ reich gesegnet war, mit meinem Bierchen in eine Gruppe unter einem Schirm um einen winzigen Stehtisch gedrängelt.
Nette Leutchen, unter ihnen ein Jäger, der uns ganz schön mit seinem Jägerlatein einheizte. Er wußte anschaulich jeden Schuß auf Bock, Ricke und Wildschwein zu schildern, daß sich die geschlossene „Tischmannschaft“ sogar beim vermutlichen Knall duckte.
Wir gingen gemeinsam auf die Pirsch, schlichen uns an, zitterten mit ihm, hielten voller Spannung die Luft an und atmeten gemeinsam aus. Schließlich kämpften wir mit ihm, wenn er den Hirsch bei den Hörner nahm und schlugen Hase und Reh kraftvoll aus der Decke.
Kurzum, er hatte in uns herrliche Opfer gefunden, denn wegen des Regens konnten wir ihm nicht entfliehen.
Und da ich nun schon mal da stand, schenkte ich ihm meine volle Bewunderung.
Das hätte ich besser lassen sollen!
„Übrigens, ich heiße Heinrich“, stupste der große Jäger mit seinem Schnapsglas an das meine, ich stupste zurück, und schon waren wir verbrüdert und verschwistert.
„Damit du mal einen wirklichen Einblick in die Jägerei kriegst, lade ich dich auf meinen Hochsitz ein ...“, meinte er, und, es muß an dem Schnaps gelegen haben, ich stimmte zu.

So kam es, daß ich morgens um vier Uhr hinter Heinrich auf einen Hochsitz krabbelte. Trotz Sommerzeit war es ziemlich frisch, gottlob hatte ich mich vorsichtshalber warm verpackt.

Nachdem wir uns auf dem kargen Bänkchen eingerichtet hatten, saßen wir reglos wie Mumien und stumm wie die Fische und lauschten den Geräuschen des Waldes. Absolute Stille umgab uns, denn es war derart früh, daß selbst die Vögel noch in ihren Nestern schliefen.

Wie gesagt, stiller konnten Menschen nicht sein! Trotzdem legte Heinrich den Zeigefinger an die Lippen, was wohl bedeutete:

Nicht husten, etwa schniefen oder schnaufen!

Ich nickte, hatte verstanden!

Doch just in diesem Augenblick fing mein Bauch fürchterlich an zu gluckern, daß ich glaubte, der Wald sei davon erfüllt. Um zu dieser nächtlichen Stunde wach zu werden, hatte ich mir starken Kaffee gekocht und der kullerte nun in meinem Bauch herum.

Betroffen darüber schaute ich Heinrich von der Seite an, doch der tat, als hörte er nichts.

Aber irgendwann begann dieser Wald zu erwachen, denn Gott sei Dank wurde mein fürchterliches Gluckern von kräftigem Rascheln und Stampfen übertönt.

Anfangs dachte ich, eine Elefantenherde käme durchs Dikkicht gewalzt.

Heinrich flüsterte: „Nur ein Igel..."

Plötzlich standen, wie aus dem Boden gestampft, zwei kleine kurzgehörnte Böcke nicht weit vom Hochsitz auf der kleinen Lichtung, die genau in unserem Blickfeld lag.

„Das sind Brüder, einer muß weg", flüsterte Heinrich ziemlich entschlossen.

Völlig unbekümmert knabberten die beiden ihr Gras, wackelten ein bißchen mit den Ohren, denn obwohl früh, schwirrten schon ein paar lästige Fliegen um sie herum.

Heinrich legte äußerst vorsichtig das Gewehr auf die Brüstung, entsicherte ganz langsam und zielte. Ein kleiner gelber Schmetterling flatterte gerade am braunen Holz des Griffes vorbei.

Ganz fest hielt ich mir beide Ohren zu und zitterte wie Espenlaub.

Trotz all meiner warmen Pullover überliefen mich grausig kalte Schauer.

Der Gedanke, daß gleich eines dieser friedlichen Tierchen vor den Augen des anderen tot umfallen sollte, erfüllte mich mit blankem Entsezten. Schnell faßte ich den Entschluß, dies durfte nicht geschehen!

Ich glaube Heinrich wollte gerade abdrücken, denn ich sah, wie sich sein Finger schon fest um den Abzug legte, da bekam ich einen heftigen Hustenanfall, daß es weithin schallte.

Heinrich erschrak!

Die Rehe hoben die Köpfe, stutzten, hörten auf zu kauen, um dann, wie nicht anders zu erwarten, mit großen Sprüngen das Weite zu suchen.

Ich senkte verschämt den Blick, Heinrich absolut wütend die Flinte.

Für Augenblicke schaute er mich derart stinksauer an, daß ich glatt um mein Leben bangte.

Nachdem er sich beruhigt hatte, meinte er bereits ziemlich versöhnlich:

„Du Luder", und schüttete uns auf den Schreck einen ordentlichen Schnaps in die mitgebrachten Gläschen. Ein bißchen enttäuscht war er wohl, aber wir haben dann unser Frühstück aus dem Rucksack geholt und da oben ein herrliches Picknick abgehalten.

Allerdings hat er mich nie wieder eingeladen!